燃盡的地圖

安部公房

邱振瑞 譯

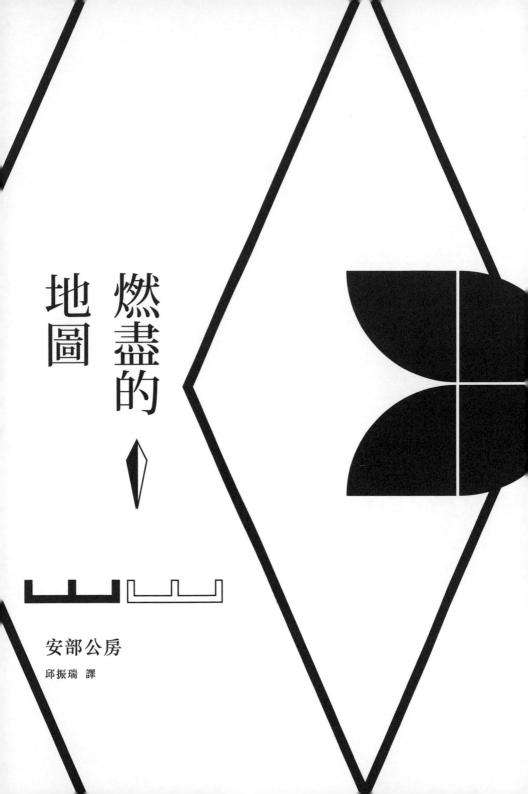

導讀

那高貴的異端

作家．著名翻譯家　邱振瑞

安部公房（一九二四～一九九三）的小說向來以前衛、晦澀、深奧和抽象概念的構思著稱。在他的作品中，事件發生的時間和地點幾乎是架空出來的，人物多半沒有具體姓名，乍看下情節有些怪誕突兀，當你鼓起勇氣試圖往下讀，他卻倏然在你面前撒落漫天的迷霧和沙塵，這似乎給他的讀者和研究者帶來困難。然而，對某些人而言，這種晦澀卻是不可思議的，又充滿奇妙的魅力，它可以激發研究和工作，亦可增加閱讀的趣味。雖然有些晦澀需要歷經艱苦努力才能揭示出來，但破譯出其精神特有的複雜性即是最大的回饋。從這個意義上說，為了充分探析安部公房的文學底蘊，或許有必要把他同世代的作家三島由紀夫的生涯稍加對照，因為從他們迥然而異的文學風格，我們可以更理解二戰前後日本知識人的精神危機和內在生活。他們在小說呈現出來的愛憎與惶惑不安，都與那個翻天覆地的時代緊密相連著。

以世界文壇的知名度而言，在日本作家中，以三島由紀夫與安部公房的作品（《沙丘之女》、《別人的臉》、《燃盡的地圖》、《第四冰河時期》、《朋友》、《幽靈在此》，有俄語版、捷克語版、羅馬尼亞語版、丹麥語版、比利時語版、芬蘭語版、英語版、墨西哥語版、法語版、德語版、義大利語版、葡萄牙語版等）獲得最多國外讀者的閱讀。他們兩人都曾經獲得諾貝爾文學獎的提名。二戰前，三島進入了學習院的初、高等科就讀，之後考上東京帝國大學法律系；安部的生活道路卻轉折得多，父親奔赴當時日本的殖民地「滿洲國」的奉天（今中國東北瀋陽市）當執業醫師，基於這個家庭因素，安部就讀該地的小、中學，高中時期才回到東京。是年冬天，他患了肺結核休學，一九四〇年回到奉天的自家休養。一九四二年四月，他的病情已恢復過來，因此返回東京。一九四三年十月，他考上了東京帝國大學醫學系，這時日本可能戰敗的消息甚囂塵上，他出於某種莫名的情感召喚，偽造了「重度肺結核」的診斷書，以此病由返回奉天的家裡。一九四五年，日本和滿洲兩地爆發了嚴重的傷寒。翌年，蘇聯軍隊入侵了中國東北，並接管所有的醫院，其父親被命令製作傷寒的疫苗，不幸受到感染而過世。之後，來了國民黨政府，整個體制改弦易張，但旋即又被八路軍擊退，短短兩三個月內，政策和市容為之改變。這些無疑給安部造成巨大的衝擊。同樣地，三島在入伍前的體檢，由於軍醫的誤診，認為他疑似患有肺結核，得以免除兵役。同年十月，三島的妹妹美津子罹染傷寒死亡。簡單地說，這兩個同世代的作家，三島在「內地」接受傳統教育，安部在「外地」度過青少年時期，但是他們有個共同點：兩人都經歷過「日本帝國的崩解」與時代疾病的威脅，遭遇到前所未有的震盪。而在文學道路上，三島於日本傳統文學中大放異彩，安部則堅決地站在「異端」（反傳統）立場上，持續思索故鄉存在的定義和被荒漠化的靈魂。可以看出，在安部的生命裡，他自始至終直視「做為場所的悲哀」（Realms of Memory）的困境。順便一提，阿爾及利亞出身的法國作家卡謬的《異鄉人》、前總統李登輝在司馬遼太郎《台灣紀行》的篇末對談，皆為絕佳的例證。換言之，滿洲這個空間上的場域，既是真切的實在，同時還包含場所、位置和身分的認同，卻由於政權的更替，又把它丟入流變的漩渦中，致使日本移民者不知何去何從。而這個二律背反的問題，又成為安部的精神原鄉，從文學上的啟蒙，到小說的場景描繪，都圍繞著滿洲的經驗。

正如他在創作經驗談中提及的：「……滿洲的冬天嚴寒，儘管到了午休時間，同學們仍很少到教室外面走動。我讀完數天前剛買的《愛倫・坡短篇小說集》，把故事內容口述給同學聽，他們大為讚賞。坦白說，我不但擅自加料，還編造了許多情節，而這卻意外地催生出我向壁虛構的才能……。」此外，他在《道路盡頭的路標》描寫的就是「我」與「故鄉」的關係的反思。他這樣寫道：「我的確存在於這個世界。我在忍耐周遭的圍逼，又像物體般地存在著。可是故鄉的存在，以及這種存在之間到底有多大的距離呢？」這個投給讀者的詰問，其背景即是他深切生活過的滿洲。而出現在《道路盡頭的路標》的「我」，以及長篇小說《野獸們尋找故鄉》中，通曉各國語言的中國籍高姓通訊口譯員（當時標榜五族共和），同樣被關入了土牢，這正道出日本戰敗滿洲國解體後的混亂局面：日本移民不但沒有國籍，也無法通過立法保障自身財產與安全，連生活在滿洲的中國人也不例外。或許如同安部自述的那樣：「從本質上來說，我是個沒有故鄉的人，或許正是因為這樣，使得我本能地憎惡故鄉的存在，總是不敢輕易地對它做出定義。」的確，當滿洲國皇帝退位的同時，整個滿洲就告土崩瓦解了。安部居住的城鎮每次遇到沙塵暴的侵襲，便陷入一片灰濛境地。他的隨筆集《沙漠般的思想》，經常提及「荒涼的土地」和「沙漠」，感嘆與日本的田園風景無緣，正是源於這樣的地理環境。他似乎在展示一種基本立場：所有界限都是人劃定出來的。縱然是在半沙漠和沒有界線的地方，終究只是人在自我設限而已。

隨著戰局的結束，安部這個清醒的漫遊者，於一九四六年十一月，被遣返回祖國日本。在那之後的三年間，他發表了幾部小說。此外，他久別的祖國和自己的文學生涯以及文壇亦出現重大的變化：日本國憲法正式實施。東京大審判做出了判決。椎名麟三《深夜的酒宴》、太宰治《斜陽》、田村泰次郎《肉體之門》、原民喜《夏之花》、大岡昇平《俘虜記》、島尾敏雄《在島嶼盡頭》、木下順二《夕鶴》等，都是這個時期的文學成果。翌年二月，安部在《近代文學》雜誌上，發表了小說《牆壁——S．卡爾瑪的犯行》，他就是以此作品獲頒第二十五屆芥川文學獎。同年六月，他加入了日本共產黨；十一月，在《新潮》文學月刊刊載中篇小說《闖入者》。從其文學思想來看，這時期確實較沒有出現早期以滿洲的沙漠為背景的描繪，而視域慢慢朝都市的「被封閉的空間」移動，這看似修辭學上的變化，其實仍是這種思想的延續。畢竟，這個曾經讓多達二十餘萬日本僑民既給予希望又使之幻滅的城市——滿洲經驗，早已長驅直入到他的靈魂深處了。而《箱裡的男子》和《密會》以及《櫻花號方舟》所設置的場所與情節，幾乎全是在被封閉在某個空間裡，任憑故事的主角如何尋求脫困，最終只能回到茫然的原點。

沿著這個思想，我們就可更明白，在《沙丘之女》中，那名為了採集日本虎甲標本的學校教師，不慎跌陷在沙丘的圍困中，歷經多次的挫敗，終於逃出了生天，但最後他卻出於某種入魅（enchanted）的回音，選擇了留在把他重重圍困的沙丘，像被封堵出路那樣，繼續日常的生活。然而，這裡有個弔詭的插曲，就在安部發表這部作品的同時，他被日本共產黨開除了黨籍。理由是他與所屬該黨的「新日本文學會」的作家意見對立，尤其在小說《飢餓同盟》裡，顯露個人主義的傾向，並語帶嘲諷似地要與所屬的共同體訣別。事實上，安部的筆尖批判的不止共同體與個人衝突的問題，還包括了日本的政治體制。這部看似帶有推理色彩的《沙丘之女》，又多了些社會批判與政治寓意的縱深，經過這個轉折，我們或許可更真切看到其桀驁不馴的思想的姿態了。如果說，這些充滿前衛性的作品和劇本反映出安部的思想光芒，那麼《燃盡的地圖》就是其集大成之作了。在這部作品的場景中，同樣出現廣漠無垠的地理空間，同樣使人難以辨認方向，但其宏旨更具普遍性，他呈現的場域已超出滿洲國和日本國界，進而深刻指出人類在現代化社會裡的共同困境。當我們生活在自己不能成為自己的指路明燈的地方，你依靠的地圖又被燒毀，大概沒有比這惶惑不安更沉重的吧？現在，我們有機會走進安部的小說世界，只要你有足夠的勇氣和慧識，必定能找到輕安妙樂的出路。

燃盡的地圖

都市——被封閉的無垠空間，絕不會迷失的迷宮，所有的區域都被編上相同的門牌號碼，你只能依循自己的地圖。

因此，縱使你尋不著方向，也不必茫然失措。

調查委託書

委託貴社尋找失蹤者的下落。失蹤者根室洋，男性，三十四歲，任職於大燃貿易公司業務開發課課長。失蹤者為委託人之夫，六個月前突然失蹤，音訊全無。本人相信貴社的所有調查，並願意提供必要的資料。

茲委託如上，並支付相關費用。本人保證對調查報告嚴加保密，絕不對外洩露，不挪作其他用途。此致

T徵信社人資調查室主任

委託人　根室波璃　（印章）

一九六七年二月二日

我踩了一下離合器，換成低速檔。二十匹馬力的輕型車要爬上這道陡坡，顯得有點吃力。路面鋪就的不是柏油，而是粗混凝土澆製出來的，這樣的設計可能基於防滑的目的。路面每隔十公分左右即挖出細細的砌縫，但這對行人似乎沒有用處。特地鋪成粗糙不平的混凝土路面，經年累月下來，凹陷的窟窿已經被塵土、汽車輪胎磨損的碎片等填平。若遇上雨天，穿著膠底舊鞋，想必是舉步維艱。如果這道路是專為汽車而鋪設，路面上每隔十公分左右的砌縫或許能夠發揮些許作用。當積雪漸漸融化，道路排水不暢時，雪花雨水可以順著砌縫流進兩側的排水溝。

話說回來，儘管道路設計如此周到，來往車輛並不多。或許沒有人行道的緣故，四、五個拎著菜籃的女人就這麼占住整條馬路，眉飛色舞似地東拉西扯起來。我輕聲地按了喇叭，正要從她們中間駛過去。就在這時，我緊急踩住煞車，一個少年蹲坐在一只滑板上，嘴裡模仿著警笛聲，從轉彎處迎面滑衝而來。

我的左邊恰臨陡坡，側旁有石塊砌成高高的護牆。我的右側有低矮得要命的護欄，以及小小的側溝，溝旁下方是垂直的懸崖。那名少年先是抱住護欄，最後倒在地上，臉色煞白得可怕。為此，我驚嚇得怦然不已。我本想狠狠地訓斥少年，但女人們不約而同向我投來責備的目光，嚇得我打消此意。我心想，還是盡快脫身為宜，否則把她們惹得不高興，到時候把少年擦傷破皮的責任全算在我頭上，我可就遭殃啦。在這種情況下，沒有比集體偽證更可怕的了。至少面臨這種處境的時候，我首先得保全自己才行。

我踩了幾下油門，車子發出焦臭味，好不容易才發動起來。我立刻拐過彎道。那些女人們故作驚恐似地圍住既沒流血亦沒骨折受傷、逃過死劫的少年的情景，從後照鏡中掠眼而過，接著是如影像消失後的螢光幕般蒼白的天空。道路變得平坦，前方就是開山鑿出的公車終點站。那終點站設有候車的長椅，上頭搭有遮雨的棚架，此外還有公共電話，用些磚頭圍砌的方塊地。它們可能作為夏季時節的花圃以及飲水設施，真可稱得上設備俱全。從那裡往前不遠處，又是一段陡坡。就在那地方，立著一支如交通標誌般的塗上黃色的巨型招牌，上面寫著：

未經許可，禁止車輛進入社區內！

從其立牌的堅固，或者似乎是專程雇工寫成的警示標語，無不在展現出悍然不容侵犯的氣勢，可我完全不把這些放在眼裡，而是踩緊油門，往坡頂直衝而去。

驀地，眼前卻出現了迥然不同的景致。一條筆直的白色馬路似乎就要延伸到灰暗的天際。我約略目測一下，路寬約莫十公尺左右。在馬路與兩側人行道之間，立著大約與膝齊高的柵欄，下面鋪植著草坪。草坪上的草葉已經枯黃，可能是枯萎程度的不同，給人造成巨大的視覺落差。事實上，馬路兩旁只有各六棟每層可住六戶的四層樓住宅而已，看上去卻彷彿無限延伸的模型。那些房屋只有面向道路的部分刷成白色，旁側刷成暗綠色，或許這種顏色的搭配更能突顯出風景的幾何學特徵。整個社區以這條馬路為中心線向兩翼擴展，橫寬似乎比縱深來得大，但也可能出於採光的考量，房屋的棟距錯落有致，因此左鄰右舍的視界，只看得到搭架著乳白色遮棚的白色牆面。

一輛看似沒人照料的紅色嬰兒車裡，從頭到腳蓋著小被單的嬰兒正在放聲大哭。這時候，一個臉龐凍得通紅的少年騎著銀光閃閃的輕合金變速自行車，故意哄笑聲似的從嬰兒車旁疾馳而過。仔細看去，其實也有些過往行人，但在這焦點模糊的風景中，人似乎成了虛構的影像。當然，如果在這裡住慣以後，目光恐怕就會顛倒過來。風景愈來愈邈然，透明得幾乎不存在，只剩下自己的影像如同沖洗出來的相片那樣突出醒目。自己若能辨認出來，倒不成問題。因為再多的過著相同生活經歷的家庭，它們終究如同鑲嵌著家人肖像的玻璃鏡框罷了……

東三號十二——「東」表示在馬路右邊，三號是臨街前數第三棟樓房，十二是左邊樓梯上去第二層住戶。每塊草坪的相隔處，都豎著「禁止入內」、「禁止停車」的木牌，但是我可不管這些，把車子停在樓房前的馬路上。我手上拎著一只黑色小皮箱，裡面裝有各式各樣的小工具。皮箱長五十五公分、寬四十公分、高約二十公分……，表面堅固平坦，隨時可以充當桌子用；我在把手內側安裝了隱形麥克風，這樣不用開箱就可以操作錄音。除此之外，就沒有其他特點了。如果硬要舉出幾點，那就是用老舊起毛的人造皮革，以及後來安在皮箱四角顯得笨重且碩大的金屬片。怎麼看它就是個行商做生意的工具。這皮箱的外觀，既發揮過應有的功能，也曾造成我的困擾。

霍地，冰粉般的寒風撲面而來。我把皮箱換到下風的另一隻手上，橫過人行道，走進房簷狹窄的長方形暗影中。我的腳步聲恰如扔在地上的空罐，沿著樓梯跳躍而上。牆面上有分成上下兩排的八個信箱，用白漆塗著12的信箱下面，用透明膠帶黏著的紙片寫著「根室」兩個小字……我緩慢地拾階而上，一面作妥心理準備……只要明白對方的要求，我就能立刻恰如其分地扮演相應的角色……這看似簡單分明，其實並沒有固定的方式，這就是我們工作的特點。

我站在墨綠色邊框的白色鐵門前。白色電鈴上頭的塑膠蓋已有些破裂。鐵門中間齊眼高的地方有個明信片大小的窺孔，其後方的布簾似乎掀了起來，傳出開鎖和轉動把手的聲音，那扇彷彿一噸重的鐵門沉重地打開了，有股淡淡的煤油氣味。屋主似乎為了我的來訪，剛剛點燃了煤油暖爐。鐵門是分成兩次打開的，第一次大約打開二十度角，第二次打開到六十度角，對方後退一步，緊握著雙手。由於逆光的關係，我看不清楚臉孔，但現身的女子出乎意料的年輕。這女子個頭小巧，脖頸有點長，一副弱不禁風的樣子，若是光線再黯淡些，說不定我還誤以為是個小孩子呢。

我遞出名片，如銀行職員般謹慎地自我介紹。儘管我不曾親眼看過銀行職員如何應酬待客，但我知道這時候必須表現出內心坦蕩者那種自信與超然的態度。話說回來，這種表演並非只是使對方安心而已。畢竟，我是受其委託而來，並非上門來強迫推銷的。因此，我認為與對方保持適當距離方為上策。若不這樣做，幹我們這行的很容易就惹來猜疑的目光。人家既然怕蛇，你何必故意在面前弄蛇舞棍呢。

那女人說話的聲音有點沙啞，像是竊竊私語。但那不是因緊張使然，而是本來的嗓音。或許是她的舌頭稍短，說話時彷彿嘴裡含著一粒糖球，這倒使我的心情放鬆下來。於是，我所扮演的諱莫如深的角色，就在昏暗的門口登場了。

走進門左邊就是顯得狹窄的廚房兼飯廳，再往裡走，是用厚厚的布幔隔開的起居室兼客廳。從門口望去，右邊的隔壁房間似乎就是臥室。

一進起居室，那裡有個圓筒型的煤油暖爐，爐內正搖曳著藍色火燄。起居室中央有張圓桌，印著花邊圖案的塑膠桌布長長地拖到地板上。左邊的牆旁有扇窗戶，被書櫥約莫占住半面。正面牆壁上掛著一幅可能是從雜誌上剪下來的畢卡索石版畫，畫裡的女人同時看著左邊和上面。這幅石版畫被鑲在框裡，顯見主人對它的珍視。然而，就在旁邊還掛著一級方程式賽車的構造透視圖，有那張石版畫框的三倍大。在賽車引擎的零件上，被劃出幾道線，還有用紅色圓珠筆添注著什麼。在左邊的窗旁，有個用來擺放電話機的三角架。在對面，與鄰室的牆壁角落擺著一台顯然是手工製作的立體聲音響擴音器，喇叭呈直角地安裝在上面三公尺左右的牆壁上。我心想，這樣安裝豈不使聲音互相抵消，失去立體聲響的效果嗎？她讓我坐在背向擴音器的椅子上，還解釋說因為獨自生活家裡凌亂云云，接著，可能要去準備茶水吧，掀開布簾走入了廚房。這時候微風拂面而來，煤油臭味已然消失，留下一抹女人的脂粉味。

當她消失在布簾後面，我突然對她的印象變得模糊起來。我仍覺得不放心。我慢慢深深地吸氣，又聞了一遍，證實沒有菸味和男人的味道之後，這才點燃香菸。我掀開桌布的邊角，查看桌子底下有無任何可疑的東西。然而，這事說起來實在蹊蹺。誠然，冬季天黑得快，這個時分住家的玻璃窗都開始染上暮色，但還不到開燈的程度，凝目細看，還能清楚看出掉在電話架下的黑色簽字筆筆套呢。我自覺很清楚地看過她的臉龐……至少在她隔著桌子請我落坐的時候，在相距不到兩公尺的地方，我們已經打過照面啊……可現在我卻對她勾勒不出具體的印象，這使我納悶不已。因為我幹這一行已經四年半，幾乎練就出慣性反應，不需要特意觀察，眨眼間，即能快速抓住對方的各種特徵，當場快筆畫下肖像，然後因應需要取出來或者還原。例如，剛才那個玩滑板的小孩……他穿著寬翻領深藍色呢絨外套，圍著毛料灰色圍巾……白色帆布鞋，眼角有點下垂、頭髮又硬又稀疏，前額髮際平整得出奇，鼻子下面皮膚紅腫潰爛。幸好，剛才我行駛在彎角的陡坡，煞車狀況良好，這才沒釀出事故來，如果坡度只有現在的一半，車子又有兩倍的馬力，我再怎麼扭轉方向盤都挽救不及；而那個小孩為了閃避車子，身子往左扭轉，右腳必定伸進車輪底下。若果只是脛骨壓碎，還算是不幸中的大幸。事實上，滑板失去接觸地面的阻力，小孩的身子必定撞到車輪，整個身軀甩到外面，腦袋重重地摔在護欄上，就算頭蓋骨沒打碎，脖頸也可能折斷，到時候他的眼睛歪扭、令人震懾的鮮血就會從嘴巴和耳朵噴湧出來……當然，若果發生這種慘事，現在我就不可能坐在這裡……

布簾彼端傳來杯子碰撞的聲音……不過聽起來，那並非陶瓷而是玻璃杯的聲音。我心想，在這樣的季節，她不至於端來冷飲吧，難不成要請我喝含酒精的飲料嗎？……

那絕不可能……接下來登場的儘管訴求程度不同，但必然是令人難以忍受的悲傷場面……。而且，這時女主人哪怕只是在準備茶水，應當迫不及待出來招呼，但她卻似乎不慌不忙的樣子……只聽見水龍頭不斷流出的單調聲音。一般而言，她應當是分秒必爭地喋喋不休，儘管隔著布簾仍要說個不停的。我知道只要聽聽她的抱怨，對方即能得到安慰，但我仍不禁要打斷對方的嘮叨，提出徵信費用的問題，這樣可能造成對方不悅，但我還是得扮演這個艱難的角色。

這個令我印象模糊的女人……如同變魔術似的，掀開布簾便消失了……她的面容真的毫無特色嗎？……說到對方的穿著，我可以毫不遺漏地全部列舉出來，甚至有辦法藉由那樣的服裝想像對方的體型。她不胖不瘦，身材勻稱、肌膚似乎富有彈性細膩滑潤，但是不算白皙，背上有細細的汗毛。她的背脊深凹而筆直。其身材比起實際年齡——比剛才逆光所見的印象更充滿成熟的女人味。話說回來，她算是身材嬌小，乳房大小適中，看來很適合跳那種身體劇烈擺動的最新流行「勁舞」。既然我能想像到這種程度，我應當進而發揮更大的聯想去勾勒與其身材般配的臉孔……

如果只憑想像來推測，她的臉龐應該輪廓清晰、神情豐富，格外引人矚目……我試圖勾勒她的面容，但仍然不盡如意……只有一種淡然的如牆上模糊污斑的東西……或許是她的雀斑吧，我只能浮想到這些。她的臉孔姑且不說，我可以想像出她的髮型，黑亮光澤而纖細，似乎不易梳理，以至於長長地垂下，輕輕披散在明亮額頭的左半邊……可能是沒抹髮油的緣故，在窗戶亮光的映照下，頭部四周閃爍著淡淡的金光……明亮的額頭，沒錯，她的額頭飽滿光潤……我已經回憶到這種程度，卻仍覺得摸不著頭緒，莫非她是有意識地不表露自己的心緒？抑或她能夠在很短時間內，同時做出截然不同的五、六種表情？她是否有什麼隱情，設若如此的話，說不定這件事比我預想的複雜得多，我絕不能掉以輕心……她走進廚房，差不多有三分鐘之久了……我猛然感到焦灼起來，點燃第二支香菸……我一面點菸，一面站起身來，繞過桌子站在窗旁……

看上去，每扇玻璃窗都很小，窗框是鋁製的，視野很好。隔著一條十公尺寬的水泥石子路，對面是二號樓的北牆。陰暗呆板的牆上只有逃生梯，沒有窗戶。左下方是剛才開車過來的馬路，可以看到很遠。我把臉湊到窗戶左邊的書架上，可以看見馬路對面斜坡的下方，它與旁邊樓角的線條約莫成三十度角，因此，人行道只能眺望到二號樓的邊角。

在我的視界斜角和我的自用車之間的水銀燈忽然慌亂地閃了一下。或許是自動開關出了什麼毛病，造成觸控過度靈敏吧。然而，已然是這樣的時刻了。與剛才截然相反，來往行人愈來愈多，不只購物回家的婦女，更多的是下班踏上返家途中的男子。他們可能剛從公車上走下來。由上而下俯視，更加證實了人是行走的動物。與其說他們是在走路，毋寧說他們一面在抵抗地心引力的拉扯，一面拚命搬運著五臟六腑的沉重肉囊。每個人都會回來。回到他們出去的地方。為了回來，所以才出去。彷彿回來就是目的，為了把自家厚實的牆壁更加鞏固，他們才出去購買建材。

然而，偶爾也有人出去後卻沒再回來……

「您知道什麼線索嗎？……只要您想到的，哪怕零星半點，什麼都沒關係，詳細告訴我。」

「我實在辦不到啊，完全沒有任何線索……」

「只需說您的感覺就行，用不著具體的根據……」

「嗯……，這麼說來，有一盒火柴……」

「什麼？」

「有個火柴盒……已經用了一半，好像是哪家咖啡館專用的火柴盒，連同一張體育新聞塞在他的雨衣口袋裡……」

「噢……」我重新打量這張霍然抹去任何表情，讓我一時張皇失措的臉龐，終究覺得不以為然。因為其微笑淡然的面孔，在這時刻卻將丈夫的失蹤視為某種滿足似的原由，在略為審慎的內斂中，顯得分外沉著冷靜。或者說，難道她承受不住半年來絕望悲傷的折磨，整個意志像完全失去彈力的發條，因而墮入了恍惚的深淵嗎？或許這張曾經姣好的臉孔如同無法對焦的鏡頭那樣，五官都不在原來的位置上。「如果您覺得這火柴盒與此案有關的話……」

「我沒這樣想……，只是它在雨衣的口袋裡……」

「只要您在這委託書上蓋章，我當然就會立刻開始調查。不過，正如剛才我所說明的，這次您繳付的委託費用，僅以一個星期為限。換句話說，如果我在一星期內沒能找到您的丈夫，您當然毋需支付成功的酬金，但是這三萬圓我不能奉還。假使您還要繼續調查，還得再交納三萬圓。另外，調查所需的實際費用也由您負擔……」

「在這上面蓋個章就行吧？」

「不過，只憑這些空洞的材料，很難調查出結果。我們幹這行的倒無所謂，可您平白浪費這三萬圓不覺得可惜嗎？」

「真是為難啊……」

「一定還有其他線索吧？更具體來說，比如讓我跟蹤某某人，或者到什麼地方找看看……」

「有線索就好辦啦……」委託者輕輕地搖搖頭。接著，她向我遞上一杯啤酒，我以稍後要開車為由婉拒，她兀自端起啤酒，淺淺地抿著說：「您說有這樣的事嗎？……他也曾有過許多機會……但沒有人說得清楚。」

「什麼機會呢？」

「在工作上的……」

「之前，您必定做過許多調查吧？而且都已經過了半年之久……」

「嗯，是我弟弟……」

「噢，就是打電話那位先生嗎？從他的口氣聽來，他像是您的代理人。果真如此的話，我直接找他了解狀況要更快些。」

「可是，我不清楚他住在哪裡……」

「您別開我玩笑啊！尋找失蹤的人，自己卻行跡不明，這事情豈不很蹊蹺嗎？」

「我弟弟可沒有下落不明。他每三天必定打電話與我聯絡……是啊，只要他打電話來，我還有些辦法可想，也就用不著這麼害怕……不管怎樣，弄不清楚他的動機，才令我侷促不安。」

「不過，我看不出您有多麼擔驚受怕的樣子。」

「這奇怪啦……難不成是我過度壓抑而不知……」

「您所有事情交給令弟處理，自己什麼都沒做嗎？」

「我每天都在苦等啊……」

「就這樣枯等而已？」

「我弟弟不許我自作主張，況且家裡空著我也不放心……」

「為什麼？」

「萬一我外出的時候，我丈夫突然回家沒見著人，豈不很糟糕嗎？」

「我問的是您弟弟反對的理由啊！」

「這個嘛……」她的神情顯得愈發空洞，更加含糊起來，眼睛下面全是雀斑，如同籠罩她的夢幻的輕紗，倒與其面容十分相配。「我弟弟有他自己的想法……但到頭來還是力不從心吧……我也不能再空等下去了。後來，我弟弟不再堅持己見，於是就找您來幫忙。」

「太太，您很能喝酒嗎？」

她動作自然地給自己斟上啤酒，聽到這話，驚愕得停住手裡的瓶子，茫然地點頭自語說：

「自從我丈夫不見以後，有時候不免獨自枯等，時常睜著眼睛作夢。那真是個怪夢，我夢見自己在他身後追啊趕呀……可這時候，他卻猛然從後面冒出來，開始這樣搔著我胳肢窩……我明明知道是在作夢，卻像被他逗弄得發癢而笑個不停，簡直教人要笑瘋似的……這真是怪異的夢啊……」

「我還是很想見見令弟。」

「下次他打電話來，我會轉告他的……可是，這個很難說……說不定他不想跟你見面呢。」

「為什麼呢？」

「怎麼說呢……反正我這麼感覺，我說不出什麼原因……」

「不管怎樣，我需要了解狀況。這您也明白吧？我絕不打聽令弟的個人生活，只希望他給我提供線索。如果令弟知道其中情況，我再重複調查，豈不是白費功夫嗎？當然，假設您願意這樣的話，我沒有異議。」

「只要我知道的絕對全盤托出，可是我說什麼好呢？」

「就是您知道的線索啊！」

「我該怎麼辦呢！我總不能無中生有吧……」

「哎，那就算啦……」我也無可奈何只能說：「這樣吧，請您把事情的經過從頭到尾說一次。」

「這倒是很簡單。簡單得使我不敢置信呢……你來。」她敏捷地站起來，疾然地走到窗旁，還一面對我招手說：「喏，你看得見那裡吧？那盞路燈往前大約十公尺的地方……你瞧，人行道與草坪之間有一個小小的下水道孔蓋……他就是在那裡，突然消失了蹤影……這是怎麼回事呢……為什麼在那個地方……根本沒有這種必要啊……」

陰暗的道路……又黑又暗的道路……剛才仍是一條連著乳白色天空的亮眼道路，此刻卻隱沒在被路燈暈染的暗空谷底之下……我從水銀燈下往前走了十步，用鞋尖探觸著那個下水道孔蓋……「他」似乎就在這個位置上……倏然消失無蹤的……

上街買菜準備做晚飯的婦女自不必說，包括紅色嬰兒車、騎自行車的少年，全被隱沒在暗黑之中了，那些下了班直奔家裡的公司職員，早已在各自的鴿舍裡安歇下來；但對於還流連於酒店餐館的人來說，現在還嫌太早，恰巧是不上不下的時間……我佇立在……「他」的身影突然消失的地方。

冷風從樓房之間吹了過來。一陣陣寒凍的陣風劃過各個銳利的屋角，以耳朵聽不見的聲音低吼。儘管耳朵聽不出來，這宛如巨大管風琴般的低鳴仍凍得我冷瑟不已，我不由得感到渾身毛孔收縮、血液迅速凝結，彷彿心臟都快變成紅色的心型冰袋。我腳下的柏油路被踩踏得零落崩塌。草坪裡有個白色斑點，其實是扔棄的破舊皮球。與之相比，在水銀燈的映照下，連我這覆滿塵垢的鞋子，都如經過電鍍般的亮眼，而這條四處龜裂的毫無生氣的道路，宛如一具蒼涼的屍骸。沿著這條路往下走，不可能到達什麼好地方。

說到半年前，那時正值八月，還是酷熱的盛夏。整條柏油路面被烤得如橡膠般軟黏黏的，路燈四周聚集著上千隻昆蟲。草坪被輕風吹得起伏，宛如綠色的小溪，那只破皮球就被丟在草坪深處。這時候，如果有人為此抬腳踩踏，那並非是出於凍傷，而是因為從下水道孔蓋蜂擁而出的蚊子的叮咬……設若「他」就是站在那個地方……不，不對，「他」最後經過這裡時還是早晨呢……那時正值清晨時分，水銀燈閉上眼睛，昆蟲在草根處尋覓自己的窩巢，黑暗的山谷脫下衣裳，再次回到與天際相接似的白色山丘上的街道的時候——或者，說不定是在吹著強勁西南風的日子裡，難得露出晴藍的早晨——當都市的心臟被陽光的鞭子抽打第一下，數百個鴿舍的鑰匙頂多在五分鐘的誤差裡一齊轉動，那些難以分出彼此的上班人潮，宛如敞開水庫閘門奔湧而出的巨流，一下子淹沒整個路面，那個展現旺盛生機的時刻……

「是啊，他們如同被下了符咒的一群老鼠……喏，您沒聽說過這類童話嗎？」可能是她喝掉一瓶啤酒的緣故，眼睛四周有些紅潤，她像在比劃道路的寬度，大大地張開雙臂，一面交互看著張開的雙手，一面驚訝地說，天色好暗喔，然後急忙站起來，打開電燈，就那麼朝廚房走去。不過，這次在廚房裡隔著布簾用如剛才同樣的聲調繼續說：「不只人行道而已，連馬路上都擠得要命呢，何況大家都擔心趕不上公共汽車，爭先恐後奔跑起來……因此，才漸漸湧到馬路當中……」

「不過，人潮這麼擁擠，公共汽車的開車時間肯定亂成一團吧。」

「就是嘛！」她從廚房走出來，手上又拿著一瓶新的啤酒，「正因為不知道發車的時間，大家反而衝得更兇呢。」

她把啤酒擱在桌上，忽然轉身看向窗旁。接著，她一打開電燈，外面的夜色更深了。玻璃窗映現著那張畢卡索的彩印石版畫。就在此刻，她像受到驚嚇似的粗暴地拉上窗簾，檸檬黃的窗簾遮住半面牆壁，使得屋內的景象為之一變。其實，窗簾的檸檬黃並非鮮黃色，倒像是賣不出去的布料擱在貨架上逐漸起皺褪色的色澤。這沒有主人的房屋，如同一具空殼，幸好因為這檸檬黃的點綴，才猛然注入些許生活的氣息；彷若缺少的不是失蹤的「他」，而僅只是檸檬黃這種顏色罷了。霍然，我看見書架上有一只布製玩具貓。在一級方程式賽車透視圖下面有個小小的格架，上面放著一只織到一半的蕾絲手套。這房間很適合檸檬黃搭配。這女人似乎很適合這種顏色。這是她的房間，而且房內的擺設全是為了配合其生活而阻隔起來的。我開始感到困惑。我吸了第六支菸。她開始喝起第二瓶啤酒。我總覺得其中必有蹊蹺。

打從水銀燈那裡下坡約莫十步的地方，在草坪旁有個下水道孔蓋。那天，「他」避開爭先恐後趕路上班的人群，略有所思在人行道邊上慢慢踱著……設若附近有人看見「他」，那就是「他」留給世間的最後身影了。但話說回來，就算事實如此，這究竟又有多少意義呢？

「既然公共汽車的班次不定，而且又是下坡路，何不腦筋靈活點，一開始就搭乘地鐵，豈不是來得省事嗎？何況那天早上，他還跟某人約在S車站碰面，如果是直接去公司，還是坐公共汽車方便……」

「不過，他卻失約不見了。」

「所謂的失約意謂存心撂下不管呢？」

「事情不是這樣。我換個說法。哎，我該怎麼說呢……」

「三天以前，他還一直開車上下班嗎？」

「是啊。聽說是車子出了問題，進廠維修了。」

「現在這輛車呢？」

「嗯……情況到底如何呢……」她顯得有些驚愕，睜大眼睛，露出純真的眼神，

「我弟弟應該知道情況吧……」

「又提到令弟啦。可是，妳說令弟未必想跟我碰面呀……」

「見不面都無所謂……我弟弟有他自己的想法，而且就是他叫我找您來幫忙的。請您要相信他。這是我弟弟的為人……」說到這裡，她的聲音忽然高昂起來，「哎呀，他並沒有失約……這是千真萬確，我有證據……我可想起來啦……那天早上，他出門以後，又馬上折回來……我猜那必定是很重要的事情……他下了樓梯，還不到一分鐘……取了

迴紋針……他意識到要在S車站交給對方的那份資料，應該事先用迴紋針別起來……」

「這件事您已經向我說過了。」

「哎呀，是嗎？」她嘴唇微張，牙齒淺露，但眼中仍掩不住驚恐惶惑的神色。「我經常自言自語……對不起……我竟然有這種毛病呢……如果是自言自語，說多少遍也不會有人罵我……我真像個傻瓜似的，說什麼迴紋針……我時常這樣想……而且，他回來取迴紋針豈不證明他還想去赴約嗎？大家都這樣問起，所以不知不覺間，我就染上絮絮叨叨的習慣了……」

「大家問什麼？」

「就是我自言自語什麼的呀……不過，光說迴紋針可真有點窩囊呢……用它來別書面資料還派得上用場，可是我當然知道，連我唯一的重要願望都必須事先用迴紋針別起來……」

我緩緩地走過去，停下腳步，轉過身子，再走回來……荒涼破敗的柏油路人行道……我以平常的步伐從三號樓角往前走了三十二步左右，抬頭看去，全是些不會眨眼的假眼般的水銀燈，它們如咒語呼喚著永遠不會到來的節日遊行隊伍；所有從長方形窗戶映射出的淡淡燈光，恰如對這類節日意興闌珊的背影……風彷彿濡濕的抹布抽打在臉頰上，我豎起外套的領子，繼續往前走……

如果我相信她的願望——抑或自言自語——真有此事的話，那麼在這短短的三十幾步裡，必然潛藏和埋伏著荒唐又令人束手無策的異常情況……這樣一來，他不僅失信無法前去赴約，也等同於背棄社會本身，最後踏上了別無退路的斷層……

「我理解您的意思。如果可以只憑想像的話，不妨多加設想一下。比如……請您別生氣啊……有人握有不利於您丈夫的把柄，進而脅迫他什麼的。例如，他以前的情人啦，或者跟這個舊情人生下的孩子啦……這是常有的事……有些人年輕的時候，犯下了大錯，死後不能上天堂，淪為鬼魂四處遊蕩，這可沒什麼稀奇的。現在，又恰好是八月分，正是幽魂出來閒逛的好季節。當然，鬼魂不必然是女的。他以前因盜領公款後來身敗名裂的同夥也很可能與此案有關。另外，比如前幾天剛從監獄放出來的慣犯，因為您丈夫密告而被當成勒索慣犯，於是向他報復……您有沒有這方面的線索？當然囉，這也可能是不相識的人設下的圈套。這些年來，智慧型犯罪的手法愈來愈高超了呢。例如，他們偷偷地用自己的名義為沒有關聯的第三者投保鉅額的死亡意外險，然後再以假車禍撞死對方，這種傷天害理的手法似乎很流行呢。然而，像這種情況，如果沒有找到屍體或查明身分，他們一毛錢也拿不到。因此，您丈夫遭人暗算的可能不大。對啦，既然警方沒有通知您去辨認死者的身分，至少可以排除他是意外死亡或者其他的謀殺案。設若他殺的話，他可能早已被灌成水泥桶塊沉在海底了。不過，這樣一來，事情可就棘手了……他可能跟黑道幫派搭上了關係而惹來殺身之禍……好比參與走私集團或者印製偽鈔……」

當她把第二杯啤酒約莫喝了大半後，就沒再喝下去。她一動不動盯著杯中逐一破滅的氣泡，看著啤酒的色澤漸漸變深。她是在思索呢？抑或在生氣？或者只是單純的茫然若失？她的下唇比上唇微微突出，如同還沒完全斷奶的嬰兒嘴唇。儘管她得稍微俯下臉孔，才能完全掩住上翹的鼻孔，但她的鼻子仍顯露出某些傲氣。

「不過，真正棘手的或許不是幫派組織，而是像微不足道的隨手扔在地上的菸蒂的對手。那種邪門的反常行為最可怕了。我給您講個真實的案例。銀行職員原本都很循規蹈矩，其中有個分行經理特別安分守己。但就在他屆齡退休那天，跑去看脫衣舞表演，卻鬼使神差地迷上了某個脫衣舞孃。嚴格說來，那個舞孃沒什麼真本事，只是跟著其他舞孃徒具形式地起跳罷了。可是那個退休的分行經理對她咬指甲的動作著了迷，一連三天，每天都去捧場，還寫信給她訴說情意。第四天，他便設法帶著舞孃外出用餐，看似打得火熱的時候，第五天事態卻急轉直下，舞孃在自己的房間逼著他一同殉情自殺，鬧得沸沸揚揚。您不認為人就如同刮鬍刀的刀片，愈是堅硬愈容易折斷呢？」

她的表情依然沒有任何變化。杯中的啤酒泡沫消退了大半。從側面看上去，泡沫的表面使人聯想到從空中拍攝的熱帶叢林表層。她正在看著什麼？驀然，或許是光線映照的緣故，我看見她的下眼皮有個透明般的鼓泡……那是淚珠嗎？……我有些慌張起來……因為我不是故意的啊……

「不過，在我看來，他回來取走迴紋針的事……正如您所說，或許這可以作為有力的證據……然而，他是否真的按照約定把資料送到S車站去，這又另當別論。當然囉，這要看那些資料的內容而定……。」

「聽說沒有人知道這件事呢。」

她這冷不防地回答，如同皮球輕快地彈回，而且她說話的聲調和沉默的態度都沒有變化。

「這應該是公司的業務吧？」

「我覺得絕對不是重要大事。」

「我需要的是事實根據，不是您的自行推論。他是否去送資料給客戶，明天我可以到他公司查問……只是我想不透……您說沒有線索，這是主觀上的問題，我無能為力。不過，比如備忘錄啦、日記啦、客戶的名片啦、通訊錄啦，這類可當線索的東西居然一件也沒留下來，這對於一個善於整理資料的人來說，實在令人想不通……這未免不合常理啊……您始終想不出什麼線索來，並認為他是突然失蹤的，可是我覺得情況恰好相反。有道是：鳥去不留痕。我認為這才是真實情況。」

「可是，他回來找迴紋針的事又怎麼解釋呢？而且，我們的銀行存款也沒短少呢……」

「您別這麼固執嘛……恕我有話直說，難道您敢百分之百保證，他這樣做是故作姿態，目的是要您信以為真？我說得有道理吧……說不定他想偷偷地向您說聲再見呢……」

「我不相信……我在找迴紋針的時候，他還用刷子擦著皮鞋，吹著怪里怪氣的口哨呢。」

「怪里怪氣的口哨？」

「好像是電視的廣告歌曲……」

「不行這樣啦！您找什麼理由蒙騙自己都隨您的方便，但用這種說法，對我可不管用。」

「這麼說，又好像有點什麼相關的耶……說不定就在電話簿裡……」

話畢，她才有些倉皇地轉向放著電話的屋角，彷彿咬拇指指甲似的連忙把緊握的拳頭貼在自己的嘴唇上。她這個怪癖是藏不住的。她那塗滿厚厚指甲油的指甲邊上的白色痕跡，正顯示出她向來就有這個惡習。她略顯歉意地微笑。

「應該還找得到備忘錄吧？」

「你這麼一說，我似乎有點印象……那個架子上的確有個黑漆的盒子……大概這麼大……把按鈕對準第一個大寫字母上，輕輕一按，盒蓋就會應聲打開……」

「這盒子是跟您丈夫一齊失蹤的嗎？」

「不。假如被人拿走，就是我弟弟了。他總不能什麼也不做，只教我枯等啊。而且，他查來查去，沒有查出有用的線索，就這樣擱置下來。況且，那盒子只要一直擺在那裡，我每次看到一定會坐立不安的。我弟弟反對我做危險的事……」

「什麼危險的事？」

「他說，人生在世只要一張地圖就夠了。這是我弟弟的口頭禪……他常說這社會如同猛獸毒蟲出沒的森林和草叢，只能沿著大家經過後安全無虞的路徑走……」

「這種說法好比洗手之前，先把肥皂消毒一番呢。」

「是啊……我弟弟就是這種性格……他每次來我家裡，總要花好久的時間，又是洗手啦，又是漱口啦，折騰個半天……」

「不管怎樣，我求求您，現在就請您打電話給他。」

女子的神情突然為之黯然。也許是她卸下彩妝，露出了肌膚本色。這是她第一次露出較為清楚的眼神。她用並排的雙手指頭，輕輕摩挲著桌面的邊布，然後悄聲站起來，繞到狹窄的椅子後面，用手指在檸檬色的布幕上捅出淺淺的凹窩。這與黑色很搭配的女子……那拒絕重力的腰身曲線……拿起話筒，也沒看電話簿就撥起號碼來。這個動作結束之後，她揪住布幕的皺褶……細細的指頭彷彿沒有關節……她似乎像是出於某種習慣看到什麼就抓住什麼……莫非這是為了戒除咬指甲的習慣而養成的新習慣嗎？她輕輕搖晃著那片布幕，像帶著幾分醉意……話說回來，黑色和黃色原本就是「危險」的標誌……

「簡直在胡搞嘛！」她用嘶啞的聲音像是對眼裡的某人說：「總不能讓她習慣性地自言自語嘛……最好直接問她本人吧……我原本也不敢相信……他悠閒吹著口哨，但是馬上就……這令人可怕極了。噢，這怎麼回事，沒人接電話……是不在家嗎……」

「您打電話給誰啊？」

「後面那個……」

「是那個最後的目擊者嗎？算了吧，他一定不想接您的電話。而且，我又不是請您打電話給他。」

她怔愣了一下，用像不慎抓住毛毛蟲似的動作，擱下了話筒：

「那麼我要打給誰呢？」

「當然是打給您弟弟啊！」

「這恐怕不行呀。因為……」

「反正我非要地圖不可，哪怕十張二十張都行。您只給我一張相片和舊火柴盒，叫我到哪裡找人呀。我們幹的是出生入死的危險行業。我出示給您的委託書上，寫得非常明白，您有義務提供各種資料。我覺得這種要求並不過分。」

「我弟弟知道情況。他說，任何人都派不上用場，他要自行調查……」

「他倒很有自信呢。既然這樣，您為什麼委託我調查呢？」

「因為我已經等不及了。」

沒錯，等待是焦灼痛苦的。然而，我還在繼續等待。我信步而行，停下來，轉過身。又再起步……偶爾有公共汽車到站，稀稀落落的腳步聲，但就是看不到人影，不僅看不見任何人影，連斷層、地裂、魔圈、祕密地道的入口，類似這些東西的痕跡絲毫也辨別不出來……只有那遠近的等待得疲憊萬分的暗黑而空洞的草地……以及二月冷沁肌膚的夜風……

尤其在清晨七點半，那是在所有的時刻中最使人情緒低落的時候……人們無論遇到什麼特殊狀況都不予搭理的如蒸餾水般的時刻……我不禁想像著：這個燃料貿易公司的課長身上究竟能發生什麼樣的突發事件呢？是我不被看在眼裡呢？或者我遇上了愚笨的委託人？不管是哪種情況，我都無所謂，因為看不見的東西，終究是無法看見的，而且一開始，我就不打算看。

我想看的東西已經看到。我的目光始終盯著那裡。那映出淡淡長方形的光亮、檸檬色的窗戶……我剛剛才從那裡告辭出來。那檸檬色的布簾似乎在阻擋黑暗入侵她的房間，與此同時，它還向站在暗夜中顫抖的我發出陣陣冷笑。然而，必然就是你，到頭來要背叛她。我就等著呢，繼續等到你的出現。

就在這時，有個似乎用腳跟走路的腳步聲倉皇挨近，於是，我這才收回眺望的視線。那個女子的腳步聲顯得有些膽怯。踩著高跟鞋的步伐急促，似乎在趕時間似的，腋下挾著紙袋……儘管在黑暗中，仍可看見其白色大衣的領子和袖口都鑲滾著毛皮……她佯裝沒看見我的樣子，但表情瞞不過我的眼睛，因為她看向我這邊時，上半身僵硬得如穿著鎧甲；我突發異想，這時我若猛然把她按倒在草坪上，將是怎樣的情況呢……她一定駭然地叫不出聲來，如同雕像般咚地倒下去，佯裝昏迷……她那白色大衣過於顯眼了，我應該往她身上撒些枯草敗葉……埋在枯葉裡的女子沒有動彈……她突然脫得全身赤裸，只有手腳伸展開來，一陣風吹來，把臉上的草屑帶走……這時候，那張面孔忽然變成檸檬色布簾那邊的女人……強勁的陣風吹來，吹散她身上的枯葉……然而，顯現出來的並非我預料的裸身，只是一個黑洞……那個穿著白色大衣的女子，就在水銀燈下輕盈轉個身子，迅速膨脹的身形漸漸消融在暗夜中……我也看不見她的手腳了，只留下深邃水井般的空洞……

我覺得穿在腳上的不是鞋子，而像是冰凍的魚肚。不過，我打算再等三十分鐘看看。如果我的預料正確……我只能相信自己的預料沒錯……她彎腰的身影一定會映照在窗簾上。因為她和覆在枯葉下的女子情況不同。這不是我在選擇，而是她自己在抉擇啊！

從剛才的情況即已知道，她若想打電話，那椅子礙手礙腳，因此只能採取那樣的姿勢。她側著身子朝向窗戶，加上光線的緣故，頭部可能無法全部映現出來。窗簾的布料很厚，但織得很稀疏，所以毋需擔心看不見她的身影。我只要抓住那個場面，稍稍挨寒受凍，這等待就算值得了。她要打電話給誰呢？毋庸置疑，就是所謂向來行為奇特的弟弟了。據她所說，她弟弟是個親切聰明奮不顧身又過於深思熟慮因此居無定所的奇怪男子……這個特地擔任徵信調查的委託者，在緊要關頭，卻把洽談事宜全扔給整天沉浸在白日夢中、幻想被丈夫逗笑得前仰後合、動輒自言自語、快要酒精中毒的女子，而且始終不願露面，這種作法太不負責了……

不過，這倒無所謂啦。我原本就無意推論委託者提供的資料是否屬實。我們吃這行飯的，只要客戶給錢，明知道他們謊話連篇，我也照樣承接。然而，我們還得掌握案情的來龍去脈，否則連傻瓜的角色也扮演不來呢。實際上，要把傻瓜扮演得恰如其分並不容易啊！況且，這還不能損及自尊心呢。要我佯裝笨蛋尚能接受，但若把我看成愚蠢透頂的傻瓜我可不奉陪！我只收下三萬日圓的調查費用，它絕不能超出這個範圍。

我把皮箱放在腳下，兩隻手放進大衣口袋裡，一面輕揉著側腹，繼續盯著檸檬色窗簾那邊的動靜。一輛計程車發出尖銳響聲爬坡上來，劃破了黑暗的夜幕，往社區公寓深處駛去。我決定在那輛計程車折返之前，繼續等下去。但我旋即心想，萬一那輛計程車就此不再出現呢……這不可能……我總覺得她所說的弟弟或許根本不存在……智慧的車輪這種東西，有時候按圖組裝比拆卸來得簡單自然呢。

遠處傳來粗暴地關上鐵門的聲音，彷彿在縱橫交錯的管道間迴響不已。它如大地的嘆息般傳進耳朵裡。微弱的狗吠聲在空中盤旋遠去。我突然湧升起一股尿意。我渾身不由自主地顫抖，似乎快憋不住了。我原本以為是雪花飄落呢，看來可能是凝視黑暗過久產生的錯覺。但儘管我閉上眼睛，雪花依然在我眼底紛揚而下。然而，比這雪花更令人難以置信的是……

剛才那輛計程車居然亮著「空車」的紅燈折返回來了。你說不可置信什麼呢？……一切都難以置信。因此我不知道要懷疑什麼……我似乎連思考能力都被凍僵了……檸檬黃的窗戶那邊沒有任何變化……我原本想吃粒糖果，卻誤將玻璃珠塞進嘴裡……幸好，我沒迫不及待地一口咬下。我忍著冷顫，終於解完小便，從地上拿起皮箱回到車裡……計程車的引擎聲很刺耳……倘若事情一如我所預料，這「音響效果」應該是送給委託者的，但如今在我聽來卻覺得憤恨和鬱悶了……哎，如果這斷然就是事實的話，我只好從這個事實著手調查了。

一個舊火柴盒和一張相片。設若這就是地圖（線索），那麼空白的地方未免太多了。儘管如此，我認為自己沒有義務非得把空白全部填滿，因為我終究不是法律的捍衛者。

調查報告

二月十二日上午九點四十分——我查訪火柴盒上的出處。從委託人的住處步行大約二十分鐘，可看見在其社區坡下的右邊有地鐵車站，沿著公車的路線往S車站方向走去，左邊有個露天的收費停車場，就在那裡斜前方有個寫著「山茶花」的招牌，那字體與火柴盒商標上的完全相同。這是一家很普通的咖啡館，只有十八個座位；除了老闆之外，還有一名女服務生。看上去，女服務生約莫二十歲左右，身材微胖，臉龐圓潤，額頭上有明顯的粉刺痕跡，穿帶花紋的長統絲襪，打扮得相當豔麗，但長相並不漂亮。就此看來，此人應當與本案無關，不必調查。門上貼著「誠徵女服務生」的招貼，我心想，或許這幾個月內有人辭職吧。我若無其事地探問老闆，方知這期間沒人離職，他只是想新聘一名女服務生。我向他出示失蹤者的照片和說明特徵，他們二人都異口同聲說，對此毫無印象，並證實失蹤者至少不是店裡的常客。（附注：一杯咖啡八十圓）

……今天早上我有點宿醉。因此我喝了兩杯咖啡，不過我想還是自制些，只申請一杯咖啡的費用。

雖然如此，我這一份關於「山茶花」咖啡館的調查報告，可沒有半點造假或隱瞞。

因為根據老闆證實，從這個舊火柴盒、模糊的商標圖案，以及這咖啡館雖然距離住處很近卻來往不便云云，「他」都絕非店裡的常客，因此實在不需要再補充什麼訊息了。

原本裝有櫃架的牆面經過翻修後，現在依然露出頹落的舊痕，在那牆上貼著一張像是南美洲某咖啡莊園的彩色相片。照片的邊角捲起，積著一層灰塵。我心想，說不定當初貼這張照片的人早已忘了它的存在呢。在那照片裡，每個人都戴著寬邊遮陽草帽，那裡的陽光似乎分外耀眼燦爛；但如今我從店內網狀的布簾望去，只看到灰濛慘白的二月陽光殘影，以及置於一棵枯萎變色的橡膠樹下的煤油暖爐正吃力冒著紅色火焰。況且，店內始終只有我這個客人，那個板著面孔的女服務生，趴在櫃檯上忘我地翻看著雜誌，老闆似乎也患了傷風感冒，臉頰有些發腫，有氣無力似地抹著桌子，每抹完一張桌子，就抬頭看向外面的街道，怨恨似地長嘆一聲。假設在這份「調查報告」之外，要我補充點什麼，頂多就是那裡立著一塊「此路不通」的牌子了。與此同時，若要我再更多的想像推測，那如同拿只放大鏡在咖啡莊園裡的照片中找尋同樣愚蠢。在我看來，不僅僅是「他」，任何人只要在這咖啡館落座，他們首先想到的是有家可歸是何等的幸福！總結地說，我的「調查報告」沒有半點故弄玄虛。

我趁著老闆走到鄰座，收拾起皮箱，站起身來。這家咖啡館座落路旁，店內是縱向格局，他為了讓路給我，得先斜身站在桌子間等候。我每一腳踩下去，地板縫裡就滲出黑色的油漬。我掏出兩百圓，遞給那個很不情願從雜誌上抬起頭來的女服務生，我在等著找錢之際，決定不去找失蹤者的妻子了。這件事情我已經告訴過自己，而且決定這麼做。但話說回來，我應該可以找她弟弟探問，至少查出他的底細也未嘗不可。依目前情況看來，他們姊弟倆的利害關係是相同的，即使現在不能把這些寫進調查報告裡，可隨著事件的發展，說不定以後他們行跡敗露，因此搞內鬨而反目成仇。而且，她終究是正式的委託人，我根本不必對她弟弟太講求道義情面。

置放在收銀台旁的紅色電話機，連撥號盤的凹洞都沾滿手垢。我撥了電話到公司，轉接到資料室，央請承辦員立即趕到她原戶籍地的區公所，查明其戶口謄本裡，其弟弟的親屬關係。在通電話的時候，我故意大聲說出她現在的姓氏和娘家姓氏，好讓老闆和女服務生聽見，不過他卻沒有反應。他們毫無反應是正常的。因為縱使事情不幸被我料中，他們彼此聯絡的時候未必使用真名實姓吧。

老闆一面咳嗽，一面收拾我坐的那張桌子。我轉身走到門外的時候，背後傳來女服務生略帶關東口音的道謝聲，灰白色的天空依然明亮地那麼耀眼。就在店門口前，有兩輛大型公共汽車幾乎緊挨著前車，我趁著車陣裡的空隙，穿過馬路，往停車場走去。那停車場的四周用帶刺鐵絲網圍著，前面豎著三塊招牌。

其一、「收費停車場　一小時七十圓．定期停車　折扣從優」，下面用紅字標示電話號碼。

其二、「就在前面！」一只一公尺長的手指示著方向，這是旅館的廣告。

其三、「花輪個人計程車營業處」幾個大字幾乎快遮住出入口的崗亭。

坐在崗亭的警衛年紀稍老，一隻眼睛布滿血絲，他正岔開雙腿在火盆上烤火，我遞給他七十圓的停車費，心想這筆開支也要寫進調查報告裡，接著將蓋有橡皮圖章的收據塞進我的皮夾裡。我回頭一看，剛才從店內看到的網狀窗簾，現在卻如黑色油漆，把「山茶花」的整個窗戶塗得一團漆黑，恰巧與位於對角線藥局店頭的繽紛形成強烈對比。一隻碩大的肥貓在二樓的屋簷下悠然地踱著，可是走了五、六步，又忽然不見了。在那屋簷的盡頭，高聳著公共澡堂的大煙囪，透明的輕煙裊裊上升。我習慣性地取出了照相機，卻又覺得無此必要。因為我可不會再到這裡，如今它又能提供什麼證據來呢？

我的車子停放在左排的第三輛，由於被前面的車擋住，一時沒能看見。當我好不容易看到那有些扁塌的車頭時，一個男子從崗亭大步踩著砂石匆匆跑來。

我心想，莫非我給的停車費不夠，他跑來催促嗎？

那男子滿臉笑容，毫不客氣地朝我身上打量。他的眼神真是令人討厭不快。他身材削瘦，肩膀卻很寬，黑色外套的肩線筆直垂落，想必是口袋裡裝著什麼重物吧。或許是他鬢角稍長的緣故，神情看來侷促不安，使得剛才向我綻放的笑容全抹消了。他走路的時候，似乎刻意邁著外八字，格外醒目，而且兩隻眼睛間距太近，給人一種好鬥衝動的印象。

「你……是徵信社的吧？」

這聲音我似曾相識。他說話並不結巴，卻像嘴裡含著唾液般含糊不清。果真是他嗎？我想起上次在電話中的對話，他就是代替姊姊委託我們調查此案的男子。對方始終微笑，可因為我毫無心理準備，有點倉皇失措，甚至感到前所未有的挫敗。

坦白說，我根本就沒期待與這男子碰面。這可能是因為昨夜我在天寒地凍中徒勞空等的緣故。我不僅要懷疑他是否真是那女子的弟弟，甚至開始質疑他的真實身分。因為她花錢委請陌生男子代打電話，並非太困難的事。退一步說，縱使確有其人，可情況並未因此明朗。我心想，與無故失蹤的「他」相比，眼前這名男子亦不遜色，他總是故作神祕，而且竟然玩弄起這種拙劣的手法，必然有不可告人的背景。他敢於玩弄這些花招，似乎早已做好被視為共犯的心理準備了。對此案件我幾乎不計後果了，總覺得自己不知不覺中正被捲入某個犯罪風暴中，扮演著共犯的角色。

而且，看來那個火柴盒與「山茶花」咖啡館並沒有什麼特殊關聯，但我對於火柴盒本身卻感到好奇。因為盒子裡居然有黑白兩種不同顏色磷頭的火柴棒。

我有一種危險的預感，像這樣疑神疑鬼，一不小心，就可能不由分說地踩進這地圖的空白處。然而，我不會那麼輕易讓對方知道我的疑慮。這點我當然明白。我收到的調查費用終究要為委託者的利益著想，至於查明真相就是其次了。

我對此已經意興闌珊。換句話說，我不再對此抱以希望了，但就在我餘醉未消猛灌了兩杯咖啡提神之後，這男子卻出其不意地出現在面前，要我保持鎮靜，這談何容易呢！

他看到我不知如何回答，又乘勝追擊似地抬起下巴比著咖啡館的方向說：

「有什麼收穫嗎？說起來真是巧遇啊……看這樣子，咱們談得來呢。」

「巧遇？」我不由得詰問似地反問。

「應該說是巧遇吧。」他從背後繞過來，和我隔著車子站著，回頭說：「我可不是來監視你的，若果這樣的話，咱們的角色可就顛倒了。」

「你怎麼知道我？」

對方朝我的皮箱瞥了一眼，興趣盎然地說：

「你不也是一下子就知道我是誰嗎？彼此彼此啦。」

我之所以一眼認出他來，主要是因為他怪異的嗓音，而且時間和地點都過分巧合。這個自稱她弟弟的人，有什麼部分特徵與他姊姊相似呢？他的肩膀很寬，脖頸很細，或許這肩膀是用墊肩撐起來的呢。他的聲音含糊不清，可能是聲帶發炎腫大。此外，他的皮膚淺黑，給人動作敏捷的感覺。不能說他們姊弟完全不像，可凡是尋常之人彼此總有些相似的地方。嚴格說來，他的嘴臉是用充滿敵意的漿糊糊起來的，與剛才綻出的微笑格格不入。他的眼睛乾澀，似乎從來不曾做過美夢。尤其他說話的時候含糊結巴，聽起來實在難受，至少整體感覺而言，我們沒有共同之處。儘管如此，他畢竟算是半個委託人，我不打算與他招惹事端……然而，假如他想用區區三萬圓就要撩撥人家的情感好惡，他可就太錯特錯了……

「昨天晚上，你以為可以見到我吧。可你要找的是不同對象，難怪你有些茫無頭緒了。」

他用戴著黑色手套的指頭撥弄著我車子上的雨刷，一面朝向我說：「你的鬍子很濃，真叫人羨慕。不知怎麼回事，我的鬍子就是稀稀落落的，跟泥鰍的鬍子差不多。這是男性荷爾蒙的關係吧？」

「總而言之，我可被搞得團團轉呢。她……就是你那個姊姊嗎？她一味地說既無頭緒也沒有線索，碰上關鍵的時刻，就推說弟弟知情……但如今那個弟弟在哪裡呢？她又說不上來……最後只會自個喝起啤酒。從她的反應看來，好像不想查明丈夫失蹤的真相呢……」

「嗯，你絕對是個聰明人，這麼快就察覺到其中的複雜情況了。」

對方的嘴角掛著微笑，接著解開外套上面的兩個鈕釦，把白色圍巾往旁邊挪了挪，將上衣的領子翻出來。領口上別著一枚厚厚的徽章，約莫大拇指大小。那徽章是景泰藍質地，藍色銀邊三角形，中間有個浮雕的銀色S。這字體的構造很奇特，運用直線稍加變形，亦可視為閃電圖形。或者本來設計的就是閃電，並不是S。

我不曾看過那樣的徽章，但很快就理解到這個舉動是在展示某種特殊的威嚇效果。我理解他的意圖，卻故意不表態。

「你知道的嘛，」對方迅速地把衣領闔攏說：「我不希望你有任何偏見。家姊的丈夫是個行事務實的人……怎麼說呢……不是那種沒定性的人。這點請你務必記住……」

「既然如此，你更應該毫不隱瞞地向我提供線索呀。」

「隱瞞？你這種說法太不恰當了。」他突然發出幾聲乾笑，「看樣子我姊姊又在誇大其詞了。」

「如果不是早有預謀，他不可能走得如此乾淨俐落，沒留下任何蛛絲馬跡。」

「當然，這也可能是有計畫地出走。」他霍地壓低聲音，歪著腦袋，用腳尖踢著車子的輪胎說：「在這一點上，我跟家姊的看法稍有不同。直白地說，她畢竟是個女人。對於她而言，一想到自己像破抹布般被扔掉，當然無法接受，就得把它推給其他原因了。女人就是這樣啊！如果可能的話，最好編個無法解釋的天馬行空故事……問題是，你如何證明它的存在呢？這簡直太強人所難，雖然我能理解她的心情……」

「也可能是失憶症造成的。」

男子依然面無表情，又對輪胎踢了一腳，然後評頭論足似地慢慢沿著車身，繞到車子後面說：「嗯……我想過這個問題，也向醫生請教過。根據醫生說……」

「咱們回『山茶花』喝杯咖啡如何？」

「為什麼？」

「不為什麼，我覺得室外很冷……」

「是嗎……」他側著身子慢慢從車子和壁板之間走過來，來到我的跟前說：「我這個人就是急性子……你在那裡是否還有事情沒辦完？」

「不，完全徒勞無功呢。」

「那個醫生說……」他平伸雙手，突然在我胸前如揉捏泥土似地動著，「失憶症分成兩種類型，一種是只喪失過去的記憶，對現在的事情，怎麼說呢……」

「沒有失去判斷力……」

或許是心理作用使然，我聞到他強烈的口臭，不由得地後退一步，他稍微傾身，往車裡窺探，「沒錯……還保有判斷力……另外一種是，連判斷力也不行……最終變成傻子或者瘋子。因此，如果是第一類，還能變成另一種人，過著與眾不同的生活方式，但這種類型的人，通常在兩、三個月後就能恢復記憶。問題是，若真的變成瘋子該怎麼辦呢。照理說，警方會加以保護……是吧……根據家屬提供的失蹤人口協尋，加以查證比對，很快就能找到。但話說回來，他那個人不像咱們，平常就把駕照或者什麼證件帶在身上……」

「這麼說，你還是認為這是預謀出走囉？」

「我不敢斷定，但他又不是小孩，無緣無故一走了之，豈不令人起疑呢……」

「如果是在周詳的計畫下失蹤，很可能不會留下任何痕跡。不過，從昨晚探查的情況來看，這點還不能確定……那個帶有彈簧裝置的電話簿應該在你手裡吧？」

我本想出其不意，但他並沒有因此驚慌失措。

「啊，類似那樣的東西多得是呢。比如，日記啦，還在有從公司的抽屜找出來的名片啦……」他故作不知似地抬頭看著天空，伸露出像烤全雞般肌肉發達的脖頸，凸起的喉結上下滑動：「話說回來，他失蹤可有半年之久了。在這期間，我並沒有袖手旁觀，只要稍有蛛絲馬跡，我都查了一遍……也許你覺得我的作法不得要領……結果一無所獲……我花了很多時間，也砸了不少錢……當然，如果必要的話，我隨時可以出示這些調查經過。不過，你若讓我說真心話，那就是你別把時間浪費在那個人的身上。這是我總結失敗經驗後對你的建議，對她不要抱任何希望，不如自行重新調查得好。」

「你說得倒輕鬆呢，只憑一張照片和一只火柴盒，這不是水中撈月嗎？」

「也不見得就這些東西啊。」他緩緩脫下手套，好像眼睛飛進沙子似的，用中指強按著右眼的眼角，「我知道你到那家咖啡館調查徒勞無功，但是當我想像你在尋找那咖啡館的時候，突然閃過一個想法，我覺得那火柴盒跟咖啡館無關，很可能與停車場有些牽扯……而且那傢伙嫌疑可大呢……他很有修車的本領，還有一級汽車維修技師的證照……他擅長用這樣的技能找來破舊的中古車，經過他的巧手翻修，就能重新開上路，說不定還能賣個好價錢呢。這樣聯想，不是稍有線索了嗎？說不定這裡就是他們交易的場所……」

「我正是希望你們提供這樣有力的線索。」與此同時，我猛然想起與檸檬色窗簾並排的書架上，那雜亂無章但多半是實用性的書籍中，的確放有汽車維修題庫的書，以及畢卡索石版畫旁邊掛著一級方程式賽車透視圖，上面還有紅色圓珠筆添寫的文字。說到這裡，我不得不承認自己的疏忽，便說：「他擁有這樣的證照，的確是很大的線索！這跟什麼地方長痣、或有盲腸手術的疤痕可不同。你們就是沒提供線索，才搞得我到處碰壁啊。」

「那就是她的不對了。」他堆起薄唇開始微笑，很快地伸出手指在幾乎碰到我腰間的地方停住說：「我姊姊大概把你這個偵探當成喝啤酒的小菜了。」

「後來結果怎麼樣呢？」

「還是不行……」他回頭望向崗亭的方向，伸出泛白的舌尖，噴出一口唾沫。它劃出高高的弧形落在旁邊的車頂上，「那老頭子這半年來都就待在這裡。我試探過他，他還滿精明的，說起話來毫不含糊。他那雙發腫的紅眼睛，倒是看過不少世面呢。不過，有些事從旁觀者來看滿有意思，可能會突然看出意想不到的門道來……」

或許風向改變的緣故，背後的巷弄刮起一陣沙塵，從車子間穿過，緊接著，傳來風琴的聲音……不，那是垃圾車的樂曲……他冷不防攏緊圍巾，神情僵硬，焦灼地說：

「討厭的東西來了。」

「是垃圾嗎？」

「垃圾和音樂竟然湊在一起，真是無聊透頂。怎麼樣？要不要回咖啡館休息一下？」

他的聲音焦躁難安。這次輪到他來邀請我，這時我開始稍稍知道自己所處的位置，盤算如何出招。

「我希望早點看到你保管的東西，特別是日記。」

「日記嗎？……那當然可以……其實這稱不上日記……你看了以後，也許要大失所望呢……」他似乎在催促我回答似地往前一步，「以一個女人來說，你覺得我姊姊怎麼樣？我想聽聽你坦率的看法……」

這車子之間的空隙只能勉強一個人通過。我若不後退的話，對方恐怕會撞過來。不過我仍維持不動，對方剛剛邁出的步伐很不自然地停下來：

「請你務必告訴我。不是從工作上的立場，而是作為一個男人看她的時候……我拉拉雜雜說了一堆，其實今天碰見你的時候，我最想聽聽你的看法呢。」

「你不是說巧遇嗎？」

那輛垃圾車如同沒有槍眼的裝甲車鐵箱，正高聲響著甜美的旋律從金屬網外駛過。

「嗯，當然是巧遇。」他的笑容很僵硬，面頰扭曲，「你的腦筋真好啊！這件事情交給你辦，我大可安心……」

「日記什麼時候能交給我？」

他盯著我時，眼神裡閃過一抹尖銳的敵意。我後退一步，讓路給他。他看到我沒有同行的意思，立即鬆了口氣，他的眼神顯得空茫，彷彿對於一切都不關心。

「什麼時候都可以……明天，是啊，明天中午之前，我會把它送到家姊那裡。」

作為這男子姊姊的這個女人……已經不是言語能形容，而是像從那檸檬色窗簾縫隙間伸出的尖針或鋒利刀刃……而我卻像昆蟲標本般被釘在無形的牆上……被用大頭針別在窗簾邊上的小紙片……這究竟是怎麼回事呢？……我又忘卻她的臉龐了……這男子佝僂著離去時，那寬聳的肩膀依然像一面牆……那裡宛如拼圖中缺少的一塊黑洞……

同日十一時五分——我拜訪大燃貿易公司。為了詳細查明此案，亦即出事那天早晨「他」約定在S車站將資料交給部下的事情，我求見營業部的高層主管。

……是嘛，都已經半年了……他說道。我看見桌上有個外形恰如小火缽的瓷製菸灰缸，上面印著燙金的「大燃貿易」四個字，顯得粗俗惹眼，這大概是去年剩下的中元節訂製贈品；此外，還有只瓷製招財貓，可以從背部吊掛起來，它如九谷瓷器般色彩絢爛，耳朵的設計很考究，微露白齒，迎笑招客。這裡的老闆可能是農村出身的土豪，但公司營運基本上似乎已經步上軌道。這家公司設在一棟老舊簡陋樓廈的三樓，加上三樓有一半是閣樓房，天花板有些傾斜，只有這間會客室使用不鏽鋼製的暖氣管和三合板來隔間，看來花了不少錢，桌椅等辦公家具齊全；除了臨窗那面牆壁之外，其他三面牆上分別貼滿北部、西北部、西部和郊區的手繪地圖；這三張用紅色、藍色、綠色繪製的複雜地圖上，有的地方像糾纏難分的毛線團，有些地方像綻開的破網，恰似人體解剖圖般給人強烈的印象，還用大頭針插著乳白色的三角旗。這塊像窪地的街區位於國營鐵路環狀線和郊外環狀道路之間。樓廈的一樓是腳踏車店，二樓是麻將館。我心想，在這老舊的建築中，為什麼只有吞吐著支票和現款的核心機制給人強而有力的感覺……半年了，說來那時候正值炎熱的夏天。這個常務董事是失蹤的「他」的頂頭上司，或許是因為暖氣過熱，他光禿的額頭上滲著汗珠，如撒了雲母粉似的，他一面用手摸著腦袋，一面像是從坐著的黑皮椅上激動地跳起來。或許這是一般人的心理反應，一旦知道自己不會被追究責任，便興沖沖地想打聽熟人離奇的遭遇，窺探別人的不幸，藉此證明自己的清白。於是，我順應這種心理，態度從容地問：「那麼後來呢？有什麼新的狀況嗎？或者有什麼新的線索呢？」他回答：「哎呀，我哪可能有什麼線索呢。」他誇張地擺著肥胖的手，「坦白說，現在我才敢講出來，出事以後我不免這樣疑心生暗鬼地胡亂揣測，也做了心理準備，以為這回肯定被自家的猛犬狠狠了咬一口……不過，他並沒有咬我……而且我毫髮未傷……」我問：「你的意思是說，自己沒有受到實質的傷害，卻有可能受到牽連，是嗎？」他說：「這當然仍可能受到影響，因為我把規模頗大的超級市場交由他管理，他非常熟悉內部的情形，如果他沒濫用職權的話……」我問：「這麼說，你對於他的言行表示存疑，我可以這樣理解嗎？」他回答：「不，我並非這個意思。噢，哪裡發生火警啦？」我說：「那警報聲很可能是血庫專用車，要不就是救護車吧。」他繼續說道：「根室這個人啊，嗯……其實怎麼說呢？他是個勤奮篤實又正直的人。在我們這個行業裡，競爭非常厲害，口才流利自是基本條件，愈有本領的業務員，愈是能言善道，愈是心狠手辣，因此我也不得不提防呢。不過，根室的情形很特別，他憨直到有點傻氣，甚至可以把他的皮夾當成你的保險櫃安心使用，在這年頭，打燈籠都找不著這種人呢。」我問：「從性格上來說，他是膽小怕事的人嗎？」他說：「這跟膽小怕事又不大一樣，簡單地說，他是個埋頭苦幹的人，既不陽奉陰違耍詐，也不會想抄捷徑牟取暴利。不過，不知怎麼回事，有時候他像隻發怒的蛤蟆，固執得很，一旦話說出口，絕不收回。」我問：「這麼說來，他是否因此得罪了什麼人？」他回答：「得罪惹禍？這不好說呀，生意上有時不免爾虞我詐，很可能招惹得罪同業什麼的，但若因此太在意這個，生意就沒法做下去。」我追問：「可是，比如根室先生會不會握有某人違法犯罪的具體事證？」他說：「噢，這樣一來，豈不搞到不是你死便是我亡？話說回來，幹你們這行的，看過形形色色的社會陰暗面，想必也碰到許多離奇怪事吧？」我說：「嗯，託您的福，倒是見過不少世面。」他接著說：「就是嘛，誰不拉屎撒尿呢？」我探問：「我還想請教一下，根室先生對這裡的職務是否有過什麼不滿？」他說：「這怎麼可能呢！你想想看，他於失蹤的一個月前，才剛從銷售股長升到了課長呢。」我說：「嗯，這我聽說過。」他說：「正如你看到的那樣，我們公司的門面不算美輪美奐，可若就外觀來評斷，可就不盡公平了。依業務性質來說，我們多半把重點放在郊區，某些城鎮發展起來的話，鋼瓶液化瓦斯的銷售量自然跟著增加，但當它發展到某個階段，一旦住戶安裝天然瓦斯，我們就得捲鋪蓋走人啦。於是，我們就不得不瞄準現在尚未開發的地方，進軍到將來頗具潛力的新興市場，拜訪各級政府主管部門，蒐集各方資訊，還要拉攏零銷商的老闆，忙得熱火朝天。雖然隨著城市的迅速發展，我們播下的種子很快冒出頭來，但是長得快枯得也快。所以我們整年都得繃緊神經四處開疆闢土，業務員若只是圍坐在辦公桌前，絕對闖不出成績來。你別看我們公司空蕩蕩的，其實這反而是正常狀況。現在，我們公司的業績位居業界的第六名，銀行愈來愈看好我們公司的前景呢。」我說：「謝謝你的說明，看來問題出在那份資料。」他回答：「資料？」我問：「就是那天早上根室先生前往S車站交給貴公司年輕職員的那份資料。」他說：「啊，是田代君吧？他應該在，我請他來問問。」

這個常務董事沒等我說話，就撲騰似的站起來，連踢帶推地把開合不佳的合板門打開，然後從歪扭裂開的門縫朝著用單面屏風隔開、積著灰塵的辦公室大聲嚷道：「田代君，田代君，你快來呀！」他用手抹著腦門上的汗珠，然後擦在自己的褲腰處，堆滿笑容地回過頭來。我心想，他的說法有幾分可信呢？他說：「他馬上就來。這個小伙子前途看好，你別客氣，有問題盡量問他。」

沒多久，這位前途看好的年輕職員怯生生地走來，與常務董事相比，臉色很糟糕，戴著深度近視眼鏡後的眼神游移不定，穿著過於寬大的長褲和塑膠雨鞋，乍看之下，顯現出一副窮酸模樣。常務董事介紹之際，他顯得無動於衷，從表情看來，並非鎮靜自持，而是打從開始就摸不著頭緒。他和我並坐在靠近門口那端的沙發上，一面頻頻推著眼鏡，一面鼻音稍高地回答我的提問，說話倒還流暢。

「不，我不知道。那時候，我覺得先到公司再過去是浪費時間，所以指定在S車站碰面，看來是他急於交出這份資料。」我問：「你不知道是什麼內容嗎？」他回答：「嗯，我完全不知情。」我追問：「不過，你知道要把那份資料送去吧？」他說：「不，我不知道。他把資料和地圖一併給了我。」我問：「你能否把當時的情況和前後的事情做個通盤性的推測呢？」他說：「嗯，出事以後，同事們都這樣說，我亦做過多方面的聯想……」

「常董，您覺得如何？」我冷不妨把矛頭轉向常務董事，「您站在掌握全局的位置上，應當比田代先生更清楚狀況吧？」

「不，沒這回事！」他點燃一根香菸，仍然用剛才的語調，用手拂開燻進眼裡的第一縷輕煙說：「我向來堅信自己的用人哲學，我絕不隨意干涉部下的創意和努力。我經常對他們說，只要向我彙報結果就行，有好的結果當然更好啦。你說是吧，田代君？」

「可是，不管怎麼說，」我沒有針對特定對象隨意說道，把目光落在那個招財貓的菸灰缸上，「依此看來，我們似乎不得不承認那份資料極其重要。」常務董事直截反應地說：「為什麼？」我說：「我說得不對嗎？如果這只是普通的資料，可以用郵寄呀。」此時，年輕小伙子出面為常務董事解圍，「所以，我剛才不是說了嗎？一定是為了搶時間。因為從鄉下寄信，寄限時信也得兩天時間。」我說：「那打電話不是更快嗎？」他說：「我想這不僅是出於時間問題……打電話只能口頭商量，也許他還要面交什麼蓋章的文件，或者需要對方用印的事情……」

我暗自驚訝，這年輕人是個厲害角色，說話毫無破綻。我把身子轉了個九十度，直盯著他的面孔。然而，他只是略為抬起屁股，沙發嘎吱一聲，兩隻眼睛仍看著前方，絲毫沒有改變淺坐的姿勢。

「嗯，或許您說得對。順便請教一下，可否請你就那天早上你們碰面的地點，簡單地畫一張簡圖給我？」年輕職員稍稍點點頭，然後朝常務董事以目致意。他穿著塑膠雨鞋走路原本就不大發出聲音，卻更加輕手輕腳地走出會客室。他走出以後，剛才留在沙發上的凹陷屁股印緩緩鼓起。我發現這辦公室的玻璃窗似乎從不擦拭，使得窗外原本混濁的天空看起來更髒污了。暗紅色的光線在地上投射不出一抹影子。就在這時，常務董事突然伸出手中的菸蒂，朝著一只招財貓的臉上掐滅菸頭，忍俊不住似地笑起來。「這可真遺憾啦。我原本很期待你是個專業的偵探，可以從這傢伙的口中掏出點什麼東西來。看你很聰明的樣子，卻是虛有其表……」我問，「這麼說來，您也對他有所存疑嗎？」他回答，「我不是這個意思。我只是想讓公司的員工多些自豪感而已。不過，多虧你居中了解，我心中的疙瘩總算得以消解，心情舒坦了不少。當然，這並不是說我於心有愧，如同我也有睡不安穩的時候。話說回來，根室先生的太太特地請你調查，正證明連她也不知道丈夫的下落。那就好啦。我沒有別的意思，而且很同情當事人的遭遇，真是遺憾，只是當時我仍有些懷疑會不會是根室先生和太太聯手騙我？」我說，「您有具體證據嗎？」他回答，「哎呀，你每句話都不放過，我可不敢隨便開口了。這意料不到的誤會，沒什麼好稀奇的。你別看我這個樣子，其實是個勞碌命……」話畢，他長嘆一聲，把厚實的手指在肥胖的胸前交叉。我問，「是嗎，他真的拋下家眷消失無蹤了？」他回答：「我不了解根室先生的想法，但我看不出他還有這個膽量。」我追問：「你說他有膽量？」他說：「可不是嗎？我明知道搞失蹤可以圖個快意，可是我就幹不來。只要公司不把我硬趕出去，我死也要賴在這裡。人畢竟要吃喝拉撒睡。既然這裡有飯可吃，離開這裡豈不是一天損失呢？同樣是蹲廁拉屎，在熟悉的地方拉得更暢通……」

有人在跟蹤我。我不予理睬，繼續向前走。

我走出大燃貿易公司，從馬路往南走兩個街區，右轉爬上陡坡，穿過沒有遮斷器的國營鐵路平交道；沿著鐵路旁的道路是附近僅有能夠停車的地方。整排緊挨著的車輛就這麼排到前面大馬路的轉角處。這附近小工廠密集，多半停放著小型貨車。或許是每次電車駛過，都會從鐵軌削磨下一些鐵粉的緣故，這裡的路面看起來彷彿鍍上一層紅鏽。

我的車子停在道路盡頭。回頭一看，跟蹤者不見了。我心想，反正他終會現身，不用著急。我坐進車裡，先將座位調整妥當，接著把公事包放在膝蓋上，取出兩張報告用箋，中間夾上一張複寫紙，然後點燃香菸。這就像探聽和跟蹤的技巧一樣，我必須練就當場整理記錄的功夫。不過，我公式化地寫了幾行，就文思枯竭了。「毫無所獲」這四個字，恰巧證明「不在現場」，最令人窩囊的了……幸好，我拿到該公司姓田代的年輕職員畫下的簡圖，亦即他們在S車站碰面的地點，以及如自來水配管圖的紙片，這才總算沒有空手而回……這時我感到受前未有的挫敗！或許我就是這麼無能的人。我曾經試著覺得自己是個有才能的人嗎？因為我曾在文思泉湧時，在「毫無所獲」的情況下，卻有辦法把它寫成三十多行的內容……因此我偶爾會陷入這種錯覺中……後來我安慰自己，其實凡事平常心對待，不需要逞炫才能，於是就不把這件事放在心上了……

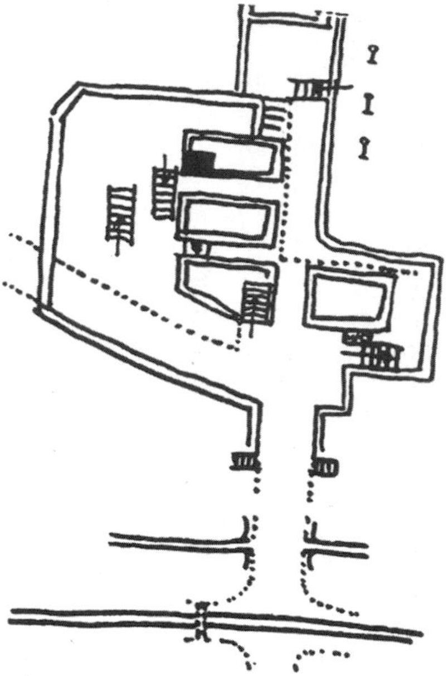

我撕下一小截膠布，把那張地圖貼在報告用箋的左角。

我看見車頂覆著白雪的長列貨車搖搖晃晃越過山頭，不時傾壓著鐵軌嘎嘎作響緩緩駛來。車子的後視鏡中出現了跟蹤者的身影。果然不出所料，就是那個年輕職員田代。跟蹤者消失在死角內，但旋即又出現，這次如假包換地站在車窗旁。他比了個手勢，要我把車子繞到相反方向。我一打開前座車門，列車捲起的風壓彷彿擊碎車窗似地發出巨響，膝上的紙張被狂亂翻揚起來。他探身鑽了進來，身上的大衣散發出宛如舊冰箱的強烈臭味。

在列車駛過的幾分鐘，或者幾十秒鐘裡，他的眼眸在眼鏡後面愈來愈小、愈陷愈凹，脖子往大衣領裡愈縮愈深，原本僵硬的身子如同單薄的鐵板隨著列車的震動共鳴起來。他到底要向我告什麼密呢？若果是來告密的，我當然竭誠接受，但亦可能像剛才那樣給我難堪。根據那個常務董事的說法，這個年輕職員「前途看好」，就連失蹤的「他」也這樣說，看來他似乎是個難得的人才……

列車終於疾駛而過，在我耳裡留下轟然的迴響。

「這天氣真令人鬱悶。」

我這樣說著，他就像電影膠卷般突然轉動起來，僵硬的膝蓋開始放鬆，身體稍稍向我靠來。我把菸頭從車窗縫隙間彈出，他卻掏出香菸點著吸起來，還不時把溜滑下來的眼鏡往上推，說道：

「對不起……我，不瞞您說，剛才，我撒了點謊……抱歉……其實我完全沒必要撒謊……」

「那時候常務董事在場，你不便說話吧？」

「也許是吧……不，我想不是這樣……因為常務董事早就知道事情的經過……可為什麼當場不糾正，佯裝不知情呢？……所以我愈想愈內疚，心裡很難過……因為這好像是我們共謀出賣根室課長……」

「你別為此過意不去，從結果來說，只要對於根室先生有用就行。」

「不，完全派不上用場。我一開始就知道所提供給您的訊息沒有半點用處。若不是這樣，我也不會扯謊。就是說了，也無濟於事……」

「有沒有用途，請由我來決定。」

「有關送交資料的那個地方……」

「你事先就知道嗎？」

「課長曾打電話到這裡，」他從胸前的口袋掏出一張名片，煞有介事似地晃動著，「我清楚記得在出事的兩天前，我在他旁邊聽到，他說要送什麼資料去……」

「噢，是鎮議會議員嗎？不過，這個鎮名倒是很少聽過。」

「是合併而成的新市鎮。可是，你去也無濟於事……況且我們也不是袖手旁觀……」

我總覺得這話很熟悉呢。對了，剛才在停車場時，那個自稱委託者之弟的男子這樣說過……忽然間，我被一股難以忍受的焦灼情緒折磨著。

「喂，我說呀，事情到了這種地步，你乾脆和盤托出，把所有事情說個明白吧。」

「你這是什麼意思？」

我心想，如果我知道這是什麼意思，還用得著問你嗎？我朝他發僵的表情瞥了一眼，扭開了收音機。一首由吉他伴奏如孩子般的歌聲流淌而出：

就只有這些
就只有這些
夢中見到你
就僅僅這個

這個姓田代的青年抬起胸膛深深吸了口氣，用手掌拭去車窗玻璃的霧氣，他似乎想說什麼。從車裡看出去，雨意甚濃，潮溼的天空宛如垂直的牆壁就擋在鐵軌前方。我心想，在這狹小的車裡，任你怎麼掙扎扭動，也無處可逃！我似乎從自己的體內聽見他怦怦的心跳……我悶不吭聲，故意靜觀其變……

「我說，」他的手凌空比了一下，重新坐直身子，彷彿看向遠方似的，「請您關掉收音機。」

「對，還是說出來得好。我是幹這行的，絕對會全力保護提供消息的人……」

北上和南下電車剛好在此錯車時，我的車子彷彿被鐵鞭抽打似的，收音機發出驚恐的叫聲，我慌忙地關掉開關，這讓我突然聯想起牙科醫生的器械。約莫半個月前，我掉了一顆臼齒，一用力吸吮，嘴裡便有一股血腥味。

「好，我說。的確，也許我不算坦誠以告……但並不是不想協助你……當然不是這樣……課長失蹤，我也被牽連受害……而且，非常害怕，晚上思考這件事的時候……渾身都冒起雞皮疙瘩……可是，我不好開口啊……因為我不願意為此傷害別人的人格……」

「嚴守祕密是我們的基本義務。」

「其實，他……還有個諱莫如深的面向……他有一種奇怪的嗜好……對於拍照非常著迷……而且是裸體照呢。」

「只是蒐集嗎？」

「不，是他拍的。他好像經常出入攝影棚。這件事可能只有我知情吧。因為出於某次偶然的機會，我把朋友經營的出租沖印室介紹給他……」

「有沒有固定的模特兒？」

「這個……算不算固定我不清楚……」田代的舌頭終於放鬆，連表情都變得像舊草鞋的膠底般黏濕，「他好像很喜歡其中一個小姐。」

「她叫什麼名字？」

「我知道攝影棚的地點。我手上還有他拍的照片，下次拿給你過目。看得出這是業餘愛好者的作品，但正因為這點，更有令人感動的味道。他還將這些照片分送給幾個顧客，很受歡迎呢。」

「現在，我到你那裡怎麼樣？」

「不行！這次我是藉口吃午飯溜出來的呀……我幾經思索，還是覺得不可能……他難道會跟那個小姐私奔嗎？課長不是那種衝動行事的人……不如說他個性有點孤僻，偶爾也被找去喝酒，但氣氛很糟就是，有時他居然可以十幾二十分鐘都悶不吭聲……」

這時，駕駛座旁的車門霍然傳來像用濕海綿拍打的聲音。我擦拭著車窗一看，一個頭部左半邊上有塊大疤、穿著太緊衣服的十歲左右少年，哭喪著臉孔看向車內。我打開一半車窗，他說，「對不起啊，叔叔。」一面擺出隨時可能逃脫的樣子，指著車子下面，「我的皮球掉進底下的洞裡了。」我說：「怎麼搞的，我不移開車子不行嗎？」他說：「你若讓我爬進去的話，不移動車子也行。」我說：「那你就爬進去吧！」不知什麼時候，天空開始飄下濛濛細雨，鐵鏽色的地面被染成重油浸漬的顏色。我心想，那個少年的臂肘和膝蓋肯定會弄得濕濡。沒多久，少年從車底下爬了出來，一隻手拿著皮球說：「這車子車速能跑多少公里？」我回答：「一百公里。」他半信半疑地「噢」了一聲，朝鐵軌相反方向的斜坡滑了下去。我不由地笑了出來，坐在旁邊的田代也莞爾一笑。我猛然莫名地感到如釋重負，覺得自己若多花些時間和耐心，似乎可以跟這個田代交上朋友。

我關上車窗，發動引擎，打開空調暖氣，已經冷卻的雙汽缸引擎，旋即發出蹩腳打擊樂似的響聲。

「你能喝酒吧？」

「嗯，兌水威士忌三、四杯沒問題……」

「那好，明天晚上，請你把根室先生拍的裸體照帶來，順便喝幾杯怎麼樣？至於時間和地點……這樣吧，明天我再打電話跟你商量……」

主任背後的牆上貼著巨幅的工作進度表，縱列是調查員的姓名，橫排是日期和星期，他的衣著邋邋遢遢、彷彿一只被水泡漲的氣球，癱軟乏力地坐在椅子上。若不是交叉在肚皮上的手指還在動彈，還以為他正舒暢地打瞌睡呢。他那鬆弛的下巴肉團裡，刻著幾條深深的皺紋，宛如鑲著幾根細線，那並排化膿過的毛孔，恰似苦瓜上的疙瘩。

主任始終維持那樣的姿勢，細瞇著眼睛，露出嘲諷似的笑容，用像狗兒傷風感冒時的嘶啞聲說：

「你怎麼又冒火啦？」

「我哪能冒什麼火呢。」

「這麼說，是不是有點什麼苗頭？」

「沒有。」

「想必也是。這種差事還是別陷得太深。」

「我只是發發牢騷而已。」

「但只知道發牢騷，可會砸了咱們的飯碗。」

「反正再忙就這個星期。試想一般家庭，每個星期拿出三萬圓支付調查費用，絕對撐不久的。」

「嗯。不過，聽說你的委託人是個大美人，是吧……」

「很不湊巧，她有個陰陽怪氣的弟弟，總是在周遭心神不定地來回走動。」

「對了，剛才資料部那邊來了消息……」

「我看過資料了。我很不喜歡那個傢伙，所以委請資料部調閱他的戶口謄本。」

「結果呢？」

「好像有一個叫這名字的弟弟，但是戶口謄本上沒有他的照片，所以是真是假，還不能完全確定……」

我一時口快，說溜了嘴，後悔也來不及了。軟塌而坐的主任突然從嘎吱的椅子探身過來，然後用銼刀般銳利的目光，毫不客氣地在我臉上掃來掃去。

「冒名頂替……如果讓替身冒充這個弟弟，那可真有本領啊……看來你的委託人也是個狠角色呢。」

「嗯，我只是多方設想……」

「你是基於什麼動機這樣懷疑呢？」

「出於某種動機……不如說動機薄弱或者動機不明……」

「動機很明確。」主任驀然打斷我的話語，「是因為委託人的丈夫無故失蹤是吧？」

「正是如此。」

「你很明白的，幹咱們這行的嚴禁干預委託人的私事。換句話說，那些不能寫進調查報告裡的事情，一律不可過問。若守不住這個原則，不如早點金盆洗手，改作其他行當，或者當和尚或幹扒手都行。」

我險些就把那只火柴盒的事講了出來。那是手摸得著、眼見為憑的唯一證物，可以把許多假設聚成焦點使其產生具象的唯一透鏡；因為只有在模仿類似真實之物的諸多平面圖中，把它投影在這個火柴盒上的才是不折不扣的色彩鮮豔的立體照片。倘若我再能從她那裡得到兩、三句證詞……只要得到證詞……那又怎麼樣……我盡情地嘲笑自己和自我鞭打。其實，主任還沒開口之前，我就知道他要說些什麼。因為只查核她弟弟的戶口謄本，就惹出那些話來了。話說回來，或許主任說得沒錯。

今天早上，在「山茶花」咖啡館旁的停車場上，他……委託人的弟弟——我被他巧妙的話術給糊弄了。但當我差點沒看到「嚴禁入內」的告示牌時，他竟然動作迅速地向我提醒。

毋庸置疑，只有委託人指定和允許的區域才是我們的狩獵區。對於我們而言，委託人決定調查的動機，全部載明於委託書上，委託調查起因於「他」的失蹤，因此不管成功或失敗，我只管追查「他」的下落，沒有必要追問其中的原因。換言之，委託人不願意提供更多線索，或者硬塞自相矛盾的訊息，也不必過分追究。

其實，這些事情我早已知道，用不著主任對我耳提面命。也就是說，即便委託人為了隱瞞自己的罪行而利用我們，我們也沒有資格拒絕，反正偷雞摸狗原是我們的本行。

例如，上次在收費停車場與他意外「巧遇」，由於他實在太能言善道，使得我沒能發揮調查員的職能，但與此同時，從另外的角度來看，這更加深我對他的懷疑。既然失蹤的「他」對於汽車維修方面如此精通，這不得不讓我聯想起最近讀過的有關破獲大規模竊車集團的新聞報導，那麼「他」可能與某地下組織有某種關係嗎？這些可能都不能排除啊！

另外，還有更單純的情況。例如，有人開車把人撞死卻逃之夭夭，他為嫌犯的車輛修補、更換車牌，或者他受到要脅必須這樣做，甚至或者「他」自己就是畏罪潛逃的肇禍者……

說來有些諷刺，他有著卓越的維修技術，卻使此案撲朔迷離，猶如走入迷宮的境地，結果反而逼得「他」進退失據……搞得待不下去，只好躲藏起來……假設「他」的妻子對這件事早就知情，卻故意委託調查，暗中掩護他逃亡的話……我就無用武之地了。

然而，我還有個未能釋懷的預感……說什麼都不想放棄，哪怕出現的機會微乎其微……在那寒風吹襲的暗夜裡，我凍得像僵硬的魚貨，卻仍死守在那裡寸步不離，只因為那扇窗戶透出的淡淡檸檬色燈光……彷彿有人在向我招手，要我直接打開柵欄走進去……對此，我當然毫無根據……但是我心神不定……卻又疑慮重重，試想委託人的柵欄和那個自稱其弟弟的男子設置的柵欄未必相同啊……是的，我很不痛快……她弟弟的行徑讓我覺得格格不入，我愈看愈反感……因此我像獵犬般蹲踞在柵欄的缺口，隨時準備撲出去。

柵欄的缺口……火柴盒……

我那份在「山茶花」咖啡館的調查報告，沒有半點虛假。既沒有弄虛作假，內容亦合乎常理。我找不出「他」和「山茶花」咖啡館之間有什麼關聯。不過，這僅是就火柴盒的外觀沒有問題的情況而言。我打開火柴盒一看，有顏色不同的火柴棒頭……二十六根黑磷棒頭中混有九根白磷棒頭……這是個棘手的事實，因為任憑你如何解釋，怎麼迴避，都不能把它拼合得順乎情理。事情不是這樣嗎？今天早上，我從「山茶花」咖啡館拿來的火柴盒裡全是白磷的火柴棒頭，所以這二十六根黑磷火柴棒頭是後來放進去的。在這年頭，還有人有那種閒功夫自動補充火柴盒裡的火柴棒嗎？不管物價如何上漲，你到任何店家消費，火柴盒和開水都是免費供應的。

然而，在我的調查報告中對此刻意未提，否則就會跨越這道禁忌的紅線了。雖然我心裡很想衝破那道禁忌的柵欄，但現在還下不了決心……

昨天夜裡我才注意到火柴棒磷頭有兩種顏色。在我失望地發現檸檬色窗戶那頭沒有動靜以後，總算躲進車內打開暖氣，但這反而使我打起冷顫，加上遭到挫敗的情緒衝擊，我渾身抑制不住地顫抖，甚至擔心這樣子恐怕無法開車。路上的車流愈來愈壅塞，我實在撐持不住，只好把車子扔在S車站前的停車場。

我沿著電影院拐進巷道，映入眼簾的是，凹凸不平的牆壁、斑駁的柏油路面、黑漆漆的坑窪，以及像在等候似的擁擠人群。不過，其實傳出躁動聲響的，我只看到一個蹲在貼滿廣告的電線桿後的男子。我站著撒完尿，神情漠然地走到前面轉角處，一家明亮的商店前，推開雙扇門的左扉走進去。我心想，都已經這時間啦，顧客還不到平時的一半，未免顯得格外冷清。我在入口的兌換檯拿四個一百圓換成十圓的硬幣。正面牆壁前有八個紅邊的長方形箱台，它們整齊並排擺著，若不是箱台四周印著商標圖案，我會以為是加油站的加油台呢。我從五排並列的細長桌中間穿過，先走到沒人使用的右邊自動販賣機前。一股嗆鼻的特殊味道撲鼻而來……晚上十點以後，使用下水道的情形銳減，臭水的味道便翻揚上來，這是都市特有的臭味。我把十圓硬幣投進機台右上方紅色箭頭指示下方的黃銅鑲邊投幣口內……每投進一枚硬幣，隨即發出像鋼琴的樂聲，投入第八枚硬幣時，紅燈亮了起來……我往旁邊取下一只紙杯，放在杯台下面，然後抓住不鏽鋼的拉把往右一轉，微燙的米黃色液體恰如其分地流出零點一八公升。我雙手捧著紙杯，免得熱氣跑掉，我先喝了三分之一，然後走到我常光顧的機台前，把剩下的飲料分五次喝完。

這時，我常用的那個機台前已經有人捷足先登。他穿著褪色的深藍色工作服，纏著一條圖案鮮豔的圍巾，沒穿外套，身材矮胖。他一手抓住紙杯，指甲滲著污黑的油漬，看樣子應當是附近某棟樓房的鍋爐工。晚間八點左右客人最為擁擠，來的幾乎全是白領階層，一過這個時間，客層就完全不同了。那位先到的客人，把位子讓給我，還回頭對我說：「聽說若小便滴滴答答的，八成是患了糖尿病。」他少了幾顆門牙，只見舌頭在嘴裡掀動，看來有幾分醉意，身體的重心在腳後跟和趾尖之間來回移動，但不巧的是，這個店家不擺放椅子。他發出聲音啜飲著杯中的酒液，一面盯著我的手，「嘿，你也愛喝這酒啊，看不出來耶。」然後，壓低嗓門說：「你借我十圓硬幣吧。我是這裡的常客，你若不相信，我可以寫借據。哪怕只借一枚十圓硬幣，我可從來不黃牛呀……」

在這店裡的好處在於彼此可以不搭理對方，加上我的胃囊和血管剛剛興起某種熱切的期待。我二話不說，隨即遞給他十圓硬幣，他幾乎一把搶過去，把它塞在耳裡，連聲道謝都沒有，就往賣關東煮的窗口急奔而去。

桌子上擺著許多小型自動販賣機。不僅有販售花生米、鹽味蠶豆，還有松子、干貝，甚至販售神籤等等三十餘種。此外，還有號稱全國僅此一家專賣豆皮的售貨機，那種機型宛如沒有手腳的機器人。在往常的時候，那些販賣機會發出吸塵器般的聲音，招呼排隊的顧客，但現在東西已經售完，一片冷靜沉寂。我買了十圓松子，接在手掌上，一把將它塞進嘴裡，其實只有二十粒左右。我喝到第二杯時，鼻涕突然湧流出來。接著，我買了一包三角包裝的鯨魚肉乾。我覺得今天晚上似乎是從額頭醉起，逐漸往下沉，而且那種感覺就像貓兒踩在鐵皮上的聲音。當我斟上第三杯酒回來時，已經醉得感受不出自己的體重了。

我走回來時，前面剛好是賣神籤的機台。可能是緊張的情緒乍然放鬆，還因為擁擠的時候必須張開手肘保護手中的紙杯，當我全身沉浸在醉意逐漸快轉的漩渦裡，這時突然發現桌面是印上木紋的塑膠貼面，一大片凹凸的麻臉，其實是菸頭燒焦的痕跡。我甚至發現好像有許多隻小蟑螂就在這片焦痕中爬動……於是，我開始感到一股衝動，希望時間就此停止運轉，把整個世界封閉起來，只映照在我的視野裡。

我覺得桌子上到處擺放鋁製大菸灰缸，反而礙事擋道。在桌子之間放著樣式難看的鉛製垃圾筒。然而，看得出客人往桌面上掐熄的菸蒂，用過的紙杯、塑膠小盤、衛生筷子等等，故意不丟進垃圾筒裡，扔得一地狼藉。人多嘈雜的時候，大家往往沒注意到，但也許正因為不知不覺地踩在滿地垃圾雜物時，從鞋底傳來的特殊感覺，正反映出這家店裡輕鬆自在的氣氛。自動販賣機對顧客的服務，就是忠實與方便最值得稱道。顧客可以在孤獨的境地中享受帝王般的尊榮。所以，至少我可以朝比菸灰缸大的桌子，比垃圾筒寬敞的仿大理石地板，盡情發洩滿腔憤恨。我真想隨便找個陌生人，聊聊丟飛盤什麼的。不過，這家店有個宗旨，就是互不干涉。我原本就不反對這個規定，所以只好把十圓硬幣朝眼前的機台投進去。

「吉──南有瑞雲之兆。馬步雖緩，終能開運。自力更生。愛情宜主動積極。謹防破財，小心雨天。尋人就在腳下。有春雨與核能輻射，宜在傘下。」

紙杯有個缺點，不管多麼小心謹慎，總會把手弄濕。大概因為這個緣故，我點根菸的時候，火柴怎麼也劃不著，我不覺著急起來。當我要把兩根火柴並劃之際……我突然發現那兩根火柴磷頭的顏色不同。儘管醉意的漩渦還在繼續旋轉，但清醒的部分已經串連起來。我想起這是剛剛從委託人那裡取來的火柴，可說是重要的證物，連忙用手帕把它包起來，塞進內面的口袋裡。

不過，在那以前兩根火柴已經劃燃了，其亮光強烈地烙印在我的腦海裡。

白色的磷頭

和

黑色的磷頭

我的思維如γ線穿透所有的情況和條件，朝結論邁進。從火柴盒和商標的損壞程度，可以簡單推測「他」並非經常出入「山茶花」的常客。他若是常客，應該可以拿到新火柴盒。但話說回來，他既然有兩種不同磷頭的火柴，也很難否定「他」不是偶然的過客。而他經常補充火柴棒，並且把它帶在身上，這豈不證明他即使不是常客，也與常客差不多嗎？若非如此，就是比常客更密切的關係。我喝下第三杯的一半，準備把神籤點燃，當然用別的火柴，以追逐四處逃竄的蟑螂。我的思維始終朝直線疾走。一家不常去的咖啡館的火柴盒……究竟有什麼值得關注的呢……難道是其商標設計……無聊透頂……那麼電話號碼？……對，電話號碼，這可以考慮。也許在「山茶花」咖啡館裡，就有個在胸前掛個「誠徵監護人」牌子就能使中年男子為之神魂顛倒像小鹿般可愛的小姐，隔著電話機向「他」釣魚，還不時佯裝肢體碰撞一下，吸引「他」的注意呢……

就在這時，我的推理突然來了個可以使輪胎騰空的急轉彎。這可不是開玩笑呢……如果真有那個小姐，絕對逃不過她那愛管閒事的弟弟的法眼。換句話說，他早就察覺出來，從委託調查開始就會指名鎖定她了。因此，本來就沒有這個女人。（而且事實上也是沒有）。如果我相信她的說詞：這個火柴盒是從「他」的雨衣口袋裡找到的……不，看來我不能過於在乎這些瑣碎的假設了……另外，除了火柴盒之外，還有一張舊報紙啊，我應當請她對此再做些補充說明，以供作參考的依據，然後裁掉擋道的豎幹橫枝，重新思索這個委託案的進展。

有人從桌子前方向我搭話，「你要把它當下酒菜嗎？」我發現他就是剛才騙走了我十圓的男子。他說：「吃了應當不礙事吧？而且長得這麼肥，滿營養的吧？」他這麼一說，我才發現劃了十幾根火柴棒，燒死二十幾隻小蟑螂，堆成一小堆了。我說，「啊，這可以壯陽？這些小傢伙是吃大家的酒汁長大的。」他答道：「是啊，你要不要試試看？」我以為他在開玩笑，所以默然看著，對方忽然伸手抓起幾隻，看了一眼，就扔進嘴裡。我正想制止他，一個像是店員的小伙子跑過來，用力把我推開，伸手就把死蟑螂全掃到地上，露出銳利的眼神，狠狠地說：「少幹這種噁心的事啦！」就走開了。吃蟑螂的男子眼神飄忽似乎在找著什麼東西，舌頭在沒有門牙的嘴裡翻弄著，說道：「好鹹呢！就跟嚼紙沒兩樣，乾巴巴的……味道跟廉價的海苔差不多啊……」

對啦，我應該直截了當地說。如果那個火柴盒有什麼含意，就是商標上的電話號碼了。嚴格說來，那時真正需要這個電話號碼的恐怕不是「他」，而是她或者她的弟弟吧？抑或說現在進行式的「現在需要」，比說過去式的「當時需要」更恰當吧。我可得提防這種聲東擊西的戰略。也就是說，他們害怕我打探這個電話號碼及其用途，故意佯裝電話號碼與「他」關係匪淺，誘使我介入調查，結果證明電話號碼與「他」沒有關聯，目的就是要轉移我的注意力，別放在「山茶花」咖啡館，或許這才是他們真正的目的吧？

可能已到打烊時分，一個把頭髮束在腦後的中年婦女開始從店內深處收拾垃圾，只剩下十五、六個客人，他們顯得疲憊不堪，知道無處可去了。我自忖：好吧，我就更直白地說。我這種想法不致於是缺乏常理的偏見。乍看來，她扮演著被丈夫拋棄的受害者角色……但事實若恰恰相反，她或者她的弟弟是不折不扣的加害者……殺人兇手的話……我無意這樣斷定……設若由於某種原因，我可以確立調查的立場……或者正如我所預感的那樣，她和她弟弟之間委託調查的動機不同，當她判斷揭露弟弟的惡行不會傷及自己的時候……毋庸置疑，她仍是我追捕的一頭獵物。可別太小看我啊！我知道向警方告密拿不到優厚的獎金，但改成勒索的話，沒有比殺人兇手身上更多油水了。算我求你，別把我惹得焦灼不安啊……

不知不覺間，主任又恢復到慵懶的姿勢，宛如汽水汽球般低聲說道：

「是啊，聽說那小子又送進醫院了……」

在我們之間，這句話毋需說明，彼此都很清楚。那小子最會惹禍了！在我們調查員裡，那小子的表現最為糟糕。但是他偏偏異想天開，簡直神經錯亂，夢到什麼就要展露一下；比如，撐著陽傘從大樓頂上往下跳，摔得渾身是傷，沒有比那小子更糟糕透頂的調查員了。

他在調查處理某個事件的時候，竟然逼得委託人走上了絕路。他平時做事就我行我素，從不考慮委託人的意志，居然向被調查的對象勒索，還得意洋洋地吹噓，這就是「各打五十大板」。然而，他很清楚原則底線，所以他幹的勾當從來沒有露過馬腳，也沒招惹委託人的憤恨，算來是真有兩下子。他之所以能夠上下其手，也是因為委託人未必都是純粹的受害者。不用說，委託人受到某種程度的傷害，當然有權利加以追究。但仔細觀察，有很多情況就帶有加害者的成分。極端地說，有些委託人本身就是不折不扣的加害者。例如，委託人委託徵信社調查某人的品行，他拿到的調查報告正是用來敲詐對方的材料！

然而，被那小子弄得自尋絕路的委託人倒是少有的百分百受害者！委託人是個年輕女子，性格很倔強，沒什麼朋友。她不知道自己的生父，從小由母親一手拉拔長大，現在租賃在某大樓的角落裡，經營著小型美容院。一天，來了一個神情落魄、一看即知是酒精中毒的五十幾歲男子，還厚臉皮似地自稱是她的父親。那女子是在苦境中長大，多少看過世面，自然不予相信。不過，從他的話語中，又有些微妙的地方，是只有生父才知道的。例如，去世的母親耳朵後面有一塊小傷疤，平時被頭髮遮住看不見……祖母的遺物珊瑚髮簪……只在照片裡看過的母親故鄉的高大吊橋……還有女子自己右肩上的痣和血型都說得正確無誤。女子聽著聽著，也覺得自己的鼻形和耳朵與那男子有幾分神似。

那一天，女子沒談出什麼結果，姑且給他一千圓，就請他走人了。可是三天以後，他又出現，滿嘴酒臭嗆人，說是只想看她一眼，又拿走一千圓……接著，三天兩頭，最後天天上門要錢，女子逐漸感到惶惑不安，但又覺得他若是親生父親，也不能這樣擱置不管，為他的生活無依而擔憂。這女子不知所措，終於找上我們徵信社，於是，那小子就負責調查這名自稱其父親的男子的身分背景。

假如那小子按照先前的作法，不管真相如何，順著委託人希望的結果調查，應當就可避免那樣的悲劇了。然而，不知是什麼魔神附身……那小子居然不自量力地扮演天使的角色。而且，那麼倒楣地很快就查明真相了！

不過，女子對於調查結果不滿意，要求重新調查。其實，那時候應該及時順從她的本意，必要的話，他不妨恢復最糟糕的角色，使出慣用的惡招，藉機敲詐一筆費用，事情也還好說。但那小子卻太熱中扮演天使，彷彿一心想矯正小孩偏食的幼稚園保母那樣，竟然不肯讓步，堅持這就是真相。至於其生父的身分是真是假，我現在也想不起來

——但問一下別人，很快就知道的。不管真假如何，都沒多大區別——總而言之，這女子只能接受那樣的結果，最後自殺身亡了。當那小子得知女子自殺以後，這回自己卻得了重度的神經衰弱症。從那以後，他在精神病醫院住了半年，去年年底好不容易才出院，這消息我剛聽說不久，這回又……

主任懶洋洋地重複著說：

「……又住院了。聽說他的情況很糟，稍不注意就會暈倒，始終沒法自行呼吸呢。這可奇怪啦，居然有這種事嗎？……看來他該不會真的發瘋了……」

同日兩點五分——我離開辦公室，前往F鎮。查看案發當日T君準備把資料送去與鎮議會議員M先生接觸的地點。有關M先生的情報來源，依約定我尚需嚴守祕密，懇請予以諒解。（經由甲州大道）

同日四點二十分——我在加油站加油。（十四公升，附收據。）為了慎重起見，我向加油站員工問路，馬路對面的西邊一帶就是F鎮三段。我的地圖（去年出版）尚無地段的區別，而且道路的位置與現在的似乎有些差異。經過詢問，目前正在興建的高速公路交流道，已經決定設在附近，因此房地產買賣甚為活躍，住宅用地愈來愈完善，終於實現村鎮合併，擴大為現在的F鎮。果然，可以明顯看出，載滿土方的大卡車來回奔馳。

M先生的住宅位於舊F鎮，亦即現在的一段，在道路右邊的雜木林小山坡那頭的西邊地區。下面是F鎮的示意圖，僅為參考。

同日四點二十八分——我從加油站行至第二個公共汽車站右轉，在「一段　郵局前」的站牌前停車，我向街角的香菸鋪詢問，據告知斜對面郵局的右鄰，就是M先生的住處。其住宅為普通民宅，磚砌的外牆很長，庭院裡樹木繁盛。大門旁邊有個簡易遮棚的車庫。

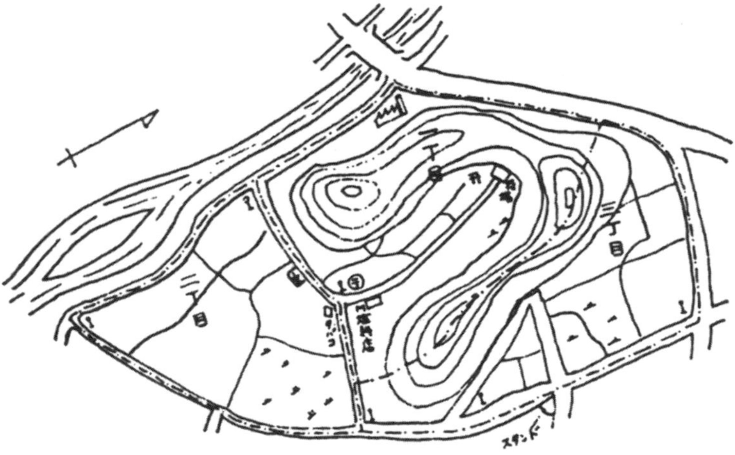

我把車子放在香菸鋪前面，決定先到郵局打探一番。郵局門口是對開式的門扉，塗過油漆，門把裝有銅製把手，門前側邊有個小花圃，沒種什麼花草；另一側有紅色的郵筒，混凝土地面，右邊是公用電話亭，正面有兩個窗口，其中寫著「匯兌・郵政儲金・簡易保險」的那個窗口掛著髒兮兮的棉質布簾，立著一塊「已下班」的三角木牌。只見「郵票・包裹・電話」的窗口還在營業，一個五十出頭的男子——想必是此地的局長——他正在清理或修整橡膠郵戳，他抬起眼瞟了我一眼。可能是煤油沒有完全燃燒的緣故，不時散發出嗆鼻的煤油味。一輛十噸重的卡車每次駛來，把地面壓得低聲轟鳴，司機一度放慢速度，接著換了排檔。大概是我的車子擋道，大卡車才減速慢行。我若無其事地買了十張五十圓的郵票，說道：「聽說M先生最近換了一輛新車，真有其事嗎？」在這種場合，佯裝業務推銷員的模樣是我們這行的慣用手法。

「車子？」局長慢條斯理地把視線從我臉上移向旁邊窗口的布簾後面：「你沒聽說吧……」

「應該不可能換車吧……」出乎我的意料，從布簾後面傳來一個中年女子平靜的聲音。正如大半的特定郵局那樣，這裡好像也是夫妻檔在同局工作。「他連自家有幾個鬧鐘都到處吹噓，要是換了新車，還會悶不吭聲嗎？」

——「噢，這我就放心了。……因為我聽說M先生開著一輛紅色的車子四處跑呢，而且傳得沸沸揚揚……」

「這麼可能呢。你看看鄰家的自用車是淡藍色的。」局長說。

「就是一般的淡藍色。其實，他這個人倒不壞。」局長夫人說。

我向他說：這且不管，府上也差不多該來一輛了吧……有了車子，人生就有兩倍的用途啦，這點可是千真萬確，總比人壽保險來得划算。

「我這把年紀，還學開車嗎？喏，總共五十圓……」

我掏出一張一百圓紙鈔，要求找零錢給我，接著我又問，聽說M先生那裡的生意很興隆呀？

「沒什麼稀罕，他以前只不過是個賣木炭的嘛。」局長夫人語氣冷然地回答。

「只因為購屋者開始增加，原本蓬頭垢面的賣炭人突然成了好像每天洗澡過的液化瓦斯行老闆……時代真變啦……」局長把五枚疊合的十圓硬幣遞給我，噘起薄薄的嘴唇說。

液化瓦斯行！我的心臟不由得猛跳起來。這麼說，M先生家對面的那家瓦斯行就是他開的？那些發出刺耳聲音捲起塵土，載著瓦斯鋼瓶四處來回奔馳的三輪摩托車，就是

M先生的生財行當嗎？如果M先生不僅是鎮議會議員，並且又是瓦斯行的老闆，那麼許多事情脈絡就更分明了。失蹤者那天早上的行動……大燃貿易公司和M的關係……所有的謎團都將煙消雲散。

「這種不公平……」局長夫人用與內容不相稱的爽快語調說：「到底要持續到哪時候啊……」

我又回頭透過玻璃門看去，看見兩個年輕人站在瓦斯行特有的白鐵浪板屋簷下，把暫時擺在路旁的瓦斯鋼瓶搬進裡面的倉庫。倉庫深處黑壓壓的，無法窺見什麼。這個小鎮位於東西兩邊山丘之間的峽谷裡，天色好像比其他地方暗得快。局長夫人似乎輕咳幾聲站了起來。沒多久，郵局裡也亮起燈光。我點燃一支香菸，幸好利用這短短幾秒鐘，正如我所推測的那樣，終於揭開他們愛說長道短的話匣子。

「你看看吧，二段那邊的社區住宅一旦完工，這鎮上很快就會鋪設天然瓦斯的，公告上寫得清清楚楚呢……這樣一來，城鎮必定快速發展起來，叫什麼郊區住宅吧，而它發展得愈快，賣液化瓦斯的瓦斯行的錢包就跟著鼓起來，但是天然瓦斯若攻打進來，就要被打得很慘囉……到時候不但要擴大店門，增加電話機，還得拚命招聘員工，包括分店在內的三輪摩托車恐怕都要十輛才夠呢……」

「九輛啦。」

「反正，到了那天，煤氣行就會被打得鼻青臉腫和肝膽破裂。」

「有一陣子，他也來這裡拜託我們連署反對……說液化瓦斯太衛生，衛生得不能用它自殺……」

「真不像話！這把年紀了，哪還會要用瓦斯自殺呢？不管怎麼說，方便最重要。現在，誰還會同情賣炭的苦處啊……」

所謂的F鎮一段……就是從郵局開始到舊F鎮的大街……通到鎮公所正面石階為止的、長約四百公尺的筆直緩緩坡路……夾在瓦屋的商店中，偶爾也可以看到屋棟頗高，從前似乎是從事養蠶有格子門的農家……寬敞的庭院裡放著由桑園變成的小型自用車……無論在什麼地方，電器行總是光亮耀眼……有些木桶店看似要關門大吉，但是整體看來，整個小鎮似乎還保有往昔富裕的風采……可話說回來，這地方路燈寥落無幾，彷彿也暗示著這個舊城鎮終將面臨被拋棄和被遺忘的命運……夕陽餘暉映照在西邊的山丘上，山脊上的樹枝還能清晰分辨出來，這山谷間的小鎮已經暮色沉沉了……我很謹慎地避開路旁的深溝，沿著年久失修的坑坑窪窪柏油路慢慢行駛……

鎮公所前面不遠，矗立著一棵表皮滿是粗糙裂紋的老杉樹，探出的樹枝幾乎占據著道路的三分之一，那裡好像就是神社的入口。有塊寬敞的空地，停著幾輛自用車。是否有淡藍色抑或髒兮兮的淡藍色車子呢？六輛車子中，有四輛是藍色系的色調，看來不足以作為線索。鎮公所的窗戶，除了二樓的一部分之外，其他多半還亮著，大概是年度結算期間已屆，他們正忙著加班吧。我在那裡把車子掉頭，順著原路用更慢的車速開回去。

我並不清楚液化瓦斯行的組織，但知道隨著住宅區向郊外發展，木炭店也受到鋼瓶液化瓦斯的普及，蒙受其利而擴大營業，人口愈是增加，其業務也愈發興隆……但正如爬蟲類動物終將被哺乳類動物給取代那樣，它的甜頭早晚要被天然瓦斯搶走。這種生意隨著城市的發展而產生，又隨著城市的發展而消亡，這是何其諷刺啊……在它最興盛的時期被宣告死亡，這就是無可逃避的宿命……這種賺錢的方式如同被安排在把絞首台當成餐桌品嘗山珍海味那樣五味雜陳……他必定有很多深刻的苦惱。

不過，苦惱亦無可奈何，這場較量一開始就勝負已定。面對天然瓦斯這個對手，哪有什麼逃生之路嗎？還有什麼可討價還價的空間嗎？真要涉及工程標案，雙方的力量對比實在過於懸殊。那天早上，「他」吩咐田代先生代為送交資料，不管目的為何，似乎都與導致「他」失蹤的事態沒什麼直接關聯。負責營業部門的常董堅持認為，「他」不可能涉及不法事件，這個說法似乎可以置信。而田代君說，反正徒勞無功白跑而已，看來也不是胡扯的。對於走投無路的零售商，大燃貿易公司這個批發商所能做的充其量是幫它們安樂死，再不然就是為它們訂購一座墓碑而已。

我把車子停在M液化瓦斯行前面。

除了屋簷邊上那盞照亮店內的室外燈點亮以外，其他的與剛才沒什麼變化。兩名男子仍然推滾著瓦斯鋼瓶搬進裡面的倉庫。一個二十歲左右，清瘦得很，彷彿患有胃病。另一個人約莫三十歲，皮膚如風化的岩石般粗糙，粗大的脖子上纏著毛巾。他們倆的動作很慢，看來有氣無力的樣子，但話說回來，瓦斯鋼瓶的數量倒相當可觀。

「你們頭家在嗎？」

「頭家？」年輕小伙子似乎不熟悉這種稱呼，一手搭在瓦斯鋼瓶上，一面用狐疑的神情看著我。看上去，那些鋼瓶無論顏色或形狀都與炸彈毫無二致，噴印在鋼瓶中間的白色商標，看似一片樹葉。

我心想，也許「頭家」這種說法不中聽吧？儘管他原先是賣木炭的，但如今是堂堂的鎮議會議員，至少也應當稱呼「老闆」吧。然而，這似乎是我多慮了，那男子微微揚起下巴朝對街的住宅說：

「他很少到店裡來……現在大概也不在家吧，車子不在……」

「我是從大燃貿易公司來的……」

我並沒有故意說謊。我從公司出來以後，確實先到大燃貿易公司打過招呼。以後若被問起，我就說是對方搞錯了。

男子放下鋼瓶，伸直了腰板，與恰巧從裡面出來的年長男子互看一眼，儘管反應不大，但他們對於「大燃貿易公司」這名字顯然並不陌生。這樣說，在「他」失蹤以後，M液化瓦斯行仍然與大燃貿易公司有業務往來，雙方的關係一如往常，而我想在這裡找出「他」的蹤跡似乎就愈來愈渺茫了。

雖然這都如我預料，因而也就無所謂失望沮喪，但好不容易得到的情報，如果能夠的話，我當然很樂於一點一點地把它摳出來。畢竟，我獨自在外奔波，有時候受騙上當，不得不走冤枉路，甚至費了好大功夫，我總得弄到像樣的資料好讓調查報告有些看頭。不然的話，我辛苦花了兩個半小時的車程，豈不成了像往游泳池裡拋竿釣魚的鬧劇了。

況且，尤其每個「可能性」漸次瓦解的時候，棲身在我大胸腔裡的肉色大蛾的幼蟲，就會焦躁地蠕動起來，更加惶恐不安，彷彿告訴我它們就要破繭飛出。不用說，血淋淋的飛蛾會毫不猶豫衝向那檸檬色的窗戶……一鼓作氣穿透玻璃和窗簾，對著站在簾幕後面男人的身影——當然囉，就是自稱她弟弟的如黑牆般的後背——朝他的心臟張牙舞爪地猛刺進去。不對，飛蛾是沒有牙齒的。好吧，就算沒有牙齒，半路上亦可到牙科診所請醫生幫它安上特製的假牙……對啦，它必須馬上到牙科醫生那裡。因為只要把舌頭探進沒有門牙的黑洞裡，就會聞到愈發強烈的鐵鏽般的血腥味。

「大燃啊，可是總公司的嗎？」

那年輕小伙子吸著鼻涕，往從破手套裡露出來滿是油漬的手指上呵氣。看來他好像把那股鼻涕給吞下肚了。我點了點頭，他歪著腦袋對我說：

「這可怪啦，他說到大燃總公司跑一趟，上午就出去了……」

「誰知道啊……」年長的男子把脖子上的毛巾塞進工作服的領口，他的外地口音很重，幾乎很難聽清楚，「他老是說去這兒啊，到那兒啊，還不都是藉口，誰知道他躲到哪裡去，人家可是有頭有臉的人呢……」

我立刻露出神祕的微笑回應：

「可不是嗎？有車子代步了，那些吃喝玩樂的地方多遠都能去呀。」

「什麼呀？」年輕小伙子的雙手抱在腋下，搖晃著身子說：「二段那邊的工寮建成以後，市區的人都往這邊來……你若不信，回去的時候到河邊轉轉……河的對岸全是旅館啦和餐館啦……我們這邊的河灘上就在叫什麼麵包車……就是幼稚園接送孩子的小汽車……每到晚上就會有十來輛攤車，在車上掛著一盞盞紅燈籠，賣拉麵啦、熱狗啦、燒酒啦、關東煮什麼的……」

「不過，你可別上當，聽說那熱狗也不光是為了填飽肚皮的。」年長的男子響著喉嚨，吐出一口偌大的痰，「真正的貨色，可是擺在後頭呢……車廂裡的隔板後面，你知道有啥東西嗎？……那是鬆鬆軟軟的開孔坐墊哩，這機關真稀奇啊。」

「噢，你怎麼知道是『開孔坐墊』？」小伙子像被撓到癢處似地咯咯笑起來，像坐廁所似地半蹲下來。這時候，燈光斜映到屋簷前方暗黑地面上的身影，立即縮成一團，宛如貼上去似地鑽進他的屁股底下。「裡面很窄，根本沒法躺直吧，所以，就不是肉蒲團，而是坐墊啦。」

「我真搞不懂你呀，只是吃錢的洞洞嘛。」

年長男子不屑地說，然後開始幹活，小伙子旋即露出無精打采的神情，舉起那雙被泥土和油垢漬成的舊橡膠皮似的工作手套猛地互擊一下：

「就是這樣，他什麼時候回來，誰也不知道呢。裡面還有個客人，等一個多鐘頭了……」

「那傢伙真是厚臉皮，拿起電話到處亂打，簡直把這裡當成自己家裡……」

他們倆不約而同地朝像是辦公室的深處投去鄙視的目光，在他們眼中，裡面的訪客儼然是不受歡迎的討債者。我心想，若要打探消息，這兩個人應當有些線索。我把一支香菸叼在嘴裡，順勢把菸遞過去說：

「我有兩、三件事想請教一下……」

「這裡可是嚴禁煙火哩！」

年長男子操著濃重的口音阻止，小伙子卻滿不在乎地接過去，還把打火機的火焰打到兩公分高，先給自己點上，接著把火焰湊到我的鼻子面前。

「哪有啥問題，今天晚上刮西風。」

「你怎麼搞的！虧你還有公安防爆的證照呢。」

「喲，你什麼時候開始這麼怕死啦？」他對打火機的火焰毫不害怕，我認為菸頭的火反而比這安全，趕緊點燃嘴裡的香菸。「真要著火的話，一秒鐘就足以閃燃啦。而且好像也保了很高的火險，說不定社長反而高興呢。」

社長？……社長這稱呼真是傑作啊！……在急速發展起來的城市周圍，往往一夜之間就有新興的街道突然從田野間拔地而起，所以社長的大量出現，不值得大驚小怪。

「像你這樣的傢伙，一定是個嫩貨。」

「是啊，比起你老兄的鼻子，我肯定要嫩得多哩。」

「你少跟我耍嘴皮！」不知是因為寒冷抑或是喝酒臉紅的緣故，他捏著發紫的鼻子擤鼻涕，只見分不出是淚水或眼屎的分泌物，從其左右兩邊的眼角如蜜般流出來。

小伙子縱身躍過水溝，走到擺著瓦斯鋼瓶的路旁，用一種出奇溫和的安慰口氣說：

「我們這個老兄啊，賣掉土地得了不少錢，可他在（賭博性的）自行車競賽場裡，卻被扒走了二十萬圓，剩下的三十萬圓，又忘在電車的行李架上，從那以後，他就成了十足的窮光蛋了……」

「你不要胡說八道！」年長男子面無表情，既不肯定也沒有否定，依然同樣慢慢地向瓦斯鋼瓶走去，「喂，多加把勁吧，下一批貨就快來了。」

「請問一下……」我也跟著跳過水溝，大約站在他們倆之間，由於燈光照不到這裡，我看不清他們的表情。我重新把皮箱挾在腋下，悄悄按下錄音機的開關，「你們在這兒幹活多久啦？」

「我大概一年多吧，」小伙子說著，仍繼續手中的工作，「老兄有三個月了吧？」

「今天剛好三個月又十天。我實在沒地方可去……」

「那你們應該知道……」我把收音器轉向年輕小伙子說：「……總公司的根室課長……營業開發課的根室先生……他應該經常在這兒露臉吧……」

「嗯，我沒見過……」水溝上搭著一塊不到三十公分的木板，他把鋼瓶傾倒過來，熟練地滾上木板，再用力一轉，然後利用自然的傾斜，靠手腕和腰部掌握著向前滾動。

「總之，連之前的批發商都改成大燃，事先也沒半點風聲，真叫我們驚訝哩……所以，這跟我們扯不上關係。」

「那是什麼時候的事？」我不由得緊張起來，連說話都變得僵硬，因而急忙佯裝嗆菸的樣子加以掩飾說：「批發商改成我們……」

「去年夏天吧……更換供貨廠商那天，我們放假一天，我到河裡游泳，記得還淹死一個小孩呢……」

對方若無其事地說，看不出有什麼異樣的情況。

「七月？……還是八月？」

「我記得是七月。」

我心想，如果是七月，為了讓M液化瓦斯行更換供貨批發商，「他」又剛好升任課長，必定是最賣力的時候了。說不定正因為他搶下業績有功，才晉升為課長的。不管怎麼說，這一番努力，終於有了好成果，現在這家液化瓦斯行和大燃貿易公司仍繼續保持著業務往來。假如事情恰恰相反，合約沒能簽定，也可以認為和「他」的失蹤有關。不過，實在很不湊巧，在這節骨眼上，又浪費了錄音機的電池。

遠處傳來了金屬的爆炸聲響，在兩邊的山丘回響著，還拖著長長的回音，可能是什麼大型引擎產生的噴火吧。我關掉錄音機的開關，跟著靈活轉動鋼瓶的他後面，繼續問道：

「辦公室裡應該有人了解情況吧……」

「我不知道……」小伙子沒停下手中的工作，「有個小姐還在辦公室裡面……不過，她剛來不久……而且她被剛才來這的討厭傢伙折騰得哭喪著臉，你大概問不出什麼吧。」

「討厭的傢伙？」

「他可能是地頭蛇……而且河邊那些掛紅燈籠的攤販好像也很買他的帳呢……」

我們剛好走到簡易倉庫前面。這時候，年長男子也趕了上來，他們倆合力把已經堆了三層的瓦斯鋼瓶更往上推疊。從那鋼瓶碰撞的聲音聽來，應當相當沉重。

「我到裡頭瞧瞧……」

「今天晚上氣溫好像要驟降……」

年長男子顯得漠不關心的樣子，彎腰駝背地踩著歡快的步伐返回。

「從這裡穿過去，左邊就是。」小伙子吸了吸鼻子，下巴向倉庫和房屋之間揚了揚，然後看著漆黑的天空，捏著從破手套露出的手指，跟在年長男子後面走去。

我依照他的指示，穿過狹窄的通道，然後往左……一扇開合不牢的杉木拉門，上面的玻璃已經破裂，還用膠帶貼合。我聞到一股用汽油融化下水道污垢的臭味……要不就是用農藥融化家畜尿液的刺鼻味。拉門在有些扭曲的滑軌上發出尖銳刺耳的聲音。我誠惶誠恐地把拉門拉開一點，大約僅夠我側身而入的寬度。這裡不愧是液化瓦斯行，陣陣悶濕的熱氣如濕透的手帕迎臉貼來。

我一走進門，就是一扇幾乎頂到天花板的單面屏風。屏風上用圖釘釘著一份雙色印刷的公車時刻表。我的視線順著屏風往左移，只見一張老式辦公桌，像瞭望台似地看向我這邊。我看見一個梳著短髮女子的腦袋，以及她在桌子下緊緊並攏的圓潤白皙的膝蓋。

「你好。」

我把溫暖揉進體內似地交替撫摸肩膀和手臂，刻意不看向那小姐的面容，以格外快活的聲音說。

「你好……」

霍然，我懷疑起自己的耳朵，因為那回答宛如男人的聲音。不，確切地說，那就是男人的聲音！看來那聲音不是出自那小姐的口中，而是隔著單面屏風那頭傳來的。這聲音讓我很在意。他應該是剛才兩名煤氣行員工抱怨的客人吧。我繼續往前走，依序逐漸看見鐵製檔案櫃以及白色窗簾，這更增添了辦公室的冷清與簡陋……在窗前擺著說不出名堂的塑膠花……接著，有電視機……一張罩著銀光閃亮塑膠布的圓桌……上面放著我熟悉的招財貓菸灰缸……桌子後面坐著一名雙手托腮的男子，我似乎見過這個人……

原來就是這傢伙！

的確是……這個傢伙，他就是自稱委託人的弟弟……他脫掉外衣，吊兒郎當地鬆了鬆領口的黑色領帶，額頭上滲著汗珠，得意洋洋地抬起下巴冷笑著……果然不出所料，他脫下外衣，旋即露出歪斜瘦削的肩膀，根本沒什麼派頭……他為什麼跑來這裡呢？這簡直是糟糕透頂的鬧劇嘛……聽說捕捉野狗的祕訣在於狩獵者必須擺出欲擒故縱的態勢，我正打算按此訣竅來做的……而我所要捕獲的野狗竟然從這意想不到的地方搖著尾巴毫不在乎地爬了出來……

「今天是什麼日子？怎麼咱們又巧遇啦？……哎，真叫人吃驚呀！」我覺得他絲毫沒有驚愕的樣子，「這簡直……不可思議啊……不過，我知道你早晚會找到這裡來的……哎，你別站著，快坐下來……」

「你既然知道這個地方，為什麼不告訴我呢？」我馬上打開錄音機的按鈕，「調查委託書上寫得很明白，委託人有義務提供所有線索……」

「不過，那些沒有絲毫用處的資訊，沒必要全告訴你吧……」話畢，他若無其事地向女辦事員說：「小姐，不好意思，給這位客人倒杯茶水。」

女辦事員一語不發地站了起來。她坐出幾道皺褶的裙子帶著靜電貼在屁股上。

「如果你認為沒有必要，那就應該事先告訴我為什麼無此必要……」

「你瞧，這小姐是什麼態度……」他無視於我的問話，斜著身子換了個二郎腿，「我真是不甘心呀，你瞧，無論我走到哪裡，都把我當壞蛋看……說來奇怪，老是被人當成惡棍，一旦習以為常，好像自己真成了壞人……」

「您來這兒到底幹什麼？」

「是啊，你說呢？」

「我只能說巧合吧。我走著走著，莫名其妙就來到這裡……」

「這次又被你先馳得點了。對方笑得很開懷，捏響著手指頭，「不，說正經的，也難怪你要起疑呢。其實，這是理所當然的質疑。因為現在所有線索全交纏得團團亂。」

「你若這麼認為的話，就好好對我說清楚吧。」

「我原本打算佯裝不知情……但看到你那可怕的臉孔，知道沒有退路……好吧，我也豁出去了，就跟你和盤托出。不瞞你說，今天我是來這兒敲詐的。」

「敲詐？」

「喂，小姐，我沒說錯吧。」

女辦事員從鐵櫃前面的煤油暖爐上取下水壺，往大茶壺注入開水，身體仍顯得緊張僵硬，沒有任何回應。然而，這個沉默即是最強有力的回答。接著，他語調平淡地繼續說：

「事實上，我早就跟他打過招呼，今天把支票開好……可他們頭家卻腳底抹油躲了起來，這位小姐只一味說不知情……不過，我說小姐啊，使這招對我可不管用。只要遲交一天，每天的利息都不會少算。這很公道吧？這番話你要好好向你頭家轉告。我有的是閒功夫，每天都會來拜訪。」

女孩往兩個廉價的茶杯裡斟入滿滿的淡味粗茶，依然面無表情，她把茶水放在桌上，然後漠然地回到自己的座位上。看來她是個非常倔強的女人。

「瞧，這小妞一點也不可愛，到底是哪根筋不對勁啊？如果說，敲詐的人不是好貨色，被敲詐的人也不會是好東西。」

第二次相遇完全出乎意料……而他卻毫不知恥地宣稱自己是來敲詐勒索……這到底是種什麼心理？……一開始我就對他不太信任，現在他又狠狠將我一軍，我猶如掉在黏膠板上的蒼蠅愈陷愈深。的確，我想過只要有機會就揭穿他的底細。然而，想不到如今這麼輕易就抖出他的原形了。按常理說，對方等同於委託人的分身，他握有絕對的優勢和主導權，用不著這樣自曝其短故意給人逮住把柄的。那麼說，這是圈套嗎？……如果是圈套，又究竟為什麼？莫非他有自我貶抑的毛病？……若果如此，我未免太輕忽對方了。

「坦白說，你們這樣搞，我實在幹不下去。」我明知在這時候感情用事，反而適得其反，但還是按捺不住說：「首先，我都懷疑你們委託調查此案，根本沒什麼誠意。」

「為什麼？」

「反正你們有很多事都瞞著我。其實，我心裡明白，跑到這小鎮的液化瓦斯行，不可能有什麼意外的收穫。但倘若這裡就是正式演出的舞台，未免太過簡陋了。」

「若加上敲詐勒索的角色，事情又會如何發展呢……」

「是啊，而且這傢伙又是失蹤者的親屬……」

對方翻著眼珠，把茶杯端到唇邊，噓噓地發出聲音：

「果然不出你所料。你真是厲害角色啊！不過，常言道『猴子擅爬樹，亦要摔落時』，這又不是猿蟹大戰，要掉下來沒有撿個好地方，砸到我的頭上，我可吃不消啊。你想要我先說什麼？要我先從目的談起嗎？我究竟為什麼要策畫敲詐勒索……」

突然，外面傳來一陣尖銳刺耳的喇叭聲打斷他的談話。從那氣喘吁吁的引擎聲響，就知道那是相當老式的三輪車。依此情況判斷，可能是我的車子妨礙他們卸貨。沒多久，外面有人喊道：「不好意思，麻煩你把車子移開一下。」我朝門口走去，他也動作俐落地穿起外衣，站起身來說：「就這樣，今晚我也就此撤退……」他穿起外衣，突然又成了一堵黑牆……他從女辦事員旁邊走過，猛然伸手捏了捏她的鼻子，她幾乎猛跳起來，卻沒有發出尖叫。他向女孩說：「記得轉告你頭家喔。」他取下掛在屏風旁的外套，把它搭在手上說：「拖欠再久都沒關係，但每分利息我絕不短收。」

外面起風了。天空宛如一塊黑色毯子翻飛招展。我跟這家瓦斯行的男性員工含糊地打了招呼，便鑽進車子裡。他也理所當然似地抓住副駕駛座旁的車門把手等著。我啟動引擎，等他坐進來，就用力踩了油門，但冷卻的引擎只是顫抖著，宛如我麻木的身子不聽使喚。

他仍然滿不在乎地說道：

「我不會說出來的，你不明白的，重要的不是目的，而是手段……我為什麼要敲詐勒索呢？因為我急需用錢……你說吧……我每個星期都得付你三萬圓調查費……我姊姊就那麼點退職金，實在吃不消……每個星期三萬……一個月就得十二萬……只憑正經規矩賺的錢哪付得起啊……」

「每個月？……以後您還打算繼續調查下去嗎？」

「當然囉。我搞了半年都查不出什麼名堂，你就有辦法在七天之內弄個水落石出嗎？無論如何，我非得籌出這筆錢不可。必要的話，哪怕花上一年……這樣就看誰沉得住氣……」

他冷笑起來，這時我無法做出判斷。我心想，繼續調查下去……可現在，我已經被這相關案情弄得團團轉，幾乎難以招架了……火柴盒裡的黑磷頭和白磷頭……以及在「山茶花」咖啡館前的停車場與這傢伙的巧遇……又在M液化瓦斯行不期而遇……他還坦承自己敲詐勒索……如果他只是個形跡可疑躲在幕後的怪男人，多少還可理解，但現今公然出現在眼前，還如此諱莫如深……我告訴自己吸根菸……難道要無限期地繼續下去？……我發覺引擎轉動不穩，趕快換回空檔，打開暖氣……莫非我誤會了他們的用意？設若他們不僅僅是心口不一，而是如其所說地要查明真相的話……不管如何，就當作真有其事……我必須再跟她碰個面，把地圖的界線明確下來……是啊，首先我必須查證她背對著檸檬色的窗簾和書架，用其纖細的指尖撫摸著桌角，以及專心等待的那個物件，是否就是她弟弟所追尋的東西。

可能是對方看出我的心思，他掠過一抹冷笑，用自嘲的感傷語氣說：

「我絕不放過他……我不能容忍這種自私任性……哪個流氓金盆洗手的時候，不被切斷指頭懺悔的啊……事情總得有個交代，不然我可無法原諒他……雖說我姊姊不是個稱職的女人，他又是個男同性戀什麼的……我沒說錯吧……即使他要當男同志，總要交代清楚嘛……不管怎麼說，我得把他找回來，狠狠教訓他一番……否則家姊豈能吞得下這口怨氣……真他媽的！這樣你該明白吧？」

「非常遺憾，我還是不明白……」我回答道，一輛卡車亮著大燈迎面衝過來，我連忙緊踩煞車……我心想，你教訓他什麼？……為什麼把「他」找出來，送還給那女人，才算是教訓呢？他難道沒有意識到，這種想法反而是對她的傷害啊！……卡車揚起的灰塵淹沒眼前的道路……我聽過一種說法：作賊喊抓賊的小偷，才是最高竿的行家……

「總結地說，一切全靠你了……所有費用由我負責……實在沒辦法的話，要我跳上開往越南的船隻也行……聽說只要拉三十個人上船，轉繞一圈，隨便就能撈個二十萬圓。怎麼樣？你再陪陪我吧？」

「您喝醉了吧？」

這說話聲很平靜，上鎖的門卻依然未見打開。其實，我有沒有喝醉，她一眼就能看得出來。

「我有件事情今天晚上務必得向您請教才行……因為明天調查需要……」

她似乎有些猶豫地拉開門閂，讓我在門口等著，一隻手按著披在睡衣上的外套衣領，另一隻手壓攏脖頸散亂的頭髮，急忙轉身進去。我反射性地掃視門口的地面，看看有沒有男人的鞋子。與此同時，我豎起耳朵傾聽屋內動靜……我在懷疑些什麼呢？……

當我這樣疑神疑鬼的時候，不禁驚愕起來……「他」在屋內嗎？……「他」該不會佯裝失蹤，卻悄悄躲在家裡？

雖說這有點胡思妄想，但亦非毫無根據。因為我這徵信社的調查員三更半夜登門造訪，對方不可能碰面就說：「您喝醉了吧？」而且，她既然是付錢的雇主，就應該更理所當然地要求我提供最新的訊息吧。

不，這全是我在扯謊和找藉口。因為她只要一眼看到我這近乎自我申辯的神情，就能立刻察覺出我不可能帶來具體的線索。而且，無論事態的吉凶，真有緊急情況，完全可以善用電話這種文明的利器啊……

她折回來時，已經換上深藍色的寬鬆長褲，黃褐色的對襟毛衣，髮型沒什麼變化，只是眼睛下方的雀斑分外明顯，給人乾澀的感覺，簡直判若兩人。或許她對我仍有戒心。我只好搖唇鼓舌地解釋：

「事情是這樣的，昨天晚上那個火柴盒……我已經把它寫在調查報告裡，從結論來說，情況令人遺憾，我到『山茶花』咖啡館查訪以後，幾乎毫無所收穫。只是我覺得……您說過那個火柴盒和舊報紙放在一起的吧？那份舊報紙現在還在嗎？若有的話，對案情很有幫助呢……」

「嗯，應該還在……」

語畢，她立即就要轉身去找，我請她先別走開。其實，辯解本身就是一種託詞，這種令人似是而非的「反話」使我喉嚨發僵，但我還是說：我最想知道那份舊報紙的日期……報紙與火柴盒到底有沒有關係……當然，依常識判斷，應該說它們未必有什麼關係……然而，只看日期也很難判定……我有點不能釋然：那個火柴盒為什麼破損得那麼厲害？正因為我在事涉關鍵的咖啡館查無所獲，反而使我琢磨許多問題。沒錯，要提出各種假設很容易……但是無論哪種假設，都充滿矛盾……它好比故障的指南針，一會兒指這邊，一會兒指那邊……可話說回來，再糟糕的指南針，它終究有指南的功能。我總覺得，只要再給我個什麼提示啟發的話，它就能指出方向來……

「我立刻去查。」她伸出張開的雙手，對著彷彿要說個不停的我，然後輕輕點點頭，稍稍猶豫之後說：「您要進來等等嗎？」她這個神情，你必須很仔細才觀察得到。

就這樣，我再次進入那檸檬色的房間，坐在跟昨天晚上相同的椅子上，用力搓著雙手。煤油暖爐似乎剛剛關掉，屋內殘存著些許煤油味和暖意。其實，她用不著那樣做的，但不知什麼緣故，我的心情格外冰冷。我是對自己覺得心冷。細想起來，這股冰冷的情緒從我坐在椅上的剎那就已經開始，彷彿我是推走什麼東西以後才落座的……它如同輕盈而毫無抵抗力的、姿態悲傷的霧中樹影……我想或許就是「他」……「他」的態度很謙恭，卻是第一次掠過我的心頭……但旋即又恢復到原來的模樣，那平板單薄的肖像照片，「他」順從地把座位讓給了我。這時候，我卻感到內疚不已，心情如滴落水中的一滴墨水，隨著淡然的墨線逐層擴散而去……

我變得疑神疑鬼，開始複習昨天晚上的程序。首先，觀察桌上的菸灰缸。菸灰缸很乾淨，表示這段時間沒有人用過。接著，我深深吸了口氣。煤油味裡混雜著些許化妝品的香味……完全沒有一絲香菸味。桌布下面依然一片昏暗。我的目光從窗簾移到書架，再跳躍到電話機。在跳動的過程中，把我的目光輕輕拉住、拉回到我最關注的現實，依然是那張用大頭針別在窗簾邊上的小紙片……我豎耳傾聽隔壁的動靜，躡手躡腳繞過桌子，探看紙條上寫些什麼……上面用圓珠筆寫著七個數字……字很小，卻很工整，很有特色，一看就知道是女性的字體……我想起似曾相識的電話號碼……它就是印在「山茶花」咖啡館火柴盒上的電話號碼。不過，我對這個發現並不驚訝，反而使我的心情更冰冷了。儘管我惶恐地極力否認，最終還是認為它們之間必有關聯吧？看來她絕不是純粹的受害者。

我突然有放手一搏的想法。我告訴自己，這樣做有何不可？現在，誰也不可能把我從這裡趕出去。我手裡握有不同顏色的磷頭火柴棒，就是我的最後王牌，而且對方（她弟弟）又是敲詐勒索的同夥……我頓時感到一陣寒顫。她說：「您喝醉了嗎？要不就是您酒醒的緣故吧？您來這裡有何貴幹？啊，什麼事來著？」剛才我還有許多事情待辦呢，車子在下面的馬路上，我抬頭看著檸檬色的窗簾，正猶豫著是否下車的時候……最後我終於下定決心，關掉引擎，對著車內後視鏡獨自冷笑……然後，躡手躡腳登上混凝土樓梯……常夜燈映射出的長方形燈光，把樓梯間平台映得如祭壇般忽暗忽白……然而，現在我卻像個被搶劫的兩手空空的落難者。

你喝醉了吧？……不，之後我待在車內吹了兩小時的暖氣呢，可能車窗沒關上，寒凍的夜風就這麼灌了進來。而且，說起我喝酒的緣故，也不能全怪在我頭上呀。

那是什麼聲音？好像是從窗簾後面的廚房傳來的。聽得出這是從盡量不發出聲的壓抑氣氛中玻璃器皿相碰的輕微聲音……液體和空氣那獨特的摩擦聲……想不到啤酒竟然會發出這種孤寂淒涼如啜泣般的聲音啊……

「喝瓶啤酒，不要緊吧？」

我並非來酒不拒的人。我之所以到河邊的攤車閒逛，實在是因為肚子餓慌了。從早上到現在，我只吃了一碗蕎麥麵。雖說不是沒地方吃飯，但一進入三丁目的街路，只有幾家老式餐館，我還是決定到河邊的攤車那頭轉轉，這樣既可增加食慾，多少又能調查這個自稱她弟弟之人的背景來歷。

「聽說您在掛紅燈籠的流動攤車那一帶很吃得開啊。」

「你真不愧是順風耳。」他得意洋洋地笑著，一副毫不在乎的樣子。

「我到徵信社應考的時候，沒有其他的能耐，不知道為什麼，只有『偵探』這個項目得到滿分……您說怪不怪……當然這要經過考試的……例如，跟主考官同時到百貨公司繞了一圈以後，就要說出穿紅裙子的女性有多少人，或者買領帶的男人鞋子是什麼顏色等等……不過，偵探的考試可不是這樣……他給你某種條件，向誰？打聽什麼？如何打聽？然後在三種不同的問題上要你劃上○和×回答……我全部都劃×，主考官問我這是什麼意思？……我回答說，偵探的技巧固然不容易，但是要掩住耳朵更難……」

我行駛的這條道路很像黑暗漫長的隧道，一邊是山崖，另一邊是闢成梨子園的堤埂，使我產生似乎忘記開燈的錯覺……霍然，一陣狂風吹來，我還以為打偏方向盤，原來是山丘和梨子園已到盡頭，車子爬上一段不長的陡坡，來到丁字路的堤岸上，下面是一小片燈光。然而，這跟我的想像完全不同，它們既沒有排成一列，沒有用霓虹燈把各自的攤車串聯起來，沒有音樂，也沒有廟會慶典般的熱鬧氣氛；只有紅燈籠嘔氣似的在風中搖曳，幾輛像張開陰森慘白大嘴的小型貨車，就這麼橫七豎八地停放在河水乾涸的河灘角落，形成一個歪斜的半圓形。

令人瞠目而視的倒是隔著堤岸的河灘對面的光景。這一路上被梨子園的堤埂遮擋看不見對岸的景致，但是彼方原有的田園、房屋、樹林似乎已被完全鏟平，成了光禿禿的土地，從三個方向被直徑約莫一公尺長的巨型照明燈映照得如同明亮的舞台。在右邊大約一百公尺，有一間工務所和幾棟工寮，它們如同光線的積木般充滿活力，那才初具都市形態的喧囂熱鬧。堆土機和挖土機不斷從正面的山丘切進一來一往……履帶在地面刻出縱橫交錯的壓紋……傾卸車來往於施工現場和道路上……突然，響起一陣警報聲，所有在黑暗天空下動工的機械和引擎聲全部停下。三輛卡車從工寮朝施工現場駛去。每輛卡車上都擠滿像是換班的工人，從照明燈始終亮著的情況來看，他們的工作似乎採三班制，要不停歇地繼續下去。他們興奮地拉高嗓門說：「現在正是賺錢的好時機呢」，於是，我們的車子就駛向河灘上。

走近前去，我發現這裡比剛才在堤岸上看見的要熱鬧些。車後背那兩扇對開的門上橫著一塊擋雨的木板，車台後半部充作櫃台，大家站著喝酒、吃拉麵、熱狗和關東煮。櫃台後面還有瓦斯爐，一個看似廚師模樣繫著白色圍裙的男子，盤腿坐在厚厚的坐墊上。由於櫃台離車台只有十公分左右，因此他只好盡量壓低身子。

這樣的小型攤車總共只有六輛（不知是液化瓦斯行的員工胡扯，或者今天晚上格外少），其中三輛已有各自的顧客。攤車圍成的半圓形中間擺著一個汽油空桶，桶內的柴火燒得正旺，三男兩女圍在旁邊取暖……男人都穿著黑色半長統靴、粗豎條紋的棉襖，還裹著駝色的肚圍，一看就知道都是出來闖蕩的角色。女人穿著厚大衣，卻瑟縮得把整個脖頸和耳朵埋進領口裡，幾乎只露出頭髮。從汽油桶竄出的火花似乎在玩弄她們那亂蓬蓬的髮型，看來與傳言中「開口坐墊」的稱號很相稱。一個雙手沉甸甸提著石油罐的小伙子踩著河裡的石頭從對岸過來。他大概是從那邊汲水過來的吧。看來吃這裡的關東煮，不能用清酒，必須用燒酒來消毒胃腸。不知道為什麼，他朝半圓形最右端的攤車直奔而去。那攤車沒有顧客，紅燈籠也亮著。

果真如液化瓦斯行的店員說的那樣，他的確很吃得開。在青綠色的光線裡，一個看得出明顯浮腫的鬍鬚男子，一面用圍裙擦著手，一面用瞇縫的眼睛和下唇露出親切的微笑。

「好冷啊……」

「來杯熱酒怎麼樣？」

他回頭看著我，有點催邀的意味，我猛搖頭拒絕道：

「來碗拉麵。待會兒我得開車呢。」

我不是虛張聲勢，更不是意氣用事。或許我們這個職業存在太多似是而非的問題，甚至造成警方對我們過度的反感，因此出於防衛的立場，我們必須時時自我克制，盡量在警察的心目中維持好形象。當然，如果可以喝，也希望來幾杯。但是我若喝酒，就得把車子扔在這裡。明天還大老遠跑來取車，這有多麻煩。若是他能給我點好處，讓我得失相當，那也未嘗不可。例如，我明天專門來取車，就能碰巧抓住M先生，從他那裡獲得些關鍵性的證詞……

那個鬍鬚男子把纏繞在筷子上的生麵條熟練地放進熱水沸騰的鍋裡，劃著圓圈攪動，不讓麵條散開，然後輕輕放下。沒多久，一股混雜著澱粉和豬油特有的甜膩膩味道撲鼻而來。

「你若覺得冷，要不要我借條圍巾給你？」我對鬍鬚男子說道，她弟弟卻說：

「喂，你弄個什麼東西給他嘛。」

鬍鬚男子轉身要往棚架上翻找，我急忙拒絕了。但她弟弟卻快嘴說道：「請他吃個生雞蛋吧。」然後，疾步往汽油桶烤火那邊走去。正在烤火的男子們看見他走來，立即雙手伸直、兩腳微微站開、肩膀不動而只把頭低垂下去，這是他們道上問候的儀式。他對他們只是輕輕點點頭。依此情況來看，他應該是屬於「大哥」輩分。而那些女人卻只虛應故事似地向他揮揮手。看來他不僅僅是吃得開而已。難怪液化瓦斯行的店員說他是地頭蛇。果真這樣的話，這個自稱她弟弟的人，豈不就是……

「你跟剛才那個大哥是同幫派的嗎？」

「不，只是朋友而已。」

鬍鬚男子將目光回到手上，或許是心理作用，我覺得他的臉上掠過一抹冷笑。他的另一隻手頻頻撓著大腿內側。我頓時食慾大減，但他是隔著褲子在撓，而且碗勺也在熱水裡燙過，在這時候，我只能不予計較了。

……這麼看來，我對她弟弟的直覺還是正確的……期待從他那裡獲得關鍵性的線索，根本是愚蠢的想法……他原本就說向人敲詐是用來籌措調查費……如果調查的目的──還不如說調查的失敗──成為他壞事得逞的「不在場證明」，這是一種循環論法，那就不算撒謊。也就是說，這已經沒有我插嘴的餘地了。只要他付給我的調查費，不是假支票或者空頭支票，這錢的來路就跟我毫無關係。

他跟幾個男子圍在篝火前談些什麼。三個女人一副漠不關心的樣子。我覺得在什麼地方看過這樣的景象。綠色光焰從汽油桶中間的進氣孔竄吐出來，赤紅的火柱噴向黑暗的天空，撒下紛紛揚揚的火星。冷氣從腳底下滲透上來。也許是因為堤岸擋住，我身上感覺不到風，卻在頭頂上嗚嗚作響。那聲音宛如波段沒有對準的收音機雜音；又像無數乾燥的手指在撥弄山丘上林子的樹梢和枝椏。我目測著鬍鬚男子後面用三合板隔開位置的距離。三合板上開著一扇小門。它位於車身中間稍稍靠近駕駛座的地方。這樣就有足夠的地方鋪坐墊。我在鞋子裡伸展腳趾，盡量促使血路通暢，說道：

「聽說還能玩一玩，是在裡面嗎？」

「不，我這裡不幹那個……，不過，……」鬍鬚男子動作俐落地把煮好的麵條撈到金屬笊網裡，然後打斜甩搖瀝水，一面探看似地打量我：「噢，還是別玩為好。那還算什麼女人，跑到這種地方來討生活……」

「有沒有其他好玩的？」

「我這裡只是出租房間……租給那些大哥住宿的……我這個人啊，看見母貓都覺得噁心呢……醫生說我有糖尿病……碰到叫春的貓跑來跑去，我恨不得一腳踢死牠……可不能也把人踢死啊……真可笑……真要得病的話，還不如在年輕的時候得糖尿病。現在，我再喊她鬼婆子已經來不及了……生雞蛋在這兒，水煮蛋在那兒。再說，租給女人，幫派那邊就來抽頭，說是場地費，抽得可狠哩，對我實在很不划算。」

「不過，你這買賣滿有意思的。」

我把一個生雞蛋敲進碗裡，雙手捧住溫熱的大碗。

「有意思？……哎呀，這怎麼說呢……那邊的工寮拆除之前，我若能繳清分期付款，那就謝天謝地了。」

「是你自己的車子嗎？」

「這行當沒有想像得那麼有油水。不是有個叫道交法的嗎？大概就叫做道路交通管理法吧……不是因為有車，就可以隨便停下來做生意。」

「把胡椒瓶給我。」

「哪有什麼辦法呢，我們只好跑到河灘啊，或者海邊這些道交法管不著的地方，但生意實在有限……而且你想找塊好地點擺攤，早就有人捷足先占啦。他們有個規矩，你想擠進去，就得被抽保護費，否則別想開店。」

「這麼說，你們得依附某某幫派營生？」

「你要吃掉對方，就可能被吃掉。誰也不會放過你……不過，我不是因為看你們是朋友關係才這樣說……剛才那個大哥，還算夠朋友，也沒抽得太兇，說話算話，所謂魚水相幫……他說，只有我們靠這生意，把分期付款付完，這車子又能長命的話，夏天到鄉下的海邊去，總能混口飯吃……」

這個自稱她弟弟的男子曾說，在這裡尋找「他」的行蹤是白費力氣。大燃貿易公司的常務董事和姓田代的年輕職員也這麼說過。而如今……我親眼看過M液化瓦斯行、親自走過F鎮……也愈來愈傾向這種想法。「他」與F鎮之間的關聯，只有那家M液化瓦斯行，他們不過是批發商與零售商之間極其普通的關係而已。話說回來，正是因為普通的關係，此刻她弟弟的出現，才更啟人疑竇……他除了是「他」的妻弟之外，在工作業務上不會有任何關聯，卻在F鎮有所連結交集，這到底是怎麼回事呢？莫非這又是那傢伙特意安排的偶然嗎？

當然，把「他」和F鎮相互聯結，或者把她弟弟與F鎮產生交集，這種想法也不能完全排除……然而，這樣未免過於單純……但稍可確定的是，「他」的妻子、那傢伙的姊姊、我的委託人與兩者都有密切關聯。只是，如果因此就把兩者完全疊合起來，那又太不真切了……說不定連大燃貿易公司的常務董事和年輕職員田代，早已跟她弟弟同謀勾結異口同聲，逃入我鞭長莫及的安全地帶了。倘若我聽從主任的忠告，只能徹底改變作法：我必須學會聽而不說，視而不追，連睡午覺和無所事事，都要收取費用……

第二次警報聲猶如牛犢般吼叫起來。他咬著下唇悻悻然踩著小石子終於從火堆旁回來。鬍鬚男子遞上熱氣氤氳的酒杯。他奪走似地一把抓過去：

「開什麼玩笑，就兩個女人啊。那幫傢伙是不是在搞鬼？」

「現在，正流行感冒哩……」鬍鬚男子頻頻搖頭，從藍色的搪瓷酒壺往放在櫃台上的杯子斟滿。

「感冒？」他發出痙攣般的笑聲，然後慢慢回頭對著我說：「廢物走到哪兒都不爭氣啊。真是不像話！要是在其他地方，那些沒人理睬的半老徐娘付了固定的保護費，才分得一個『妓戶』。她們還不趕緊拚命賺錢，早點洗手收山。也不瞧瞧自己，現在哪有情夫願意掏錢養你呀……」

倏然，地面震動起來，黑暗裡傳來轟鳴。工地又開始上工了。幾個人影背對著掃在堤岸上的光線，像小步跳舞般地跑下來。他們可能是下班的工人，洗過澡後過來喝杯燒酒。

「只有兩個女人……你到底想幹什麼？」

他沒伸手拿酒杯，而是縮著身子，把嘴湊到杯口，啜了兩、三口。光線沉降在厚厚的杯底閃閃發亮。這光線映在他的下巴，畫出一道月輪般的弧形。

「這就是你的『事業』嗎？」

「事業？」他輕哼了一聲，浮起羞怯的笑容，「這就跟偷竊、搶劫不同……如果在固定的建築物裡，事情就很麻煩……但是在流動的車上，就好辦多啦。真有趣啊，法律這玩意兒……據說是考慮河水氾濫的危險，出於尊重性命的理由……」

「你很早以前就開始在這裡幹的嗎？」

「大概是去年七月分吧，這裡才開始動工的。」

去年七月？……你說什麼？……沒錯，正是M液化瓦斯行把批發商換成大燃貿易公司的那個月……又多了兩個線索了……然而，真的就這兩個接點而已嗎？會不會只是一個線索呢？……接著，八月，「他」消失了蹤影……或許我應當下決心問他，他到底握有什麼把柄，才敢向M液化瓦斯行勒索的呢？不，他若肯回答我的問題，早就主動把事情的來龍去脈和盤托出了……那麼，我應該把列入可疑的人物收攏調查之網嗎？……然而，萬一連委託人都落網的話，那又是怎麼回事呢？……我真的陷入煩悶難安的漩渦裡了。

「我今天還是捨命陪君子吧。車子放在這附近，不要緊吧？我快冷死啦。」

「這麼小心翼翼，我真服了你呀。」他用那種自負的眼神看著我，「這一帶的事情交給我處理，把你的身子交給我也行。堤岸這頭就跟我家一樣，就差個天花板而已。」

「要是這樣倒好了……」鬍鬚男子把杯子滑到我的面前，低聲說道。

「你這是什麼意思？」他口氣嚴厲地說：「你到底有啥不滿的？嗯，你說來聽聽！」

「我沒說不滿啊。」鬍鬚男子搖晃著身子，有點厭煩似地說：「不要這樣找碴嘛。」

「那你把話說清楚，今天晚上大夥兒怎麼啦？」

鬍鬚男子宛如極其無聊的猴子似的，依然搖晃著身子。

「你瞧啊，今天晚上的客人好像特別多……是不是有點好過頭了？」

「那不是好事嗎？」

「你真的什麼都沒聽說嗎？」

「聽說什麼啦？」

「是嘛……」說到這裡，鬍鬚男子才覺得有些擔憂起來，抬起浮腫的臉龐說：「聽說今天晚上要出事情……剛好工地主任也不在……」

「你再說清楚些好嗎？」

「情況我不清楚，只是聽到傳聞而已。我這裡沒有女人，不怕人家找麻煩。可有一點我很不爽，歇工的又不只是那幾個女人。如果流言屬實的話，恐怕人手不夠吧。今天晚上，你那兒的小伙子才來了三個啊……」

「所以，我問你到底有什麼風聲？」

「我也不完全知道嘛……哎呀，大家都以為你有所準備，都靠著你啊……如果連你本尊都還被蒙在鼓裡，那該怎麼辦呀……」

說來奇怪，只有我們這輛攤車前沒有任何顧客。就在我們只顧著杯中酒的短暫幾分鐘裡，如同從黑暗中湧出來似的，每盞紅燈籠周圍都有少則四、五人，多則七、八個人。不過，並沒有騷動不安的氣氛。他們同樣瑟縮著身子喝酒，夾著小碟子上的關東煮。我不了解這附近的日常情景，真要勉強找出怪異的苗頭，就是有幾個下班的工人還戴著頭盔。不過，這也可能為了禦寒而已……只有圍在篝火旁那五個人影安靜依然……似乎還沒看見顧客對女人調戲嬉鬧……

忽然，他的脖頸上掠過一抹緊迫的氣氛。他像蓄勢攻擊的鳥兒那樣，脖子稍微前伸，手裡握著沒喝完的酒杯，突然拔腿朝篝火方向走去。他踮起腳尖，免得被石頭絆腳，那後背在黑暗的映襯下，彷彿已不是一堵牆壁。

「發生什麼事啦？」

「他不是壞人……」鬍鬚男子叼著香菸，又開始搖頭，「其實他人倒不壞，反正就是被人家討厭，加上有那麼點小聰明，就更不知天高地厚了。特別是他讓工寮那些傢伙賒帳吃喝，這點最糟糕啦。他甚至給工務所的股長塞紅包，讓他從工資裡扣除這部分帳款。」

「原來如此……」

「他們大老遠跑來這裡幹活，不但辛苦又沒什麼享樂，聽說可以吃喝賒帳，明明知道以後會懊悔莫及，但還是把持不住自己的錢包。」

「可他們因為這個因素鬧事，未免太奇怪了。」

「後天……十五日，不就是發薪的日子嗎？……再來一杯怎麼樣？」

「嗯，我可付現款呢。」

鬍鬚男子把菸頭在瓦斯爐的邊角掐滅，露出笑容地朝汽車邊上瞥了一眼，我順著他的視角看去，原來那裡安裝著一面長方形的寬鏡，可以觀察整個河灘的情景。那五條人影都俯身面向篝火，如同畫中的人物似的，一動不動。鬍鬚男子自言自語似地繼續說道：

「……是啊，人倒不壞……就說那幫女人吧，全是些爛貨色，靠著工寮吃穿，若沒有那些看見樹叉就想幹的傢伙捧場，她們早就跑得不見人影啦……而且生意正好的時候，連馬的屄都比不上，再多嫖客都能應付，聽說有的婊子一邊幹那玩意兒，一邊居然還能睡得打呼，後來還掙到上百萬圓的存款哩……」

「他有什麼死對頭嗎？」

「你瞧，」他緊張得壓得聲音說：「那邊的轉角，還有前面，不是圍著一些不三不四的客人嗎？……你不覺得可疑嗎？……我最討厭這種逞兇鬥狠的傢伙了……他們必定是站在堤岸上負責把風的。」

「你想太多了吧？」

「那幫傢伙到處狂喝亂灌，好像要把每個攤位都喝個精光。待會兒一定到這裡來。」

「是不是背後有人操縱？」

「這我可不知道……」

「比如，勢力強大的本地角頭，或者鎮議會議員什麼的……」

「你的徽章呢？……如果別在領子裡，還是趁早扔掉吧……」

儘管鬍鬚男子這樣勸告，我仍不認為事態有多嚴重。我心想，即使發生什麼事，頂多是來騷擾或威嚇罷了。而他們若向她弟弟恐嚇，必定是有什麼內情，這至少可以說明他有暗敵環伺。重要的是，我可以藉此機會探查敵人的底細。我告訴自己：不管什麼圓圈，都有起點和終點……不論什麼迷宮，既有入口就有出口……來吧，有什麼本領都使出來……

也許是因為寒冷和緊張的緣故，喝下的酒毫無反應，或者杯子的玻璃太厚，使我誤以為已經喝了很多杯。我又要了一杯，這可是第四杯了。

終於，有三個工人互相挽著手臂，腳步蹣跚地朝我們這裡的攤車而來。他們三人之所以步伐踉蹌，是因為旁邊的兩人架著中間那個穿棉襖的醉漢。左邊那個下巴突出的大漢，用銳利的眼神往我的臉孔和胸部瞥了一眼，但沒說什麼。看來他應當是在目視我身上有沒有別上徽章吧。穿棉襖的醉漢怒喊道：「給我酒，拿酒來！」他數度嘶吼著，突然聲音哽咽，竟然飲泣起來：「我是誰，你知道嗎？我在協尋失蹤人口的申請書上，可是榜上有名哩。這還是我家黃臉婆向公所辦理的……叫做什麼綜合具名協尋什麼鬼的……」右邊那個頭髮稀疏、一臉善良的小個子，撫摸著哭泣醉漢的背安慰道：「這種事你要擔心的話，可沒個完呢。」穿棉襖的漢子還在哭訴，嚷著要喝酒，繼續說道：「什麼失蹤人口？你敢寫信告訴他們嗎？他們若知道我在這兒幹活，低收入補助款就會立即停發。所以我跟我老婆說，只要兩年，妳默默忍耐點，就當作妳的男人死了，靠這低收入津貼度日，總能撐下去……。」那個大漢用通情達理而平靜的口吻說：「你別擔心，這不是你老婆幹的，是公所搞出來的名堂。他們故意從中作梗，目的是要停發這筆補助款……」醉漢又說：「工地班長那傢伙拿了相關的文件給我看，並威脅我，要麼他親自和公所聯絡，要麼我自己寫信表明……」這時候，大漢和矮個子不約而同附和道：「別理他啦！你在這兒，我們可以作證。你好端端的，有手也有腳，什麼失蹤人口，簡直胡說八道。你這不好端端在這兒嗎？」醉漢說：「是啊，我就在這兒……」他們立即呼應道：「說得對，你就在這兒……」醉漢又嚷：「我要喝酒！他媽的，看樣子我還是非寫信不可啊！」他們又安慰道：「這是公所在搞小動作，你別理會。」最後，醉漢嘟嚷著：「這讓我好傷心啊，既不能到小鋼珠店賭賭手氣，又被說成是失蹤人口，我要喝酒……」

就在這時，大鬍子豎起大拇指，好像在打什麼暗號……我朝那寬面鏡子看去，她弟弟站在篝火旁和攤車中間的黑暗處，正不斷向我招手……我不讓這三個男子察覺，悄然無聲地離開……或許河灘上原本就砂石散亂，走起來磕磕絆絆的……要不就是我喝多了，酒意猛升起來……

她弟弟抓住我的手腕，霍然斜著往黑暗中走去，急促倉皇地說：

「情況有些不對勁，你還是回去吧。」

「怎麼不對勁？」

「不知道……」他慌張地看著周遭：「好像在搞什麼陰謀。」

「我剛才看見一個醉漢，滿有趣的呢。他說自己莫名其妙被列為失蹤人口，哭鬧得大發牢騷。」

「他們真是一群蠢蛋！」

「會不會是液化瓦斯行的老闆在暗中搞鬼？」

他鬆開我的手臂，突然窺探似地停下腳步，說道：

「你別胡思亂想。我不是告訴過你嗎？跑到這兒來尋找線索，簡直是白費功夫。不管我這錢是怎麼搞來的，每星期三萬圓的開支可不是小數目。拜託，你趕快回去。」

「可我酒意還沒退啊。」

「那幫傢伙真要鬧起來，可不好收拾。」

與此同時，一夥人——約莫七、八個吧——像是從這個攤位走到那個攤位似地，慢慢從篝火旁邊走過，然後突然改變方向，將篝火團團圍住。接著，不知道是哪方先動手，那些黑影突地扭成一團。兩個女人發出驚呼聲，往我們這邊逃了過來，但是很快就被抓住。又上來幾個人，宛如扛青菜籠似地扛起女人，往半圓形攤車外面的黑暗跑去。女人罵聲連連，驚惶地呼號求助。不過，這聲音很快就被堤岸那邊的攤車迸出的怒吼和物品的破裂聲響給淹沒。玻璃破裂，投擲的石塊飛過攤車的車頂，掉落在我腳邊。在火堆周圍，形勢出現變化，那三個男子反守為攻，一個工人被他們拖了進去，頭部被狠狠毆打，痛苦哀號在地上打滾。對方遭到拳打腳踢，手臂似乎被打斷了，在河邊掙扎著滾爬。幾個工人把熊熊燃燒的汽油桶踢倒，揮舞著噴出火焰的木塊，朝那三個人猛撲過去。然而，那三個小伙子動作非常迅速，而且手中好像還握有厲害的武器，逼得工人們旋即撤退。接著，工人們擎著火把開始攻擊旁邊的攤車，他們打破車窗，把燃燒的火把丟入車內。然後，朝那三個小伙子丟擲石塊，對方也回扔石頭應戰。他們三人終於寡不敵眾，步步後退。這時候，所有的攤車都成了被攻擊的目標。瓦斯爐被丟了出來……噴火的瓦斯鋼瓶……鍋碗盤碟逐個被砸得碎裂……然而，他們的破壞力沒有百分之百發揮出來，或許是因為被扛到河邊那頭去的兩個女人，以及現在他們可以暢飲清酒和燒酒的緣故吧。

「我去工務所找他們談判。」

他撇下這句話，從混亂的人群中穿過，然後往前奔跑，當他快跑到攤車前半圓形的地方，幾個工人追上，狠狠地把他抓住，拖倒在地上。不過，這時候我卻文風不動，只注視著他在黑暗中痛苦蠕動的身影，對於自己的無動於衷，完全不感到懊悔和內疚。

然而，一輛汽車適時化解了他的危機。最靠裡面的一輛車子沒有遭到嚴重破壞，這些傢伙都在車上喝得爛醉了。就在這時，這輛攤車突然發動引擎，敞著後門，衝開河灘上的小石子，瘋狂地急馳而去，車上的貨物連同喝酒的工人全被摔下來。

不消說，在場的所有目光都集中在這輛車子上。有的人朝它扔石頭，死命地追趕，還有的甚至跳起來要抓車窗。這輛小型汽車頂多一千CC的馬力，它發出拉鋼鋸般的刺耳聲響，經過一番折騰，好不容易才爬上堤岸，將追趕的人拋在後頭。

這輛汽車勇敢果斷的行動給了他，也給其他攤車得以逃脫的機會。趁工人追趕那汽車顧此失彼的時候，所有攤車都發動起來，往四面八方奔逃而去。

我用眼角注視她弟弟擺脫追趕的情況，壓低身子爬進堤防下面的枯草叢裡，然後朝我那倖免遭劫的車子跑去……驀然，我想起一件重要的事……「他」的日記……我之前提醒過他，催促他把「他」的日記送到姊姊家裡。我覺得應當再向他確認才行……然而，說不定他已經成功脫逃，我看不到他的身影了……而且，就在我略顯遲疑的瞬間，無情的石頭飛了過來……我正低頭拚命奔跑，一塊石頭擊中我的肩胛骨，但我絲毫不感到疼痛，只覺得有些氣喘和咽喉被扼住的感覺而已。可能是酒勁催化的關係，也許是情緒意外的平靜，我沒費多大功夫，就摸到車子的鑰匙，幾乎在開門的同時就發動了引擎。此刻，大半工人集合在堤防的斜坡——連結堤防與河灘供車輛通行的道路上，氣勢激昂地叫囂著。兩輛逃在最後的車子打著車燈，長按喇叭，正準備從人群中突圍出去。其中，一輛車子好不容易才殺出重圍。不過，最後一輛可能驚慌失措，一時沒有換好排檔，在斜坡上突然減速，被蜂擁而上的工人推倒，四輪朝天地翻滾到斜坡下。直射的車燈打在約莫二十公尺寬的堤防斜坡上。在枯草叢裡，筆直插著一根白色木棍，似乎意味深長，但不知做何用途。黑壓壓的人群跑下斜坡，哄然圍著還在發動的車子。如果這騷亂是經過策畫，那麼煽動者必定就在其中。如果可以從中認出這個人的身分特徵，必定能夠找出她弟弟的勁敵……設若這個人存在……把他找出來，必定對案情幫助很大……然而，吼叫聲愈發高昂……玻璃破碎的聲音……引擎的聲音戛然而止……車燈熄滅……紅紅的零星餘燼散落在汽油桶四周……不知是因為醉倒抑是受傷的緣故，有的倒在地上一動不動，有的到處爬行，也有的像夢遊症患者般蹣跚地走向水邊……不管怎麼說，車子翻倒下去，意外地為我打開通路。由於我的車子不到那輛麵包車的一半，萬一走錯一步，後果必定與它差不多。

我關掉車燈，故意在河灘上繞了一大圈。車子開到被踢倒的汽油桶前面時，有三個幫派小伙子跑來求救，旋即被對手追上，粗暴地按倒在地。說不定不只這三個人，另外還有兩個人。

我沒理會他們，逕直駛過，雖然緩速前進，但車子卻像在接受耐久測試似的猛烈震顫，發出快要解體似的聲音。我心想，要是掉進溝裡，或者大石頭磕破底盤，一切就完了。我朝著齊頭高的柳樹叢開去，很快就來到柳樹前面……不出所料，看見另一夥瘋狂的人群。他們就是扛走兩個女人的傢伙。我繼續放慢速度，判斷他們追趕的情形，等側邊相當靠近的時候，我突然加快速度，用力地轉動方向盤，對著堤岸的路口衝去，這時引擎發出如同被鐵錘敲砸般的咆哮聲響……

費了一番周折，看來我終於順利逃脫。所有的追趕者已經轉移焦點，都在圍看他們如何處置那兩個女人了。由於我關掉車燈，不知道他們怎樣凌遲被劫持的女人。現在，我腦海浮現的是被剝皮、被切割、被鐵鉤吊掛在肉商冷凍室裡的扁長慘紅色肉塊。他們沒有點火，只在前面擺著一個大燭台，現場瀰漫著緊張肅殺的氣氛。正因為如此，他們根本無暇留意我的車子就在附近。當我把車子開到堤岸上時，才打開了車燈。與此同時，我忽然渾身僵硬、肩膀和膝蓋不停顫抖，眼睛比關掉車燈時更黑暗。我將排檔推到最大，把油門踩到底，車子卻像手推車般地緩速挪動，難以名狀的恐怖使我的後腦杓陣陣發痛。我聞到燒焦的味道。原來我沒放下手煞車。我打開暖氣，敞開車窗，這才稍稍在眉間感到酒醉的沉重。

然而，她的臉上沒有絲毫醉意。她用肩膀撩開與廚房間的窗簾，手臂上搭著一件男用雨衣，雨衣上面放著疊好的舊報紙，空著的另一隻手放在上面，彷彿少女把身體重心集中在腳尖那樣的裝模作樣，邁著輕盈的腳步……

她似乎匆匆地化過妝，沒有光澤的柔滑膚色、雀斑又恢復往常的亮潔。她的頭髮上還留著梳子梳過的痕跡。我心想，這是她出於女人被打量的本能意識呢，抑或恰恰相反，而是她基於試圖掩蓋本性的警戒心理流露呢？……果真這樣的話，這效果恐怕不大……因為這個女人愈化妝愈顯得透明，反而愈使人看透她的所有祕密。在那個薄霧籠罩遙遠如夢境的城鎮……在我成為現在的我之前，確實曾滿懷憧憬地在這宛如樹液般刺鼻嗆人的遙遠城鎮住過幾天。我思忖著，畫作不正因為有框架才被當成是風景畫；而當成風景畫，就無法透視它嗎？倘若把畫框卸下來，只剩下霧靄，那是用手觸摸不著，既是無法透視的東西，豈不是跟混凝土牆沒兩樣……我可不會受騙呢……直到現在還沒有任何證據顯示她不是共犯……忽然間，在那河灘上聽見那女人微弱的哀吟毫無緣由地穿過我的耳朵，滴淌著慘黑色肉汁的肉塊如小小的月亮般浮現在霧中深處……

她從書架前走過，把雨衣搭在桌角上，一面將報紙滑到我這邊，一面坐到昨天那張椅子上，只是落座的位置與昨天稍稍不同，書架和檸檬色窗簾的分界線現在恰巧在她的右耳附近。她的耳朵很薄，宛如瓷器，彷彿稍用力就會脆裂……看到這樣的耳朵，有的男人可能特別愛惜保護，有的男子甚至會衝動得想把它扯下來……「他」到底屬於哪種類型的男人呢……

「就是這份報紙……」

這是一張折成四折的體育報。雖然磨損的程度不像那只火柴盒，但也已經相當破舊。突然，一行「怒刀飛斬，踢倒殺人魔」的紅色標題闖進我的眼簾。那是一篇職業摔跤的報導。

「是六月四日的……看來他一直把它帶在身上呢……」

我翻開報紙，下一頁是職業棒球賽的預測，下面是大幅的感冒藥廣告。第三版的上半部是一名新銳歌手笑臉的照片，以及與其女友的相關花邊新聞。下面就是一行一千圓的小廣告。另外，還有招聘英才、旅館介紹、信貸借款、公寓出租等其他廣告……所謂其他廣告，除了犬隻販售之外，其餘全是性病治療、割包皮和不孕症手術的廣告。最後一頁是賽馬、（賭博性）自行車競賽的結果和預測以及廣播、電視節目、電影預告；下面三欄又是求才廣告。只有一則尋人啟事，看來似乎與「他」沒有關係。

「報紙原本就這麼破舊嗎？還是您過度折損的緣故？」我試探她。

「嗯，我的確摸過……」她的目光平靜地從我的手上抬起來，「不過，原來就很破。」

「您先生最後一次穿上雨衣，大約是什麼時候？……您不會沒記住吧？」

「他呀，不知應當說是懶惰，還是小心謹慎，他一直把雨衣放在車裡，說什麼時候下雨，隨時可以用上……要不是買了我們車子的人，特地把它送回來，我根本記不得有那麼一件雨衣。」

「車子賣了嗎？什麼時候賣的？」

我不由得地詰問起來，但是對方沒顯出慌亂的神色，只是很詫異地用手指頭摸搓著桌角：

「是出事的前一天，要不就是前兩天吧……不過，雨衣是一個星期後送回來的……說是放在手提箱裡，一直沒拿出來……」

「可是，昨天晚上您不是這樣說的。」

「是嗎……那就怪了。」

「昨天晚上您說車子送到保養廠維修了。」

「我的意思是，這一定是我丈夫的說法。」

「您為什麼要撒謊說令弟應該知道車子的去向呢？」

我自問，這樣做是否太過強勢？……把委託人逼得走投無路……不，這是她自作自受……又不是我故意設下的陷阱……但話說回來，就算我把她逼得雞飛狗跳，可這個柵欄對於她來說，如同浸水的紙張不堪一戳……她靦腆地微微一笑……

「我說話總這麼沒經考慮，就脫口而出……要不就太固執吧……今天早上我又在家裡翻找了半天……好像捉迷藏的扮鬼，從壁櫥到書架後面，都找了一遍……我覺得他已經變成一隻蟲子……還把蜂蜜抹在紙上放在床底下……」

看得出她嘴唇繃緊，呼吸急促起來。我覺得她就快哭出來，心裡不免跟著慌亂。

「不管怎樣，妳不願意提供線索，對彼此都是損失啊。不僅我徒勞無功，妳的費用也白花了啊。是什麼樣的人買下你們的車子？」

「一個很好的人……」接著，突然若有醒悟似地注視著我的眼睛：「你說得不對，我不是不願意提供線索……如果那個人與我丈夫的失蹤有所關聯，他要不是會透露些訊息，要不就銷聲匿跡……只要他不現身的話，誰也不知道有這個人……」

「他做什麼工作的？」

「聽說是計程車司機。」

「那輛車賣了多少錢？」

「大約十六萬圓吧……」

「錢都付清了？」

「嗯，還給我看了收據。」

「那是離家出走的經費吧。」

「不可能。我不想相信！」她如蠟製品般柔細的神情，霎時變得嚴峻起來，猶如撒滿沙粒似的粗糙，剛才只有乳頭能比擬的嘴唇四周亦泛起一圈圈細紋，還一面用牙齒用力咬著大拇指說：「沒有任何證據，請你不要這麼說。」

「但是所謂的證據，終究離不開事實。問題是，您對於事實似乎不感興趣，這就不好辦……」

「我還是不敢置信……雖說他的失蹤是事實……但關鍵在於他為什麼要遠走高飛呢？……他未必是在逃避我吧……而且我認為這不是因我而起……他肯定是在逃避某些人吧……」

我猛然感到沮喪不已，把皮箱收到膝蓋上，打開蓋子。

「妳還是先看看我的調查報告吧。正如您所說的，全是沒有價值的事實。」

她重新坐直身子，神色緊張地匆忙看了一遍，然後用緩步如過獨木橋似的眼神仔細重看一次……

「事實就像貝殼一樣，你愈逗弄它閉得更緊，完全拿它沒辦法……勉強撬開的話，它就會死掉，什麼都拿不到呢……看來只好等對方開口……就說這份報紙，或許以後還會發現其中隱藏著關鍵的祕密……只從表面上看，這絲毫看不出什麼端倪……但為什麼它和火柴盒放在一起呢……似乎有什麼隱情……但一般而言，看似可疑的地方卻查不出來，正是事實之為事實的緣故……」

她重新抬起頭來。在這之前，我看過她很多不同的表情，可是這次神情卻截然不同。她露出驚懼和哀求的神情，彷彿呼吸困難，眼圈發紅，想開口說話，卻憋住說不出來，喘了口氣後，才發出聲音：

「是有關係的。只是我怕你誤解……」

「自行車競賽或賽馬……是不是？」

「不。是電話號碼。」

「電話？」

「我完全沒有隱瞞的意思……」

「是什麼電話？」

「那個跟火柴盒一樣的電話號碼……是哪裡的？」

她的手指像被扭斷頭的螞蟻似的，在第四版的徵才廣告上茫然地來回摸著；它又像是沒有關節似的、如偶人般纖細柔軟的手指……就是說謊也不會傷及自身的、彷彿工藝品般的手指……

「是徵求女服務生吧？」

「不是。招募司機……就是這個。」

她的手指終於停下來，指著一則廣告。

○誠徵司機　○待遇從優
年齡不拘　帶履歷面談或郵寄　可通勤可供宿

仔細一看，廣告下方的電話號碼果然與「山茶花」咖啡館的電話號碼完全相同。

「我沒有說謊。」她拚命地搖頭，似乎在為自己申辯，「我為什麼沒告訴你呢？我也說不上來。也許我真的是害怕事實……」

「您用不著辯解。我既不是檢察官，也不是法官，只是您花錢雇來的人。而且比起事實的真相，保護您是我的義務。這個事實究竟什麼地方使妳害怕呢？」

「我可沒什麼好害怕的。如果這算是事實的話，也已經解決了……」她低下眼睛，驀然欠身說：「你喝不喝啤酒？」

「嗯，可以陪您喝幾杯……」

其實，現在我根本不必為她的健康操心，因為她需要喝酒，我也需要喝啤酒的她。我不想再把時間浪費在這反覆而徒勞無功的事情上了。此時，她像被解開鎖鏈的狗兒，一面跑到廚房後面，一面說道：

「是啊，事情已經解決了，這不是很好嗎？……我還親自跑到那家咖啡館問個清楚呢。他們說，一個朋友想雇個私人司機，他們只是居中介紹而已……而且這件事早就定下來了……難怪這是一個月前刊登的廣告……」

她端著啤酒出來的時候，唇邊沾著少許白色泡沫。

「他們不會經常做這種仲介吧？」

「聽說一個外地的朋友想雇個熟悉東京地理的司機，於是就幫他介紹。若非這種特殊狀況，通常都自己登廣告。」

「這道理上倒說得通。」

她非常小心地把啤酒倒進兩個杯子裡，還徵求對方同意似地微笑著坐下來。

「那件事已經解決了。」

「那麼別在窗簾邊上的電話號碼呢？」

「嗯，那號碼也是……」

「那是做什麼的？」

「這個……」她一口氣把杯中的啤酒喝掉三分之一，說道：「沒什麼特別的原因。我也說不清楚。你為什麼那麼在意呢？」

「在意的恐怕是您吧。當您觸摸到那則廣告的時候，您驚慌失措得有點不尋常呢。」

「也是啊……為什麼會這樣呢？……」她雙手捧著杯子，眼神卻像在回憶十年前的往事，說道：「我到底怎麼啦……我的話總是在自相矛盾……不過，事實未必是可靠的吧……這跟他現在人在哪裡，幹些什麼，其實沒有兩樣……他消失無蹤，這才是事實……只有這點是事實……我需要的是對這件事給個解釋。為什麼人不在了？這個解釋才是問題……事情就是這樣……」

「問題是，沒有根據，就無法解釋事實。」

「我只要給個解釋。」

「這只有您丈夫才做得到。我能力所及的，充其量是把他找出來。」

「你太自卑了。」

「自卑？」

「你為什麼選擇這個行業呢？」

「我必須回答這個問題嗎？」

「因為我對這個問題很有興趣……一個人為什麼要做出那樣的選擇呢？」

「這種事很稀鬆平常。通常離家出走的人，一旦被找著，立刻就會像回魂似地清醒過來，滿不在乎地回家去。什麼動機啦、解釋啦，根本沒有旁人說得那麼嚴重。」

「你還經手過其他離家出走的案子嗎？」

「那當然……不過，多半都有線索，或具體指名要調查哪個女人……嗯，幾乎都是女性委託調查的……我大概打聽跟蹤個三、四天，事情就解決了……這本來就是花錢的事……所以若沒有幾分把握，他們不會輕易找上我們徵信社的……」

「是嗎……」

「您丈夫相當神經質嗎？」

「我看是大而化之的人，比如衣著方面也是……」

「他很有行動力嗎？」

「說來他是個小心謹慎的人。」

「請您說話不要前後矛盾。同樣是失蹤案，分為主動失蹤和被動失蹤，這意義完全不同。」

「總而言之，他做什麼事都很入迷，這點我早就受夠了……」

「對什麼事情入迷？」

「對什麼事都是……跟小孩子沒兩樣……」

「比如迷上汽車啦，或者照相機呢……？」

「嗯，他有汽車維修員的證照……」

「對賭博也這樣嗎？……」

「他對各種證照格外入迷，可以說是執照迷吧……光是汽車駕照，他就有兩種大型汽車執照呢，除此之外，還有無線通訊技士啦、焊接啦和處理危險物品……」

「他擁有處理危險物品的證照，跟在大燃貿易公司有關係嗎？」

「嗯，大概有吧。」

「看來他還是位很重實用的人哩。」

我重新理解書架上那些藏書的含意，因為之前我為此感到困惑。比如，電氣、通信、機械、法律、統計、語文等等，種類五花八門，而且都是國家考試的題庫和入門書，並非艱深的專業書籍，因此很難有全面的印象，但「他」是執照迷這句話，便簡單扼要勾勒出「他」的特性。

「還有電影放映師、中學教員……」

「他的性格真奇特啊……」

「也許是好強吧。」

「他最近熱中什麼執照？」

「那一陣子……他說想考取二級無線電通信技士，一有空，手指頭就敲敲打打的……」

「是二級無線電通信技士嗎？」

「他說，只要考取了二級，就可以上大商船工作，薪資可以拿現在的三倍……他打得是這樣的如意算盤……」

「恕我冒昧請問您，他在大燃貿易公司拿多少薪水？」

「五萬多吧。」

「那麼當計程車司機也可拿那麼多。」

「不過，他更擅長汽車維修，好像也做中古車的仲介……」

「嗯，令弟告訴我這件事了。」

「我弟弟？你們見過面了？」

「真是奇妙啊，走到哪兒都能碰面。其實來這裡之前，我還和他暢快地喝了幾杯呢。」

「真不可思議啊。」

「他是個很有趣的人。照這情況看來，我每天跟他碰上十次都不奇怪呢。對啦，我想起來了……他說，明天會把您先生的日記送到這裡來……」

「日記？」

「好像是很無關緊要的東西。」

我在仔細觀察，當她聽到我提及她弟弟的話題以後，出現的任何細微表情變化，我都不放過——微蹙的眉頭、茫然若失的嘴唇……這是驚慌呢，抑或是困惑？或者是她意外地對弟弟感到疑惑？然而，她咬著下唇，只露出一抹調皮的微笑而已。

「我弟弟總是愛做讓人吃驚的事，從小就是這個脾氣……」

「看過日記以後，或許可以就此理解您先生懷抱著什麼樣的夢想。」

「夢想？」

「例如，他憧憬大海上的生活……」

「我丈夫是個很務實的人。他說，尚未升上課長之前，他的人生路途坎坷不斷，這時候好不容易才止跌回升，他當然非常高興……」

「但他還是走了。」

「他不是因為理想出走的。他有句口頭禪：擁有執照就是人生的錨。」

「一艘小小的船拋下這麼多錨，我看他還是屬於理想性格的人，否則這艘小船早就被海浪捲走了……」

她把端到嘴邊的酒杯慢慢放回桌子，然後悵然若失地默不出聲。這情況如同慢鏡頭拍攝的枯萎花朵，雙眼逐漸凹陷，鼻子愈加萎小，那麼柔滑的肌膚也失去了光彩，嘴唇間滲出像吃了桑椹般的黑紫色汁液。這時我由衷感到後悔不迭。因為正如患者怎樣逼迫，醫生都沒有權利執行安樂死一樣，合法的殺人者只有戰場上的士兵和死刑的執行者。

牆上的掛鐘報著凌晨一點鐘。

調查報告

二月十三日上午十時二十分——我到圖書館查閱報紙縮印版，被調查人失蹤的八月四日以前，雨天是七月二十八日和七月二十九日兩天。然而，根據天氣預報，七月二十七日為陰天，可能是下午以後，突然下了驟雨，因此失蹤者最後使用雨衣，當可推斷為二十九日……

我沒寫幾行便停下來，突然感到一股難以名狀的虛脫，我閉上眼睛。彷彿不只是我的眼睛，包括所有的感覺、所有的神經、連同我的存在本身都完全被封閉在這明明坐滿，卻如空無人跡的靜悄悄的圖書館閱覽室……吸鼻涕的聲音，翻書的聲音，躡手躡腳的聲音……塗在地板的上光蠟劣質而又黏乎乎的發出嗆鼻的味道……

我緊閉的眼睛裡出現檸檬色。在檸檬色窗簾的反光映照下，她的耳朵輪廓也抹上淡淡的檸檬色。檸檬色的芳香……檸檬色的……笨蛋，怎麼不說香蕉色、南瓜色的雀斑呢？……

是啊，這裡既不是戰場也不是刑場。我甚至連給她造成針孔般傷痕的權利都沒有。我能做的只不過是繼續寫完調查報告而已。委託人總是正確的，縱使吐言不實，只要他堅持說這是事實，那就是事實。話說回來，如果事實已經不再需要，只委託我們調查沒有事實的動機，那就是強人所難了。看來我只好繼續調查事實，等待對方失望的神情了。而這也僅僅是故意在解釋無從解釋且毫無意義的事實周圍繞著圈子……

無意間，我看見坐在左邊的女學生把整個身子俯趴在桌上前面的隔板，用刀片在割著什麼照片。我又再低頭下來，以與她相似表示內疚的姿勢，繼續寫著調查報告：

……儘管如此，並不能保證那天用過雨衣。只是從二十九日後到他失蹤的一個星期內，天氣晴朗，氣溫也高，也可能未使用雨衣。至於那份報紙和火柴盒（或者電話號碼），應似在此以前即已使用過。以上事實表示，被調查人無故失蹤未必不是突發事件，但也不排除這是事前計畫周詳的出走。

坐在我旁邊的女學生已經把照片割了下來。我從調查報告用箋的最後一頁撕下大約三公分左右的紙條，匆匆寫下幾個字。

「我全看見了！我不揭發你，不要出聲跟我來。OK的話，把紙條揉成一團還給我。」

我把它折成兩折，悄悄地滑到女學生的手肘下。她吃了一驚，蜷縮身子，看我一眼。我開始若無其事地收拾桌子上的物件。她有點驚慌地打開看紙條，鼻子短小而肥胖的臉頰上立刻暈染出幾塊紫斑。她嚇得不敢動彈，彷彿呼吸也停止了……我則像品嘗火辣的辣椒粉般的味道等待她的回答……

沒多久，女學生試探性地瞥我一眼，無奈地吐了口氣，笨拙地把紙條揉成一團，用手指頭彈了過來。不過，彈的方向沒對準，紙團掉到地板上。我彎下身來拾起紙團，還注視著她的腳。她的腳踝很粗大，穿著一雙裂縫的黑色平底鞋，給人無法負荷其體重的感覺。從膝彎的凹陷看來，至今還保有青春女性的清潔感。她正處於青春期行將結束、恰巧猶如傷風感冒般缺乏平衡的年齡。她似乎正意識到我在盯著她，為此肌腱繃得很緊。

我把紙團拾起放進口袋，合上報紙縮印本，把文件和鋼筆裝入手提包，若無其事地站起來，以適合在圖書館的步伐，踩著上光蠟打得太多的地板，逕直地朝服務台走去。辦完借書的手續以後，我朝她看了一眼，可是她還沒有離席，目光從隔板邊上看過來，窺視著我的動作。我略為舉手，打了個暗示，然後坐在閱覽室與出口之間小小的吸菸室長椅上，點了根香菸。當我的香菸吸到四分之一之際，她腳步遲疑地來到服務台，滿臉慌急地探看著外面，但似乎沒有看到我所在的地方。她辦完還書手續，從寄物櫃取出大衣，忽然疾步往外走，在門口一下子看見我，像被絆住似的步伐凌亂。我立即站起來，朝大門走出。這女孩踩著細碎的步伐順從地跟在我的後面。

我從停車場把車子開過來，女孩站在幾段台階的半處，她把大衣的領子豎得很高，把鼻子都遮住了。我把車子靠過去，打開前座旁邊的車門。她將書包交到另一隻手，以奮勇不屈的步伐直接走下來。她的鼻子如夾在玻璃板裡似的蒼白失色，加上情緒激動和天氣寒冷的緣故，使得她的表情更加可怕。她從大衣領口露出的綠色圍巾格外刺眼，顯示出被壓抑的怒火。我半打開車門，說道：

「我送妳。去哪裡？」

「去哪裡？」女孩的答腔意外地平靜，帶著挑戰的口氣：「這個能夠由我決定嗎，反正還是白說了。」

我不禁苦笑起來，對方也反射性地歪扭著臉頰。

「看來妳已經豁出去啦？」

「你這卑鄙小人！」

這時候，我驀然在女學生面前猛力地把車門關上，踩緊油門，車輪捲起砂石，輕盈的車頭如乘風破浪的快艇高高浮跳起來。只見她像冰箱裡的冷凍魚神情茫然地呆立不動……

我怔愣不已。我像失去時間的感覺，茫然佇立在「山茶花」咖啡館櫃檯旁的電話機前。

「什麼？死了？」

「好像被圍毆致死的。」聽筒那端傳來主任激動不已的聲音：「這到底是怎麼回事？

你該不會說自己有不在場證明吧？」

「我怎會有呢。」

「算了，你立刻跟委託人聯絡。一大早起來我就被催了三次了。」

「是哪來的消息？」

「這還用問嗎？當然是委託人通知的。」主任突然語調不變，「你覺得還有什麼管道可以獲取消息嗎？」

「我只是隨口問問。知道了，我立刻聯絡。」

「不要怪我囉嗦，我再提醒一句，要是發生糾紛，自己擔負責任啊。」

「謝謝提醒。不管怎樣，中午時分我回去一趟……」

我茫然佇立著。那傢伙死了！我放下聽筒，呆若木雞。

此刻，想必警方正忙得雞飛狗跳，他們往這方面搜查下去，我的身分是否會因此浮上檯面？如此一來，警方的搜索必然要追到M液化瓦斯行……一個開著輕型自用車的男子……自稱大燃貿易公司的職員……警方必定向大燃貿易公司查證……而那個開著輕型自用車的男子……我的身分就得公諸於世了。不過，我應當不致於馬上就陷入危險。首先，我並沒有殺他的動機。而且與那傢伙結怨的仇家多得是。只是如果可能的話，我當然不想被牽扯進去……

我告訴自己，不必如此擔驚受怕吧。縱使警方再有本領，也未必能夠從這場慘烈的鬥毆事件中突發奇想，猜測背後可能與M液化瓦斯行有所關聯……當初我應該問清楚那傢伙想敲詐勒索對方什麼的，現在卻是追悔莫及了……

而且，還有一件事，由於他的死亡會發生根本性的變化……亦即調查費的資金來源斷絕，這項工作可能有違委託人的熱切期望，在這個星期內即得宣告結束。

我心想，被人棄之不用到底是怎麼回事呢？我回到座位上，攪動著漸涼的咖啡，開始沉浸在廣闊無垠的感傷情緒中。這是我對死者的悼念之情嗎？不，這不可能。我透過店內的黑紗窗簾，看著今天像傷風感冒般淒涼寒冷的露天停車場……因為昨天的這個時候，那傢伙渾身上下，特別是端聳的肩膀、散發著如同拌涼粉般滲出的油膩膩體臭。他站在第二根柱子附近跟我搭話……從那時候起，我意識到他臉上長著蕁麻疹般的東西，至今仍毫無痊癒的跡象。

若要說有什麼細小的變化……也許就是我對他傲慢無禮的印象有所改變吧。的確，委託人就是花錢雇我的雇主。然而，委託人通常都帶著哀求如狗兒的眼神，要不就是心存愧疚似地卑屈的諂笑。這時候，為了緩和委託人的心情，我們也得諂媚地跟著對方陪笑，隨聲附和說人生就是如此之類的話。以此顯示與對方站在同一陣線。我們當然希望每個人生都是如此，因此反而很快就能找回自尊心，發現人生的希望與光明。不過，那傢伙沒有流露出絲毫苦難和悲慘的神色，一開始就不掩飾自身的卑鄙行徑，他不但不讓我碰觸，連瞧上一眼都被嚴峻拒絕。他跟我以前接觸過的客戶相比，簡直是個奇特的怪人。當然，這也可能是出於我對他的偏見。這樣細想起來，他未曾被我發現的部分，不，應該說是我故意視而不見的部分，反而讓我隱約地看見什麼。比如，他問我「以一個女人來說，你覺得我姊姊怎麼樣？」的看法時，那剎那而過的認真嚴肅神情……或者吩咐車攤老闆說「請他吃個生雞蛋吧」時那種細微的體貼……如果我不用帶偏見的眼光看待他……如果我一開始不把他當成擋住視線的一堵牆，而是與他保持同等高度……或許這堵牆就會變成一扇門，邀請我進去呢。

現今連這堵牆亦不見了；如此一來，牆與門並存的可能就更微乎其微了。

一切都為時已晚。我看到他逃進堤岸下枯草叢裡那如傘折骨彎似的最後背影，他不想說出來的事，他想暢所欲言的事，都已不復存在。因為那被強行撕毀的智慧之輪，已經跟智慧毫無關係了。

我看了看手錶……十一時八分……即便我想把這時刻寫進調查報告裡，卻沒有後續的內容……其實，不只這個時刻，再過一個小時、三個小時、十個小時，恐怕再也沒有新的事態足以寫進調查報告裡……我彷彿被誰催促似地匆忙喝完咖啡，站起身來……可是現在怎麼辦？……有什麼該辦的事情嗎？……我又佇立不動……如同剛才被我撇在圖書館台階下的女學生那樣呆然站立……不告訴你去向、不告訴你目的、被剝奪了自由、在黑暗中身不由己地被拖來拖去，這個行徑當然使人憤怒，但對你不做任何解釋、不打一聲招呼，猝不及防就把你扔在半路上，這種惡行要來得屈辱的多……

老闆坐在櫃台裡面埋頭看報。板著面孔的女服務生，一隻手肘支在收銀機的台上，一隻手抓著把音量調小的小型收音機貼著耳朵，茫然無神地看著外面。她突然露出嘲諷的冷笑，這是被收音機的廣播內容逗笑呢？抑或在嘲笑我像隻呆頭鵝呢？或者外面有什麼令她發笑的東西？我順著她的視線看向外面……我好像看見了不尋常的光景。三個推銷員模樣的男子，腋下都挾著同款的公事包，怒氣勃然地議論著什麼走過去……前面是絡繹不絕的車陣……再往前是停車場……它像凹陷的臼齒尖角焦灼地刺激我的記憶……數字……停車場的廣告牌下面那七位數的數字……是那個號碼！

火柴盒的商標……「山茶花」咖啡館……舊報紙的分類廣告……還有別在檸檬色窗簾邊上的那張小紙條……反覆出現的這個電話號碼……

我終於恢復了時間的感覺，慢慢地恢復記憶中的地圖。女服務生一手轉動收銀機的把手，一面仍把收音機貼在耳邊。我提高嗓門問道：

「那個停車場的停車手續在這兒辦理嗎？」

女服務生朝老闆瞥了一眼算是回答。老闆把整份報紙攤在櫃台下面，他抬眼瞧著我，當我們目光相遇，他用力眨巴眼睛，用那與他落腮鬍刮掉後的鬍渣很不相稱的高昂聲音說：

「不巧，好像已經客滿了。」

說完，他愛理不理，表情冷漠地又埋進報紙裡。

「你們店滿清閒的嘛……」

「你說什麼？」

女服務生發出嚴厲的聲音，把小收音機從耳邊拿開，彷彿被我占了便宜，因而反應格外強烈。我有點驚慌失措，但也激發出異想天開的感覺。我彷彿剛剛沖過熱騰騰的淋浴，把心頭的所有鬱悶沖刷得乾乾淨淨，並打從心底湧升一股狂放的衝動，我真想握住肚皮下的那根棍子，對她大笑一場。我的那話兒很小，也許還真能逗她發笑呢。我始終注視著女孩的臉龐，然後轉到收銀機旁邊，抓起聽筒，立即撥通大燃貿易公司的電話，請年輕職員田代出來。

——「田代君嗎？昨天謝謝你啊……」我一報上姓名，對方旋即發出短促地驚叫。我頓時懷疑他已經得知那傢伙死去的消息，但似乎不像，當我喚起他要喝兩杯的承諾時，他的聲調馬上變得親切熱情。或許他還沒有這樣與別人分享祕密的經驗。我一面看著女孩耳後濃密的鬢髮，繼續說道：「我們約在S車站，你昨天給我畫了地圖上的那個地方也可以。對，就是你準備和根室先生見面的地方……我也再確認一下……時間七點……沒問題吧？……還有，最要緊的事別忘了，就是那本特製的裸體照片集……」女孩慌忙地把小收音機貼在耳朵上，不過似乎沒有打開開關「……裸體照片……」我又叮囑一次……「能夠的話，我希望立刻與那個模特兒小姐見面……」女服務生聽不見對方公事公辦的回答語氣，因此想必認為我們是在電話裡無聊閒扯。接著，我順便壓低聲音……「與其說順便，毋寧說也許是這才是我真正的目的……還有一件事，想請你設想一下。如果讓你敲詐液化瓦斯行，你會採取哪些手段？一般的瓦斯行，對，就是零售商……見面的時候，我期待你提供些意見……」

這樣，我好像用手指頭彈了一下這小丫頭的鼻尖——說不定老闆的鼻子也遭到這樣的波及呢。不過，女孩的鼻子被拿著小收音機的手腕擋著，沒能看清楚，老闆也依然低頭看著報紙，身子文風不動。就此看去，他的頭頂上方那張南美咖啡園的海報裡，把遠山染成金黃色，將人和植物烤成焦褐色的太陽，有如被塵土蒙得變色的照明燈具，顯得滑稽可笑。二樓傳來腳步聲。那腳步聲朝我慢慢走來，剛好停在我的頭頂，接著又以同樣的速度走回去。我不能再呆站下去。驚悸一旦過去，如同打過來的波浪，又馬上回到原來的水位。那傢伙的死亡如意外高高飛濺起的浪花，從我的腳下捲過去，將本來就是峭壁上的一條小徑沖走，但是當波浪退走，就沒有新的威脅，更毋需驚慌失措了。總而言之，拿多少錢辦多少事，我僅能做到她初次支付的三萬圓的程度。豈止如此，她的態度亦是反覆不定……剩下的五天我還有義務繼續調查……也許今天她就跟我解除合約……要求我就此停止調查。真是那樣的話，我心裡難免有些遺憾，留下尷尬的況味。但從在商言商的角度看來，這樣結帳倒還划算。主任不但感到滿意，也應當不會再抱怨。

然而，果真如此，或許這就是她不願打電話來的最大原因……一個念頭掠過我的腦際……這種感覺如同在鏡前把雙筒望鏡倒過來看著自己的鏡像那樣莫名的荒謬和愧疚。這樣一來，我豈不是變成明明沒有接受委託——而且自己也沒有察覺——就含含糊糊在三萬圓的收據上簽字了嗎？這簡直是大笑話。因為幹我們這行的，沒有比這種濫情的好好先生更成笑柄的了。主任有句口頭禪：委託者不是人，他是填飽我們胃囊的飼料。在世人的眼裡，你們永遠都是骯髒的癩皮狗！

實際上，雙筒望遠鏡這種東西，若能巧用的話，可以產生X光透視般的效果。例如，從一張照片可以看出比直接與本人見面更多的表情和性格。首先，把照片豎直，最好去掉空白處，置於黑色背景。接著，把光源調節到不反光的角度。然後跪在離照片的對角線長度約莫二、三十倍的遠處……當然，未必要跪下，只要照片的高度與眼睛齊高就行……以視角不要太寬的五十倍數的雙筒望遠鏡為宜，這樣可以根據想像自由補充背景，手的動作反而可以使表情更為生動。開始只能看到大約一公尺的地方出現擴大的畫面。這時候至少要堅持觀看十分鐘。不久，當你的眼球開始感到疲勞熾熱的時候，剛才看到的圖像突然會變得立體膨脹起來，皮膚的部分也會呈現肉色。這樣就差不多了。當你的眼皮不眨動、眼球定住似地盯著，這會使你的眼睛疼痛發脹。這時，對方忍受不住你的凝視，其眼角和唇端會開始痙攣。如果那是側面，對方會擔心似地偷偷瞄你；如果是正面，他會目光斜視或者不停地眨眼。接下來，雙方的眼和嘴唇，所有的表情都互相伸出神經根鬚在空中交纏，這時你就可以像了解自己的內心，開始看出對方的深層想法。重要的是，你可以知道不可告人的癖性……然後你要緊咬右邊的後牙根、突出下唇，瞇起眼睛，視線在斜下三十度至腳下的地方，惶惑地掃來掃去，平時抹上髮油，梳得光亮亮的、一絲不亂的情感，就會像貓兒巧遇死敵的時候弓背豎毛那樣……這就是「他」乍現的表情……從未外露的孤獨的表情……昨天早上出門以前，我試過一次，即使雙方在反向交差的自動手扶梯錯身而過，仍沒逃過我的眼睛。這是我發明的獨特觀察技術，其他調查員也都讚賞不已，看來並非我在沾沾自喜。主任則是例外，不管你對什麼熱中，他都覺得愚不可及。

話說如此，最理想的觀察時間還是夜間，而且至少必須兩個小時。你可以想像和對方共同用餐；或者成為他的上司，對其發號施令；或者成為他的同事，聽他牢騷抱怨；或者成為他的下屬，讓他數落個夠；如果對方是女性，你可以與其同床共眠；如果對方是男性，你就充當女性陪伴。然而，我對「他」尚未下過這樣的功夫。與其說我有意怠慢，毋寧說委託人的不明因素在阻礙我對「他」的關注，這亦無可奈何。對我而言，委託人的真正意圖遠比失蹤的「他」，更令人可疑。即使現在，我還不能完全排除這個疑惑：也許委託調查此案正是為了隱匿「他」的一種模糊策略……

不過，這種如風媒傳粉植物般的疑惑，使我的視野模糊的始作俑者——失蹤者的妻弟也已經死去……強風把天空撕裂，從雲隙間露出淡淡的陽光……我又一次，端詳著倒置的「他」的照片……

我把「他」倒置的照片，頭部朝我這邊……再次帶往停車場管理員崗亭的窗台。我說：「喏，七十圓。」用沉悶慵懶的聲音說：「零錢不用找了。」然後，把一張五百圓的鈔票有力地擱在窗台上。上面放著「他」的照片……照片中的「他」，前額頭髮還不少，但看來很快就要禿頂……

「有件事想請問你……」

這老頭的膝頭蓋著毛毯，上面還擱著一本漫畫書，嘴唇不停蠕動，他把老花眼鏡推到額頭上，那布滿血絲的眼睛困惑地看著照片和鈔票。

「你在毛毯下面擺火盆啊？這樣對身體可不好。瓦斯容易傷眼，瞧你眼睛紅腫的。」

「你弄錯啦，是電力的……」

「那就是太乾燥了。」

「我擱著水壺呢。」

「看來我全猜錯了。」我故作開朗地放聲大笑，把鈔票推到老頭身旁說：「你看過這照片上的人嗎?也可能是很久以前的事了……」

「怎麼啦?」

「我在找失竊的車子呢。」

就在我信口胡扯時,猛然從倒置的照片中嗅出從未有過的極具銳意的體臭,使得我原先毫無理由認為「他」是被害者的判斷開始動搖。因為我斷定「他」是被害者一事完全毫無根據,「他」作為加害者,也可能只猜對一半。如果極端地想像,「他」也可能是殘殺妻弟的幕後黑手……不,這種推理小說般的因果報應極其少有……設若在密閉的房間裡遊戲,也得立刻坐在旁邊的椅子上,但在現實世界裡,他卻從頭裹著迷彩服,悄然無聲地隱藏在地平線的盡頭……這且不管,看來今天晚上我有必要花時間透過雙筒望遠鏡跟「他」好好打交道。縱使動作稍遲了些,主角終究是主角……

「車子被偷了?」

「可能不是失竊的車,而是發生交通事故的車子。」我對於毫不動容的老頭,果斷地又拿出三枚百圓硬幣重疊著放在鈔票上:「這個停車場,月租的和臨停的比例大概多少?」

「這個嘛,留給臨停的……」老頭似乎抵擋不住增加到八百圓的誘惑,抬頭看著

「山茶行」咖啡館的窗口，終於才吐露實話：「只有這一排五輛車的位置……」

「只為五輛車，一天到晚坐在這裡，也太不划算了。」

「反正待在家裡，也是整天喝茶看電視，我又沒別的能耐……」

「別客氣，收下吧。」

老頭抬起那像用爬蟲類的皮製的手套，把這筆還算可觀的錢收下來說道：

「還有八輛月租的，但白天不用的車位，就臨時給散客停車，收入和月租戶對分……對於退休的老頭，還算不錯的活兒。我患了風濕病，行動不方便，能賺到香菸錢，就該滿足了。」

「不過，車還真不少啊。幾乎都是昨天停放的車子，它們是月租的嗎？」

「那邊的兩排全是月租的。」

「這可有點怪啦……這附近好像沒什麼辦公大樓，怎麼白天停著這麼多月租的車輛？」

這句話似乎擊中了要害，老頭本就動作遲緩，這時表情如固化的橡膠更僵硬起來，支支吾吾地說：

「那一定是因為便宜吧。」

「或者入夜以後開車做買賣的人很多？」

「我哪知道？我哪管得了那麼多。」

「就是說，你沒見過照片上這個人？」

我把照片夾在筆記本裡，一塞進口袋，老頭恢復如釋重負的表情，我立刻抓住他精神鬆懈的時候追問道：

「你那麼害怕『山茶花』的老闆嗎？」老頭抬起皺巴巴的乾澀上眼皮，被風吹得紅腫的眼睛顯得格外刺眼，我說：「哎呀，這話別放心上。反正我在這裡跟你這麼聊著，早就被監視了。若有人問起，你就說我讓你指認照片上的人，結果我扯個沒完。其實，或許你認識那個人呢……」

「我說過，不認識這個人！」老頭憤然地在膝蓋上拍打漫畫書。從他率直生氣的神情看來，似乎並沒有說謊，與死去那傢伙的說法有極大的出入。「我哪能記住每個人的長相呢？」

「喏，再給你兩百圓……剛好湊成一千圓……這樣好算帳，咱們也好談出個結果……」我盯著老頭充滿怨恨卻想迴避的眼神，手肘支在窗口的橫板上，將兩枚百圓硬幣扔在他膝蓋的毛毯上，說道：「你拿了一千圓，我不會告訴任何人……這件事呢，只有咱們兩人知道。喏，快說吧。」

「說什麼啊……」

「什麼也沒說，白拿一千圓，有這麼便宜的嗎？」

「這可是你主動給我的啊！」

「『山茶花』的老闆可全瞧在眼裡呢。你什麼也沒說，就白拿一千圓，他相信嗎？」

「我還給你！還給你總可以吧。」

「別說氣話嘛。我只想問你，停車的都是些什麼人？從你剛才的話，至少已經知道，他們不是住在附近的人……」

「你別胡說八道！我可沒這麼說，你不是也把車子停在這裡嗎？」

「我說的是月租的。若說這附近的商家，自己沒有車庫，白天把車子停在這裡，有什麼好奇怪的。不過，這位大叔，你是老實人，所以說話結結巴巴的。而且你還說哪能記住每個人的長相。這就說明即使是月租的，客人也不那麼固定。現在，我這麼看去，好像有不少車子跟昨天的就不一樣。」

「你……」老頭像憋住咳嗽似地喘著粗氣用含糊的聲音說：「不會是警察吧？」

「你想太多了。刑警會向來歷不明的人花錢買消息嗎？而且，小費就給一千圓，絕對是件大案子了」

「不會是什麼刑事案件吧？不過，多虧『山茶花』老闆的關照，我也能偶爾買到場外的賭馬券，打打小鋼珠……你不到我這把年紀，是不會懂的……連我孫子都學著兒媳婦的腔調，居然當面叫我糟老頭……」

「我保證，絕不會妨礙你的生意。」

「你想知道什麼？」

「我正在尋找剛才那張照片上的人。」

「昨天也有個人向我打聽這個……啊，他是你的朋友吧……的確有很多男人在這裡出入……而且，都不想讓別人知道他們的名字和長相……我已經中風兩次，人也半癡呆了，嘴巴也不緊……因此盡量不看別人的長相，不記別人的名字……」

「如果你不便開口，告訴我向誰打聽也行。」

老頭似乎被我逼得走投無路，露出驚慌失措的眼神，就像一隻在我和「山茶花」咖啡館的黑色窗口，以及自己膝上快要燒焦的毛毯連接起來的三角形內瞎奔亂逃的老鼠。他輕咳幾聲，把手伸進毛毯下面，又立刻拿出來，互相揉搓，終於下定決心似的，用揩過鼻涕的手指頭，揩了一下眼屎，咋著舌頭，撇下這句話：

「那你早上七點左右，到這附近跑跑步吧。隨便看看都行。」

「是偶然的。」

「嗯，很偶然的。」

同日十二時六分——造訪被調查人失蹤兩天前，將其座車出讓並尚在使用的買主富山先生。他不在家裡，聽說正在治療胃病，因此中午必定回家吃飯，我決定在其住處等候。他的住所並非委託人所說的二十四號，而是四十二號，所以費了很大功夫才找到，不過反正也得等候，因此縮短等候的時間，可謂不幸中的大幸。

這附近的建案住宅相當雜亂。一款一九六三年款的KORONA汽車，就塞在拆掉部分圍牆的狹窄庭院裡。這大概就是從失蹤者手中購得的那輛車子吧。車子保養得宜，輪胎也很新。

富山先生的妻子，約莫三十歲左右。他們有兩個小孩，大的四歲，小的兩歲，都是女孩。庭院裡的菜圃上面罩著一層透明塑膠布，給人一種健全和諧的家庭氣氛。久違的太陽終於露臉，把庭院映照得暖洋洋的，暖和到得脫下大衣，所以我婉謝進屋的邀請，坐在窗外的簷廊上。

據富山太太說……（此時，傳來兩聲短促的汽車喇叭聲，看來是富山先生回來了。）

同日十二時十九分——富山先生回到家裡。我看他頗為忙碌，所以請他一面用餐，一面回答我的問題。他的食物是黏稠的某種湯汁和麵包。他抱怨說，要補充足夠的體力，又要調養胃腸，計程車司機可不好幹。他對失蹤者的情況亟為關切，對我的提問亦充分配合。

以下是我和富山先生的問與答。

我：您是在什麼機緣下，從根室先生那裡買到車子的？

富山：以前在根室先生那裡買過車的朋友介紹的。他說，這車價格便宜，保養得好，所以大力推薦。事實上，我也覺得買到合適的物件。

我：您是在「山茶花」咖啡館和根室先生碰面的吧？

富山：（表情稍感詫異）是的。那時候我因為一點小事，辭了公司的工作。做過短暫的門前工和臨時工。

我：什麼叫「門前工」？

富山：直接到車行，在門前被臨時雇用，所以叫門前。大車行原則上不收門前雇用，但碰到司機生病或請假，讓車閒著也是損失。而且幹門前和臨時工的，多半是些只顧賺錢的傢伙，不管什麼規則不規則的，可以幹上二十四小時。只要跑個三家車行問問，總有人雇用的。

我：「山茶花」咖啡館跟門前雇用有什麼關係？

富山：（面有難色）現在，我回到車行公司，跟「山茶花」已經沒往來了。這有點不好開口，對於某些人來說，還是很感謝這難得的機會，我實在不想出賣同行的朋友……

我：我只是想得到根室先生行蹤的線索而已。簡單說來，「山茶花」是專為招募司機而私設的職業介紹所？

富山：是的。那家咖啡館的咖啡特別香濃，而且很早就開店，自然而然成為司機們聚集的地方。大概老闆看到這情形，才想出那樣的名堂來。

我：您剛才說拚命賺錢，這與正式的司機大約相差多少？

富山：臨時工沒有固定薪水，沒有醫療保險、沒有退休金，但是能夠拿到營業額的四成二。一個月幹上十天，簡單輕鬆拿四、五萬圓沒問題。聽說遇上大節日，或者賭馬、賭自行車、趕集什麼，懂得門道的，專門來回接送，聽說還有三天賺十萬圓的。

我：這真是好買賣啊！

富山：若是年輕的單身漢、愛出風頭的人，大概沒有比這更輕鬆痛快的行業了。話說回來，你一旦生病，或者被吊銷執照，那就很慘了。當然，如果抱著今朝有酒今朝醉的心情，那就不算什麼了。

我：有很多這樣的人在「山茶花」出入嗎？

富山：不，光是在東京，差不多就有八萬名計程車司機，出入「山茶花」的再多不超過二、三十個人，跟八萬人比起來，實在微不足道。而且，聚在「山茶花」的，有六成以上的人都是像我這種臨時的班底。再怎麼逍遙自在，總不能這樣過日子吧。其實，那些只管拚命賺錢的人，外表看似過得逍遙自在，內心卻慢慢變得陰沉孤僻。他們渾身上下高檔衣服、高級皮鞋，戴著進口的名貴手錶，卻總是浮躁不安，動不動就打架。這種營生幹上五年，連面相都跟著變，一眼就能認出來。

我：根室先生是否知道「山茶花」幹這生意的內幕？

富山：我記得曾向他說過。

我：像「山茶花」這樣的店，應該還不少吧？

富山：當然有吧。聽說司機有兩成都是臨時性的。前些日子，報上報導說什麼地方的地下介紹所被警方查抄了。

我：警方取締很嚴嗎？

富山：他們管這叫「違反就業勞動法」。簡單講，他們把這當成地痞流氓搞的非法介紹所。

我：「山茶花」是否跟什麼幫派有關聯嗎？

富山：我不清楚。我沒注意到這點，也不想知道太多。

我：您是否可以想像根室先生現在還可能做著受到「山茶花」，或者其他類似介紹所的仲介呢？

富山：（露出驚訝的神色，認真思考）根室先生不是一家貿易公司的課長？如果他闖出什麼大禍，就另當別論……當然，開車的司機無奇不有……有當過學校老師的、魚販啦、和尚啦、畫家什麼的……幹我們這行，身子是很吃力，但是人際關係相當簡單。不管周遭多麼吵雜，你都能平心對待，這種人的性格最適合司機這個職業。話說回來，我們幾乎沒有前途可言，一年到頭四處奔波，只為把乘客送到目的地，自己卻不知往何處去，有時候想來難免發慌無助。以前，大家稱這行業叫「轎夫」，現在可真成「轎夫」了。在旁人看來，開車的司機跑遍社會上的每個角落，最熟悉人情世故，其實不是這麼回事，像這樣與社會脫節的行業實在少見。舉例來說，你跑過繁華熱鬧的大街，或是靜悄悄的巷弄，它們終歸只是道路罷了。不管上車的是富豪、窮人、男人或女人，他們終究只是乘客。與其說這些乘客是活生生的個人，不如說我們偶爾還要陪著這些行李聊天。我們每天在成千上萬的人群中來回穿梭，卻如同剛從荒蕪人煙的沙漠中跑過來，這時候就愈發想找個人講話。就我的性格來說，我倒很適合幹這行，雖然有時候也為此抱怨牢騷，但有人要為我介紹工作，我仍不打算改行。正因為如此，外行人要跳進我們這行，需要相當大的決心。如果以前是白牌（非法）的小型車司機，多少還有點插足的空間，但根室先生的情況可不同，他若沒有很好的機緣，大概就不容易了。

我：假設他已經跳進這行業，您看有什麼好辦法找到他呢？

富山：很困難呢。名聲響亮的車行在招考司機的時候，都要調查身家背景，對你這種調查還不至於反感……但是「山茶花」的作法……

我：很麻煩嗎？

富山：那裡的作法是，不但不問經歷，也不問你的姓名。

我：若是說明情況呢？

富山：一旦了解情況，就更加替你隱瞞。

我：您現在還是「山茶花」的會員，我希望您提供些線索，你仍會拒絕嗎？

富山：（思考片刻）為什麼社會自以為有權追蹤他人呢？……人家又沒有犯罪……把出於自己意志出走的人抓回來，還視為理所當然，這我實在想不透。

我：被拋棄的人出於同樣的理由，也認為他沒有出走的權利。

富山：出走者不是出於權利，而是意志。

我：或許追蹤者也是出於意志吧。

富山：那麼我保持中立。我把話說在前頭，我既不與人為敵，也不支持哪一方。

「天空好藍！」一個穿制服的中學生，仰望天空驚訝地說道。其他同學也都目瞪口呆似地瞇眼望著耀眼的天空，發出驚嘆聲。

「哇，天空這麼深藍！」

然而，隨著天空愈來愈藍，風也愈刮愈大，少年們用手上的書包壓著大衣的下襬，另一隻手抓著帽簷，斜著身子等待鐵軌前面的橫桿升上去。靠近平交道的最左側就是郊外電車的車站。剪票口有混凝土台階，比道路高出四級。台階上有賣報處，突出的平台上擺著報紙和週刊雜誌，上面只罩著一層薄薄的塑膠布，使得裹著棉頭巾的中年婦女，每次必須用雙手、兩肘，甚至低下身子壓按被勁風掀動的塑膠布。天空像混著鋁粉般閃爍冷硬的光，如同薄薄攤開的絲棉似的雲彩，從西北已往東南方向急速飛去。太陽斜懸在右上方，所有的影子都與道路交叉成直角。

薄雲在天空飛馳，地面上的紙屑開始出現明顯的浮動。這麼多的紙屑散落在地面上，簡直令人不敢相信。當然，我從來不認為這街道乾淨過。然而，這是我第一次看見紙屑扮演這景致的主角。雖然其中也有白紙屑，但它多半自然風化成枯葉般的顏色，還蒙著厚厚的塵埃。現在，這些紙屑在馬路中間、在鐵軌上狂飛旋舞，但只在兩公尺左右的空中飛舞，便不再往上升，彷彿在與人和車子嬉鬧，來來回回，反覆著複雜的運動。這種運動往往令人出乎意外，又很隨性，它們如同在水中游動的兒子。這使我再次感覺到，空氣是種物質。有的紙屑在地面輕輕滑動，突然翻轉著飛上來，急速橫飛貼在車子側面，接著輕飄飄落到地上，險些被車輪壓著。不過，當車子駛過，那紙片已經不見了，不知什麼時候，它飛往馬路對面的人行道上，如小狗般纏貼在行人的膝蓋上。

毋庸置疑，塵土與紙屑一齊旋動起來，透過風的結構可以看見塵土編織的形狀。因此，照理說我的車子髒污，應該看不出來，可不知為什麼，反而分外明顯。也許形成漩渦的不是塵土，而是藉助塵土形狀的光。所以，從二月的塵土味道裡能夠聯想到春天的氣息。如此說來，今天的光線帶著微黃。為了不讓我的車子過於醒目，我有半個月沒有洗車，任其蒙塵髒污，但下次加油的時候，還是順便清洗一下得好。

警笛聲停下來，顯示電車行駛方向的箭頭燈熄滅，為了讓快車錯車通過的雙複線平交道的橫桿跳動著升起來。人群如沙漏裡的沙子般向瓶頸流去，車子慢慢從人群中擠過。前面的車子還沒有離開平交道，電車即將駛來的警笛聲又響起來。我的車子好不容易等到最後才駛過。

我在第二個巷口左轉，剛好第一根電線桿前方稍有空間，整個車子停不進去，勉強斜著車子才倒進去。我一下車，發現車身外被人寫著「混蛋」兩個大字。看來塗鴉者落筆的時候，可能太過慌張，最後的筆畫顏色淡白，留下一個明顯的手套痕跡。

我沿著原路回到大街，在右邊的轉角處……有個以紫色為基調的摩登櫥窗，裡面站著一個人體模特兒，它被拆卸的四肢被用細鐵絲吊起，但手腕、臂膀、軀體和兩腳的部位都被不同設計式樣的衣服精巧地裝點。櫥窗裡沒有其他裝飾，卻能奇異地刺激觀者的想像力。因為在它後面有多面鏡子，使其產生彷彿有十個人體模特兒陳列在櫥窗中的奇妙效果。

三年前，這小鎮還無法接受這種時髦的櫥窗設計……然而，正如任何事物都有表裡兩面，當時，附近最主要的建築物就是一家髒兮兮的電影院，放映著三個月前的舊片。此外，還有賣便宜貨的雜貨鋪，以及整天舊唱片響個沒完的小鋼珠店，它們算是撐住熱鬧市街的門面。然而，這典型的郊區小鎮，隨著人們豐衣足食，表裡兩面的週期也發生了變化。在這一帶，頗具門面的商店也相應地展現出規模來了。現在，馬路對面正在興建附有地下停車場的超級市場。這是因為具有遠見或者出於偶然的幸運，此刻去爭論這些問題都無濟於事。總之，我是輸了。

笛子形狀的手臂上吊著一塊乳白色的厚厚合成樹脂板，上面鑲著薄薄的鋁板，鋁板上用稻草束寫著潦草字體：「小笛西服店」。我不得不承認，這種設計大膽而匠心獨運。「小笛」似乎是我妻子在學生時期的綽號。這個綽號並沒有什麼惡意，也未必是出於好意。不過，她卻一廂情願地解釋為同學對她的暱稱，甚至喜歡得主動自稱「小笛」。這一點正是「小笛」的性格。我也是被她的性格吸引，至今我仍認為這不是缺點，而是優點。

櫥窗旁邊的門是一整塊黑色合成樹脂板，如鏡子般映照出對面工地的木板圍牆，再嵌入我的整個身影，使我面對著自己。我的長髮被風吹得亂蓬蓬，瘦弱的肩膀如大病初癒似的，這身形與其說在尋找別人，不如說像被協尋者般的無精打采……儘管如此，我不能在這兒整理頭髮……在我看來，這扇門像鏡子，門後的人看我卻一清二楚……

我用肩膀推開門，斜著身子進去，一股舒心的暖意立刻沁入鼻腔，我不由得打了個噴嚏。這不僅僅是暖氣，而是從裡面的裁剪室滲出的熨斗蒸氣和香水，以及新布料的染料和漿糊混合的獨特空氣。左邊有個架子，擺著布料樣品、設計款式圖樣和衣服成品，還有一個放鈕釦、小塊毛皮和小件裝飾品的玻璃櫃。右邊有個桌面仿大理石的鐵製細腳小圓桌，兩邊各擺一張象牙色扶手交椅，另外還有張沙發。牆壁、天花板與試樣間隔開的裡屋正面的窗簾，全都是明亮的土黃色底咖啡色碎花的粗紋布，既鮮豔又雅致，與長方形玻璃棒圈圍而成的燈具的純樸簡明，營造出融合的氣氛。

我妻子背對著試樣間的布簾，雙手放在椅子上的扶手，以滑稽的笑臉望著我。這時候我對戴眼鏡的人羨慕極了。因為從外面進來，鏡片必定模糊，就得摘下來擦拭鏡片，可以緩和些時間。我不戴眼鏡，只好面無表情地默默坐在靠甬道側旁的沙發上。彈簧嘎吱一響，我的屁股跟著陷進沙發裡。

「彈簧斷了，得送去修理。」妻子也笑起來，坐到裡面那張扶手椅上，翹起腿來。從短裙露出的膝蓋看來，她比上次見面時又豐腴不少。她感覺到我的目光，用打蚊子似的手勢拍了一下膝蓋，連珠炮似地說：「裙子愈穿愈短，還真不錯呢。布料的價格下跌，裁縫工資也不能亂漲吧。最好的情況，一下子流行短裙，一下子流行長裙，這樣每次就得做新的……」

「不是說裙子變短，就要打仗嗎？」

「聽說什麼事情都有週期的。」

「好像是這樣。」

「今天來又有什麼事？」

「想向妳打聽點事……現在，方便說話嗎？」

在她身後的布簾一動，做幫手的女孩探頭說：您好。喝茶還是喝咖啡？這女孩不算漂亮，但有著天真活潑和略帶孩子氣的臉蛋……她的身材曼妙，不論穿什麼衣服都很合適，因此妻子自己的穿著盡量樸素，卻拚命讓她穿上新款衣服。這大概也考慮到顧客的心理反應。西服店的女老闆衣著太過鮮豔，很容易招致顧客的反感；如果穿著過於樸素，卻又會讓顧客對自己的裁縫功夫和信任大打折扣。她們倆聯手搭配，確實很有效果。然而，女孩只露了個臉，越過妻子的肩頭直盯著我。她猶如一隻等待我的口哨的小鳥，一雙晶亮又天真無邪的眼睛。或許因為我是雇主的丈夫，她對我沒有防備之心。而且又是與妻子分居的丈夫，應當更具好奇心，也沒必要客氣。我彷彿覺得布簾後的女孩全身赤裸。不過，這種嬌媚絕非看見男人時表現出的媚態。妻子初次把她帶來時，我就懷疑妻子也許有同性戀傾向。我猜想，這女孩就算對著桌子和牆壁也照樣會投以熱辣辣的目光。

「很麻煩的事嗎？」

「這要看你怎麼對待。」

「事先來個電話就好了。」

「不，我就是想聽妳當下的回答，老套說法已經聽膩了。」

女孩抿著嘴唇，輕輕搖搖頭，留下一瞥撒嬌般的眼神，消失在布簾後面。

「這女孩也是個包袱呢……」妻子壓低嗓門地說，但似乎知道女孩在外面偷聽，然後發出共犯者般的笑聲：「你不是也很疼愛她嗎？她最擅長搔首弄姿惹人愛憐了。」

「妳也變得老練成熟了。不過，咱們到底是什麼原因非離婚不可？」

「你要問的就是這件事嗎？」妻子愕然地看著我的臉：「大白天，又在店裡……」

「妳別想太多，心裡怎麼想就說什麼。」

「正因為我已經理解你的想法，所以才同意跟你離婚。現在，你怎麼把責任推在我身上……」

「妳是說這件事是我先提出來的嗎？」

「當然。」

「沒錯，我是堅決反對開這家店的。」

「現在還是嗎？」

「我承認輸了。」

「這不是賭什麼輸贏……」

「很多人時常問我為什麼要當徵信社的調查員？你知道我怎麼回答的嗎？

「我這樣回答：我妻子雇了私家偵探，調查我的所作所為。不過，那個偵探半路倒戈，卻向我勒索封口費。我的確有把柄落在他手裡，但看到信任被如此玩弄，再裝作相信社會的良善就未免太沒意思了……」

「你在瞎編胡扯的時候，也要把我扮成壞女人嗎？」

妻子立即斂起笑容，只剩下如站在退潮後的沙灘上，茫然孤寂對著遙遠大海般把自己封閉起來。

「我無意把妳扮成壞女人，只是瞧不起偵探。」

「你怎麼用這種方式說話呢！」

「妳跟那個搞建築的，處得還好吧？」

「我的缺點不知不覺傷了你的自尊心。不過你也有問題，你動不動就吃醋嫉妒。」

「我是個醋罈子？我可從來沒想過……」

「對不起。其實這沒必要多說。但是你也不對，你讓我不得不這麼說。每次都是這樣來回兜圈子，連事情的起因都弄得糊里糊塗……沒完沒了地爭吵……」

「還不急著在離婚協議書上蓋章吧？」

「我什麼時間要你蓋過？」

「但是，我當時堅決反對開這家店。」

「這事不是已經過去了嗎？」

「因為妳不顧我的反對強行開店，這事才算過去了。我不是在挖苦妳。從結果來看，妳是正確的，我的想法錯了。這已經是無法動搖的事實……是嫉妒嗎……不，這跟嫉妒不同……有幾分相似……問題是為什麼就我有錯，而妳就不會錯呢？……」

「你馬上就把自己扮成可憐的受害者，真拿你沒辦法啊。」

「妳也不得不承認，在這裡妳完全忽視我的存在。」

「那麼，如果……」妻子放下交疊的腿，雙手交叉放在上面，身子稍微前傾：「今天我們的立場相反，又怎樣呢？假如你的某樣工作遭到我的反對，而你獲得很大的成功，我卻以此為理由提出離婚，你怎麼想呢？……」

「當然是難以理解。」

「你好自私喔！」

「妳能真的理解就好了。」

「我就是因為理解而痛苦。」

「妳剛才不是說表示理解嗎？」

「我只是逞強嘴硬。」

「噢……這麼說，我是被自己都無法解釋的事情弄得團團轉？……」

妻子驀然直起上半身，雙手互拍一下，她那盯著我看的眼睛分外閃動發亮。

「我知道了。你是離家出走的。你是逃走的。」

「我是逃走的？」

那是當然。我本來就這麼打算，這種事不言自明。如今卻如新發現似的大驚小怪，這才令人不可思議。事實上，妻子對我直言不諱的指摘，使我尷尬不已，有如被菸灰缸裡的髒東西砸到臉上那樣屈辱……我為什麼會有這樣的感覺……也許是因為我正調查「他」的下落所產生的移情作用吧。外面的太陽愈來愈耀眼，把黑色的門染成綠色，我的影子與沙發平行，肩膀搭在對面的扶手椅上平躺著，腦袋被切斷，哪裡也找不到。

「沒錯。我就認為你是逃走的。」

妻子很滿意地點點頭，偷偷瞥了我一眼。彷彿只要我同意她的看法，一切就能解決似的……

「從哪裡談起？從妳談起吧？」

「不是從我談起。」她強烈地搖搖頭，「從人生談起……比如討價還價啦、走鋼索時候的緊張情緒啦，落水時候拚命地抓緊救生衣啦等等這些無休止的競爭談起……對吧……什麼從我談起，不過是個藉口罷了……」

我突然像被一支斷釘刺進肉裡，左眼一陣劇痛，直冒火花。我知道是那顆斷裂的臼齒在作怪，趁化膿還沒有擴散到下巴，我得早些去治療才行。

「妳是說徵信社的調查員就不存在交涉和競爭嗎？」

「我的意思是，同樣是徵信業者，在熱鬧的大街上廣告宣傳，和專門在暗地裡打探消息的私家偵探的競爭，其含意是不同的。是的，就是這樣。你辭掉以前的工作和離家出走都在同一時間……其實你可以錯開時間……假如競爭不是理由的話……對吧？……你反對開這家店，因為你認為即使在這裡生活能夠得到保障，也只是這樣而已，什麼問題也還是無法解決。在你的人生中，你只想在公司的競爭中出人頭地……」

「我是這麼有野心的人？」

「哪裡痛啊？」

「我牙齒斷了。」

「這個滿有效的。」說著，她的手指頭把別在胸前的小盒形狀的胸花，上下一捏，打開蓋子，裡面排著一列三粒小小的白色藥片。「這是我的常用藥，最近又頭疼得厲害……」

像在等候似的，裡面的布簾搖晃了幾下，剛才那個女孩先露出臀部走進來。枯黃色的短裙緊貼在她的屁股上，彷彿看見得股溝……閃亮的珍珠色織紋長襪……軍服般的長方形衣領……蕩漾著調皮微笑的大眼睛，釘著珍珠鈕釦的折袖……最後是滿得快溢出來的咖啡杯……同樣枯黃色的鞋後跟慢慢轉動半圈，向我投來一縷秋波，然後用滑動般的腳步徐徐走上前來。她腰際肌肉的扭動，我從手上都能直接感受到。妻子能夠調教出這樣的女人，讓我不得不感到折服。

「要水嗎？」

「不用，好像不痛了。」

不知不覺間，我的疼痛消失了。女孩咬著下唇，交替變換微笑和緊張的表情，但是當她把杯子放在桌上時，手一顫動，還是把咖啡灑了出來。女孩笑出聲來，然後坐在我前面的椅子上。或許這種天真無邪的媚態，不但可促進店內的生意，也是一種功夫吧。

妻子像要求女孩同意似地說：

「他的房間收拾得乾乾淨淨，隨時等著他回來，是吧……」

女孩毫不客氣地窺探我的眼睛，興趣盎然地用耳語般的聲音說：

「男人真有意思……」

我想我還是不該回去。

說白是白，說黑是黑，高速公路的路面乾燥至極……我的車子超過規定車速十公里，大約九十公里……引擎發出電風扇的葉片被鐵絲卡住的聲音，輪胎發出撕開膠布的聲音……我整個身心都沉浸在噪音中，反而覺得什麼也沒聽見，如身處在寧靜之中。映入眼簾的，也只是筆直插進天空的鋼筋混凝土道路……不，這不是道路，而是流淌的時間披帶……我不是在看，只是在感覺時間而已……

我實在不相信前面會有什麼收費站……既然不可相信，也就作罷，沒必要去相信……事實上，現在我在這種地方開車奔跑本身就無法解釋……早已過了約定回辦公室與主任見面的時間……也沒跟委託人聯絡……我不應該在這個地方，因此也不可能到達什麼地方……純粹的時間……毫無目的地浪費時間……這是何等的奢侈……我把油門踩到……車速表的紅針徐徐上升，指在九十六公里……風速開始影響方向盤……我的精神極其緊張，彷彿自己變成一個點……猶如在日曆上沒有的某日，在地圖上沒有的地點突然醒來……如果非要把這種滿足感稱為「逃走」不可，那就由她去吧……當海盜作為海盜揚帆在陌生的大海上時，當盜賊作為盜賊躲藏在無人的沙漠、森林或都市底層時，他們必定曾在什麼地方超越了變成一點的自我……我什麼也不是，不需要任何同情……如同在沙漠上即將渴死的人，對著即將溺死的人淌下淚水那樣荒謬……

然而，如果純粹的時間清醒起來，那麼睡夢的延續又會擋在眼前的收費站。短暫的人為清醒之後，卻是漫長睡夢的延續。我馬上折返，開進北上路線。但不知道為什麼，沒有剛才那樣痛快淋漓的情緒了。難道是因為一輛紅色跑車留下一串輕快的聲音，對我超車的緣故嗎？細細想來，大概是我意識到已經折返，或者只能折返的無奈感作祟，我如同被抽走空氣的皮球似的。也許背向太陽的緣故，我覺得天空比道路寬敞得多。雖然天上有些雲彩，但那片湛藍卻像漿洗過的棉布繃得緊緊的。可能由於眼睛的錯覺，前方的天空雲團聚集，略帶黑暗。地上的城鎮剛好在這團雲影的籠罩之下。三十分鐘前，我打算撇下的這座城鎮，現在正伸出傷痕纍纍的巨大雙臂等待我的歸來。我就像船隻觸礁後悔改自新的海盜一般……莫非我看到的只是海市蜃樓嗎？……不，這不可能……沒有任何證據證明，我已經拋棄的城鎮和我即將返回的城鎮完全一樣……只有一丁點，大約一毫米的偏差，因為這偏差實在太小，也許沒覺察出來……不過，沒有這一毫米的偏差卻不大相同……設若每星期離開城鎮一次，經過這收費道路去兜風，每個月的偏差就是四毫米……一年的偏差就是四十八毫米……如果以還能活三十年計算的話，就是一千四百四十毫米……大約一點五厘米……即使這點偏差都會使富士山提前崩塌，所以是個可以安然期待的好數字。

髒污的天空漸次膨脹升高，把湛藍的部分擠走了。我的臼齒又開始隱隱作痛……我心想，任何事情都必須這樣解釋嗎？……難道我是為了向妻子表明自己的正當性嗎？或者為了向委託人解釋自己與她弟弟死於非命毫無關聯嗎？抑或是向主任證明自己原本就沒有介入這起事件的意圖……說什麼嘛，這也是我分內的工作……「聰明的獵人絕不向獵物窮追猛打。首先，他會將自己變成獵物，尋找退路，把自己逼至死路，然後捕捉自己。」（摘自《一個刑警的回憶》）……說得頭頭是道，真是這樣嗎？……看來我還是有心與「他」分出輸贏……我要跟「他」一比高下嗎？……兩相比較，「他」是一去不回，而我卻是既逃不掉也回不去的半吊子，我必須給自己找個恰當的說法……

也許正是這樣。若別人這樣說，我也覺得有那麼回事。至少這比被「他」的妻弟之死搞得團團轉，因而忘記打探「他」的行蹤要好得多。也許「他」會露面。「他」的影子在重重疊疊的城鎮街市景物的某個角落，裂開的黑洞裡出現……這麼一想，滿是洞穴的街市多麼恐怖啊……如果那就是「他」的影子，那麼就不是一個「他」，而是存在著無數個「他」……我心裡的「他」，她心裡的「他」，以及他心裡的「他」……我的心情似乎開始起了很大的變化……

我把車開進有公共電話的避車處，一下車，太陽像被刷過似的陰暗下來。不過電話亭裡還很暖和，可能平時很少有人打電話，散發著強烈的霉味。

「這麼遲才聯絡，對不起！」

「這樣反倒好些，我已經哭累了，正好是淚水快要哭乾的時候。」

她那生鏽般的說話聲調和平常沒什麼兩樣，顯得冷靜自持。與其說是過了一段時間，不如說是因為喝了啤酒的緣故。

「您沒有及時趕到，大家都很著急吧。」

「他們哪把我當回事哩。所有費用當然由幫派堂口處理。他們那夥人才是他的親兄弟呢……我這件喪服是從衣服出租店借來的……」

「很合適嘛。哎，我這樣說有點不妥當。不過，您的確很適合穿黑色。」

一條陡坡朝南穿過住宅區的高地……長長的石階……兩邊是老短竹叢……她先下車，往前走去，脖頸的線條輪廓分明……

「您弟弟是什麼原因，在什麼情況下，慘遭殺害的？您打聽過了嗎？」

「他好像不是我弟弟似的。到頭來他的事情，我什麼都不清楚。」

「好像是昨晚我們各自離開以後發生的事情。我覺得自己也有責任。」

「可是誰也沒說你們一同出現的。」

「噢，有點冷呢，天又陰了……」

過了短竹叢，便是墓地，石階走到盡頭，右邊是……瓦頂泛著暗光的破舊小寺院。由於這城鎮的發展迅速，信徒跟著減少，以前僅靠辦理葬禮作為收入來源，現在荒涼破落，用一根粗繩子把木棍捆在被白蟻蛀壞的門柱上支撐著。照理說，人口增加的話，葬禮的數量也會增多，但寺院荒廢敗落到這種地步，可能是住持對財務的管理散漫，要不就是作為逃稅的權宜之策。

穿過大門，正面掛著黑白相間的幔帳。從冷得雙手在電暖爐上烤火的簽到處服務員坐的那張桌子到幔帳之間的道路兩旁，好多個稚氣未脫的年輕人，像電線桿般間隔固定地排站著，當我從他們面前走過之際，他們便依序機械似地深深低頭致意。他們兩腿稍稍張開，雙手輕輕滑到膝上，這刻板僵硬的動作令人恐怖，而且滑稽可笑。我們徵信社裡有時也有某些幫派的人進進出出，但這麼老舊的儀式早已絕跡了。

幔帳裡面一片寧靜。裊繞瀰漫的煙香反而令人彷彿聞到屍臭味，叫人更難受。一個和尚呢呢喃喃地低聲誦經。四個花圈上面都大字寫著「大和服務團」，看來這是花費較少的葬禮。

正殿前面的左右兩旁是參加者座席的木板間。來人稀少，空出的坐墊分外顯眼。尤其右邊的上座，只坐著一個體型微胖的中年男子，一看就知道是幹部級人物。他在電暖爐前閉目靜坐，好像在打盹。左邊有四、五個全穿著黑色西服大哥輩分模樣的男子，神情無聊似地屈膝跪坐。

其中一人目光敏銳地看見我們，馬上迅速從旁邊的梯子上跑下來。他的手腳很長，下巴凸出看似裂成兩半。接著，另一個身形肥胖得離譜的戴著墨鏡的男子，亦踉踉蹌蹌從後面追上。看樣子他不是腳腿發麻，就是酒喝多了。這個戴墨鏡的男子，我似乎在什麼地方見過。對啦，他好像是昨晚在河灘圍著火堆烤火的三個人中的一個。他有嚴重的外八腿、扁平臉、長長的前髮燙捲得格外明顯，額頭上的簡易繃帶和鼻子上的紅藥水，必定是那場火併互毆留下的印記。

「您來了。」尖下巴的男子在她面前深深低頭致意，「非常抱歉，副隊長和其他堂主因為都有急事，先告辭了。他們一再表示向大姊問候。其他的……」他朝正在打盹的男子瞥去一眼，但旋即收回目光，迅然從頭到腳把我打量了一遍，「由總幹事全盤負責，請您放心。」

她把我介紹給尖下巴。

「他就是我剛才說的那位先生……想見見我弟弟堂口裡的當班的……」

突然，有人從面拍著我的肩膀說道：

「是你啊，真高興你也平安……所以我就說了……我說得沒錯吧……」

他是誰啊？這頭灰色的小豬。這聲音有點熟悉……對啦，不就是昨天夜裡在河邊擺攤的那個攤主嗎？……不聽聲音，還真想不起來……那浮腫的面孔刮掉鬍子，再配上一條領帶，怎麼也跟在河灘煮拉麵的鬍鬚男子對不起來。我也不覺彎起臂膀，嘴唇用力抿著，然後微微一笑，回應對方的招呼。不論從什麼意義上說，就在這剎那間，我們已經達成共同陣線的默契，只要我們雙方遭受到任何質疑，便可互相為對方作證。

這個效果立即在尖下巴的態度上顯現出來。他對我的防備之心，像用唾液黏假鬍子似的倏地脫落下來。

「當班的在外面……我立刻叫他進來。」

說著，他急步消失到幔帳裡面。然而，我發現站在我身後那個戴墨鏡的男子，兩腳岔開站著向我射來充滿敵意的目光。可能是昨夜他逃跑時抓住我的車子求救卻被我甩掉，因而心生怨恨吧。他的嘴角抹著紅藥水，看來可笑的鼻子神經質地顫抖，彷彿渾身的怒氣正傾倒出來。我覺得離場的時間已到，便對她催促：

「我們去上炷香吧。」

「我上過了。」

她的聲調極為平淡。我思忖著，以前不管遇到什麼事，她總是朋比為奸似地把弟弟抬出來，現在對其弟的死卻又平靜得安之若素，這到底是怎樣的關係呢？當然，葬禮和婚禮不能相提並論，這場合必然令人沉悶難過。話說回來，為了把死者的記憶釘死在那裡，使生者得以安心，這樣的儀式也不失為方便之舉。對於葬禮漠不關心的人，原本就對死者沒什麼感情，要不就是深愛對方到已經超越生死的境地。驀然，一抹不祥的預兆襲上我的心頭。

厚厚的木板台階……我在下面換穿拖鞋……登上五層，就是正殿佛龕的底座下面……有個金線滾邊的厚厚火紅色絲綢坐墊……冷然的白色木頭香台……我入座以後才發現還戴著手套，便急忙脫下，一面還掛念著褲子上的皺紋，一面依照儀軌向前上香，這時我才與掛在正面那傢伙的遺照四目相視。我暗自嘀咕：對啦，就是那麼回事。嗯，在那裡，反正……和尚看見我站起來，隨即停止誦經，迅速退到裡面，盤腿坐在下座的三個幫眾也鬆了口氣，把兩腿舒展開來，一齊掏菸點火。那個被稱為總幹事的中年男子也突然從瞌睡中醒來，吸了吸鼻水，把手放在電暖爐上，如烤米菓似的手掌翻過來翻過去。

尖下巴不知何時溜到了和尚離去的通道邊上向我招手。她在左邊的木板間扶手下和賣拉麵的老闆交談。不，那情景不是交談，而是他兀自講個不停。她似乎穿不慣那套喪服，一下把衣袖垂到前面，一下從下面捲上來，一下放到後面，不知是否用心聽著。天空又罩上濃密的乳白雲朵……然而，風大致已停了下來。

我被帶到佛龕旁邊窄小的榻榻米房間，那裡好像是相關人員的休息室。舊式的瓦斯暖爐吐著藍色火焰。我覺得臉頰的肌肉彷彿快被融解。一個少年坐在入口旁邊，雙手放在整齊並排的膝上，低垂著頭等候著。尖下巴試探地看著我的目光，問道：

「我可以走嗎？」

我點點頭，尖下巴搖晃著肩膀走出去。由於我事先沒有心理準備，突然被這麼一介紹，我實在沒把握能夠從這個當班少年的嘴裡問出什麼名堂，如此一來，尖下巴在不在，其實都無所謂了。我和少年之間隔著一張黑漆和金漆斑駁的小茶几。這個頸項纖細的少年就是當班的——大概是那些排站在門口的孩子頭吧——實在很不相稱。我坐下一看，他姿勢端正抬起的腦袋和我從那纖細頸項所想像的完全相同。他的皮膚細膩滑亮，猶如上了一層蠟，此外，其中性人似的下巴輪廓，令人分不出是男是女。他除了刮過稀疏鬍子的淡淡痕跡以外，又有著少女般的嘴唇。他的鼻形也很好。只是眼睛顯得分外陰暗，恰似隨時都會爆燃噴飛的油。不過，他的肌肉太過病弱……絲毫沒有恫嚇和懾服同儕的威力。我猜想，他很可能是狐假虎威吧。若是如此的話，那傢伙一死，他等於沒了靠山，平時忍氣吞聲的少年的積怨便要爆發出來。這個時候向他打聽消息，也許正是最佳的機會。其實，有些道上兄弟未必要肌肉強健，只要舞刀弄槍殘忍粗暴，照樣可以暴力出人頭地的。體育和較量力氣以及互相砍殺是不同的能力。老虎也敵不過飢餓的野狗啊！

這姑且不管，她到底是基於什麼目的呢？她讓我與這名少年見面，究竟居心何在？而且如此突兀。她不是沒有機會和時間事先通知我。這少年佩戴著和那傢伙一模一樣的東西——閃電形狀的徽章。看來這是「大和服務團」這個組織的標誌。如果這少年是當班的頭子，那麼列隊站在路旁的那群少年，就是直屬於死去那傢伙的禁衛軍嗎？……然而，這個少年的徽章的確和那傢伙的一樣……剛才那個尖下巴戴的徽章形狀相同，但是底色稍微有些不同……那傢伙的徽章底色是藍色，尖下巴的是黃褐色……那傢伙的年紀可能比尖下巴大，因此徽章顏色的不同，並非上下級別的差異，應該理解為所屬的不同部門。如此說來，那傢伙所屬的幫派在「大和服務團」裡，也許是相對獨立的組織吧。

她到底在盤算什麼？

她只是一時的心血來潮？抑或有什麼原因使得她對這次介紹再三猶豫拖到最後呢？或者她判斷我毫無心理準備就貿然引見對她較為有利？

「你們是輪流當班的嗎？」

「不是。」

他們平淡冷漠的事務性腔調當然是刻意做出來的。為了在內心深處保持絕對服從和絕對反抗的平衡，必須用熨斗熨平情感的皺褶，結果就會變得面無表情。對於這類傢伙，從獸籠外面調教幾乎不可能，您必須進到獸籠裡面，冒著拚個你死我活的危險加以挑戰。但是，此刻我心有餘而力不足了……

「幫主這樣突然死去，也弄得你們不知所措吧……」

「是啊。」

「剩下你一個人撐得下去嗎？或者找個新幫主進來？」

「可能就此解散吧。」

「為什麼？」

「團裡的頭頭們為了死去的幫主，真傷透腦筋呢……未成年人容易引人注目……說什麼少年離家出走吧……還說什麼流氓幫派吸這些少年的血啦……一旦被警察盯上，就會被大力掃蕩，麻煩透了……根本做不成買賣……」

離家出走的少年……某種東西猛然撞擊我的心靈，留下一道強烈的衝擊波……原來是離家出走的少年……如果那傢伙是操縱這出走少年組織的幫主，那麼對於「他」的失蹤，自然也會跟我們的觀點完全不同。她知道這些事情嗎？她正因為知道，才想到讓我和這個少年碰面的嗎？

「我代表大家念了悼文。」他不停晃動身體，彷彿要從令人窒息的氣氛中掙脫出來，忽然用挑戰的聲調說：「哼，大伙兒都哭了。幫主很有江湖義氣，所以都為他掉淚呢。即使警察搜查得多麼徹底，還是沒有人招認。大夥兒沒有一個想回家的……團裡的高層根本不懂……大夥兒都喜歡幫主……由衷地佩服他……等著瞧吧，我們絕不會善罷干休……」

「聽說警方抓到兇手了。」

「別說蠢話。那是個替死鬼。幫主是被手槍打死的。建築工地上那些工人有槍嗎？」

「你們知道是誰幹的嗎？」

「我不便明講……」

「團老大不會同意吧？」

「所以我說可能要解散。」

「資金方面有著落嗎？」

「嗯，我們的顧客都很高級。你瞧，外面那些小伙子哪個不是好貨色。」

說到這裡，我稍稍理解這些小傢伙是在幹什麼行當了。我原先不明白河灘上的麵包車攤位上怎麼不見這群小伙子……顧客……好貨色……這下子我總算弄懂了……這是出賣男色的少年集團……而那傢伙就是男色的娼頭……只要經營得當，就不會踩到法律的紅線……然而，這並非任何人都做得來……飼養員不跟野獸關在同個鐵籠裡，就很難發揮自身的作用。所以，幹這種行當必須興趣和利益兼具。這樣想來，葬禮如此簡陋冷清亦可理解了。看來誰也拿這個集團沒辦法，因此只留下總幹事一人，其他的重要成員早溜走了。換句話說，只憑利益沒辦法於把這群狂爆的野獸送進其他的獸籠裡，還必須讓這些小伙子感受到關懷之情，深切呵護他們……

「大夥兒是不是到固定的店做生意？」

「哪是呢。」對方神色懷疑地瞇著眼睛，「我們跟那些人可不同……嘿……這事大叔你不會明白……不會懂的……而且你看來不像有那種興趣……我們俱樂部的會員全是上好的主顧……大叔，你覺得我很有魅力嗎？你愈看我，心裡不發癢嗎？」

「嗯，是美男子。」

「那麼你想讓我揍你嗎？想喝我的小便嗎？想舔舔我的鞋底嗎？」

他用異樣的目光盯著我，讓我有些招架不住。

「我看還是免了。」

「我就說嘛。他們全是帶著大把鈔票上門的糟老頭……有時候電視演員什麼的也來……」

「我向你打聽一件事……你一定知道的……最近，你們幫主有沒有提起液化瓦斯行的事來？」

「液化瓦斯行？是俱樂部的客人嗎？」

「不，沒聽說就算了。」

「我不喜歡別人問我，聽了就滿肚子火。」

「那就再問最後一個問題……最近你們幫主都住在什麼地方？」

「我們幫主很公平，不會老待在同個地方，免得討人厭煩。」

「不過，他總有行李吧，裝些日常生活用品的皮包什麼的……」

「他可令咱們佩服哩，襯衫啦，牙刷啦，都是用完就扔掉。不管什麼東西，用過兩、三次，就半價賣給我們。」

「他總會留些什麼東西吧。例如日記啦，還有平常不帶在身上，但都是必要的東西……」

「沒看過。」

「我不是要這些東西。只是他曾經答應，要把某個人的日記借給我……對你們來說可能毫無價值……」

「比如，棉被啦、髮蠟啦這些東西，全是他給我們的……所以他什麼都用不著帶。」

「我們可以找個時間好好談一談嗎？」

「我沒空。」

「你的家人呢？」

「別問這些。那些主顧老問同樣的問題。」

「假如你們當中有人想家，幫主怎麼處理？」

「他看人很有眼光，在車站廣場轉來轉去，一眼就可看出好貨色。加上他調教得當的話，很快就獲得買家的喜愛。」

「話是這麼說，但他總有人老的時候吧。」

「這沒辦法。你只有愈來愈老，不會愈來愈年輕。到時候，找個以前的恩客，誆騙一通，開個小酒店或加油站什麼的。」

「您一開始就知道那些小伙子在幹些什麼嗎？」

「嗯，但只要我一挨近，他們全嚇得四處奔逃，根本說不上話。」

她怪模怪樣地縮著脖子笑起來，然後把嘴唇輕輕浸在啤酒裡。她又站在那檸檬色的窗簾前面，外面還很明亮，房間裡充滿檸檬色的光線。在這當中，只有她身上的喪服如同從其他相簿剪下，與整體色調很不協調。

「我打聽過日記的事，還是沒有進展。總而言之，你愈想撬開它，它就閉得更緊。」

「什麼日記？」

「您先生的日記。你弟弟原本說好今天把日記送過來的……」

「啊……」

她似乎對此漠不關心，宛如一隻小貓不停舔著啤酒，弄得我反而侷促不安起來。

「剛才，我是跑高速公路來的。」

「你怎麼啦？」

「我邊開車邊想，若能這樣永遠地跑下去，不知有多好。而且，那時候我真以為可以這樣跑下去。但是現在回想當時的心理，不由得害怕起來。試想，萬一真的如願以償，一直往前奔馳個不停，永遠無法抵達終點的收費站的話……」

她倏地從杯子裡抬起頭來。

「沒關係，反正你跑上半天，汽油就會耗盡的。」

我們彼此的目光在空中奇妙地交纏在一起。不過，她對於我的話和她自己的說法都感覺不出其中的含意。她一發現我表情僵硬，突然慌張地說：

「這就怪啦……說起來我先生好像也經常在高速公路開車……當然，他大概是測試自己維修的車子的性能……但是他說過，傍晚的時候在高速公路上開車，下面一片黑暗，只有高樓大廈的屋頂上紅光閃爍，駕著車子奔馳，最後好像有一種喝醉般的陶醉……」

「我說的也是這個意思……」

「他還說，跑了成百上千次，總感覺出口愈來愈少，最後被封閉在高速公路裡。」

「車子快速奔馳的時候，駕駛者通常不願想像終站就在眼前，而是希望這種狀態持續下去。但是奔馳結束以後，你回想起快車飛馳的情景，反而覺得害怕，因為這兩種情景和感受有很大的差異。」

她的嘴角浮上一抹笑意。在一般時候，她經常微笑得不合時宜，現在這縷冷笑又給人勉強附和的感覺，接著，她垂下眼神。而我卻猶如被委婉拒之門外的推銷員，尷尬得無地自容。

「所以，」我習慣性地講下去，「或許不必把這日記看得這麼重要。日記只是讓你更加想像奔馳，因為您先生現在已經跑掉了。」

「啊，您說的是日記嗎？」

「您以為我在說什麼？」

「我以為你在說男女之間的事。」

她的聲調像扔掉橘子皮似的一派輕鬆，茫然若失的目光又回到杯子裡。

「您知道一些什麼內容嗎？」我終究按捺不住地說：「這是怎麼回事？您對自己丈夫的日記如此漠不關心……我真弄不懂我是為誰操心呢。」

「我對自己的弟弟也沒當回事啊。」

「您就那麼信任您弟弟嗎？……而且勝過自己的判斷……」

「現在，我終於落得形單影隻了。」

她閉上眼睛，輕輕搖晃著上身，似乎毫無意識到我的存在。不過，我覺得她的心靈深處未必是風平浪靜。

「當然，這是您的自由。您如何看待令弟，我不便說什麼。但是，您弟弟為什麼會遭到殺害，您了解真實的情況嗎？」

「對啦，我得把這個東西交給你。」

她把椅子旁邊一個與喪服不大協調的白色方形手提包放在藤蓋上，取出報紙包裹的紙包，從桌上滑過來。報紙包得很鬆散，形狀奇特。從那碰觸到桌子的聲音聽來，好像滿重的東西。

「這是什麼？」

「剛才跟我講話的那個人……鬍鬚男……」

「噢，是賣拉麵的老闆，他就在發生鬥毆事件的那個河灘上擺攤……」

「他說，這是我弟弟的遺物。」

我打開的時候，報紙已被撕破，露出閃亮黑色金屬筒的頭部。手槍！我當即意識到不能在槍上留下指紋，於是用報紙包著槍口，輕輕拖出來。一個銀色鈕釦似的東西，隨著手槍掉了出來。就是那枚徽章。

「噢，原來是這個。」

她的聲音很坦然平靜，反而使我不知所措。她到底是怎樣的女人？這個女人平時生活在什麼樣的世界裡？

「您以前就知道的嗎？這支白朗寧六連發手槍。」

「是玩具呢！」

「玩具？」

「你看，槍筒裡都塞住了。」

我仔細一看，果真如此。但是，從色澤形狀和重量，都和真的一模一樣。尤其是油滑的扳機曲面的冰冷硬質手感，若能造成心理威嚇的話，就沒必要是真槍了。

「聽說我弟弟把這個掏出來，反而激怒了對方。」

「這就怪啦……他比我先從現場逃走，怎麼可能親眼目擊呢？」

「他說，先把車子開到安全的地方又折回來。」

這麼一說，我實在不知如何回答。其實，那時候我有幾個對策，趕去工務所的辦公室，或者跑進派出所報案，可是我只顧著逃命，更沒有拉麵攤老闆的勇氣，終於見死不救。

「我並沒有折回去……」

「聽說他的頭是被鞋跟踩爛的。」

「他的話有問題。剛才那個當班的說，好像是被槍打死的。」

「那些孩子的話靠不住啊，他們時常把自己的想像當成真的。警方也是說被活活打死的……」

「像您一樣……」

「是嗎？」

「警方有沒有提到您先生和我的事呢？」

「沒有……」

「這種東西沒什麼不大了，」我像是上當受騙似的，心裡有些惱火，因而故意把指紋印在槍上，「你若認為令弟幹的事都如此天真單純，可大有問題呢。」

「那當然。這東西本來是我先生的。」

「您先生……為什麼……會有這種東西？」

「不知道他從哪裡買來的，高興的時候就拿出來炫耀，我弟弟很生氣，硬是把它沒收了。」

「這又怪了。事情好像應該倒過來，想想令弟所幹的事情，他有什麼資格對一支玩具手槍大動肝火呢？就說昨天晚上在出事的河灘上吧，令弟在那裡幹了些什麼，您知道嗎？」

「大致上……」

「他收取權利金，同意攤商到河灘上擺攤……改裝過的麵包車，賣給建築工地的粗工……若這樣還不打緊，他居然在那裡控制女人，讓她們公然賣淫……這些您都知道嗎？」

「嗯，大致上……」

「您先生和令弟到底是什麼關係？我實在無法把他們放在同個層次上對待……但是聽完您的話……我覺得您好像對令弟太過放任……」

「我也知道這點……我弟弟一定不能原諒我先生開那樣的玩笑……」

「所以，他怎能自以為是對您先生那樣說話呢？我覺得沒有這個資格……」

「資格？說到資格的話……」她把手指伸進杯子裡，一邊舔著手指上的啤酒泡沫，一邊說道：「命運真不可思議啊……如果就因為這把玩具手槍，斷送了我弟弟的生命……就如同他是被我先生害死的。」

從她的表情看來，也許她正處於漠不關心和極度緊張的矛盾之中。她猛然拚命壓抑著嘶喊的衝動，所顯露的痛苦模樣，讓我揪心不已。這回似乎輪到我慌張地不知所措了。

「您多慮了。這種事情，只是一個起因罷了……」

「快收起來。這個玩具，我一看就討厭……」

「暫時由我保管。這枚徽章怎麼辦？」

「這個也由你保管……算了，扔掉也行……」

「我過六點就得先告辭……」

「你還要啤酒嗎？」

「要是有相簿，我真想看看。」

「相簿？」

「嗯，像是全家的合照……」

「有倒是有……不過……你一定覺得沒意思。」

她扭動上半身，抬起屁股，從身後的書架上取下裝在盒裡的大本剪貼薄。盒子背面有鉛字印刷「記憶的底蘊」幾個字。仔細看來，這幾個字不是印刷的，而是從某個雜誌上剪下來貼上去的。

「『記憶的底蘊』這個標題真獨特啊。」

「就像他什麼事情都很講究一樣。」

我心想，原來這就是他的行事作風。

「裡面的照片想必也很講究吧？」

「可能是吧。」

「最近，他對什麼照片感興趣？」我翻開相簿的第一頁，若無其事似地問道。

「嗯，好像對彩色照片很著迷，時常去出租的沖印店……他對自己拍攝浮在水窪上的彩虹那張照片特別得意呢。」

彩虹？……看來她並不知道裸照的事情……不過，目前還不是非告訴她不可……相簿的第一頁是一張已經泛黃的老太婆肖像……背景是一片漆畫般的大海和岩石，應該是大正時代的照片……

「這是我婆婆，和我大姑一起住在鄉下。」她探過頭來向我解釋，她宛如被陽光曬過的頭髮氣味掠過我的鼻子。

與「他」相關的照片全在第一頁，第二頁開始就是他們婚後的照片；一本正經，卻又面無表情的新婚紀念照……

「沒有您先生結婚以前的照片嗎？」

「嗯，以前的都沒留下來，全放在鄉下我婆婆那裡。」

「有什麼成因嗎？」

「我們並不特別懷念以前的事……」

我每翻開一頁，時代背景跟著變化。然而，不論哪個時期，絕大部分都是她的照片。看來他很早就玩起相機，每一張都很講究拍攝的角度，拍出所謂的藝術照。不過，最引人注目的，還是她配合攝影者的要求積極主動擺示的各種姿勢，比如她獨自對著鏡子在化妝的大膽奔放的表情。有的照片裡，她含情看著遠方，有的是憂傷地低垂睫毛，有的是嘴唇輕啟微笑，有的很顯然在意別人讚賞與否，更令人驚奇的是，她在逆光下拍攝的身穿低胸貼身襯衣，幾乎可透見整個身體輪廓線條的照片。真是不可思議的女人。這些照片究竟是「他」拍的？或是別人為她拍的？我必須把這些問題問清楚。

在這些照片中，只有幾張照片可看出「他」與自身家庭的淵源。他們夫婦倆造訪母親時的照片……某個鄉下的街道……雜貨店兼菸攤的前面，好像是在夏天……擺著一條長板凳，他母親坐在中間，右邊是他們夫妻，姊姊和姊夫在左側……他們都很高興地拿著刨冰的容器。我快速觀察「他」及其姊姊和母親的表情。他們三人有什麼共同點？有沒有能夠暗示出「他」失蹤的不利徵兆？例如，「他」有沒有遺傳性的躁鬱症……要是有放大鏡就好了……

這裡還有一張照片，「他」正在庭院裡修剪盆栽……

「這是您們搬到這裡以前的住家嗎？」

「嗯，是在做大燃貿易的經銷商的時候。」

「是什麼機緣下做這行業的呢？」

「他原先的公司倒閉以後，他當了一陣子雜誌推銷員。那時候，剛好我弟弟的一個大學同學用賣地的錢開設超級市場，他持有的經銷商權利就轉讓給我們。」

「怎麼支付呢？」

「分期付款，到去年夏天都還清了。」

「現在跟他沒往來了……」

「嗯，從一開始，都是由我弟弟出面交涉。」

「這麼說，頂讓者也是令弟的名義？」

「嗯，這個嘛……總而言之，我丈夫的確是從經銷商的主任被提拔為總公司的課長。這並沒什麼問題吧。」

「是啊，只要經辦費不被剋扣的話……」

「噢，你是這個意思呀……」她泛起疲憊的笑容，分別為自己和我的杯中斟入啤酒，說道：「不過，我們……我是說我和弟弟……從小就父母雙亡，姊弟倆相依為命，過著艱苦的生活……要是哪方受到欺負，就像自己遭到欺侮似的，一定找對方算帳。我結婚以後，這情況還是如此。其實，我丈夫能夠到總公司上班，全託我弟弟的幫忙……這點不容否認……我們為了不讓孩子吃苦，決定在保險和退休金都得到保障，實際收入超過六萬圓以後再生孩子……所以，我現在懷有八個月的身孕。」

「現在？」

「嗯，要是沒流產的話……」

「您先生知道您懷孕嗎？」

「當然知道。」

「令弟加入那個幫派以前做什麼工作？」

「在學校期間，他太熱中學生運動，因此被開除了……也可能是自己退學的……他從來沒有找到像樣的工作……還短暫當過某市議員的助理……」

相簿快翻到最後，我終於看見想找的照片了。那傢伙——委託人的弟弟——的照片。地點還是以前的庭院，一輛半新不舊、掀開引擎蓋的中古汽車斜對著前面，車子下面鋪著一塊草蓆，可能是「他」躺著鑽在車底下。她弟弟一隻手肘支在車頂，恰似跟姊夫愉快地說話，張開嘴呵呵笑著。然而，對著鏡頭的目光顯得有些困惑。他的腳上穿著木屐，上身是短袖襯衫。照片裡洋溢著家庭的和諧氣氛。

為此，我感到有些沮喪。原本應該如釋重負，現在卻大失所望。我並沒有得到確鑿的證據。因為這對姊弟自稱世上已沒有任何親人。在戶籍上，她的確有個同姓同名的弟弟，但目前還沒有加以證實。不過，從這張照片所顯示的氣氛看來，至少有七、八成可以肯定是她的胞弟。如此看來，我之前認為他是冒名頂替的弟弟，甚至揣想他是與她密謀除掉「他」（自己丈夫）的那種通俗推理小說的嗜虐幻想很快就土崩瓦解了。

「您先生和令弟好像很合得來吧？」

「嗯，起勁的時候，會像小狗似地嬉鬧……」

「拍這張照片的時候，令弟已經加入幫派了嗎？」

「嗯，大概吧……」

「您先生怎麼看待這件事？」

「當然不同意……不過，終歸是別人的事……」

「那麼，假如……我問個尖銳的問題……令弟是把你們夫婦當成一個整體看待呢？或者只把您視為親人，而把您先生視為陌生的外人？換句話說，當您和您先生發生衝突的時候，令弟是居中協調呢？還是態度明確地支持您呢？」

「這個嘛，我從來沒有想過……」

「那麼，換個角度思考……假使您先生和令弟發生嚴重的對峙，如果是以前的時代，就要生死對決……面對這種局面，您要怎麼辦？……已經找不到辦法調解，兩者只能擇一……那麼，您選擇誰呢？」

「這太強人所難了。」

「但是，妳必須做出選擇。」

「我弟弟為我丈夫出力最多，那是無法被取代的。」

「也許這反而成了您先生的心裡負擔。」

「我為什麼要回答你的問題呢？」

「因為保護委託人是我應盡的義務。」

「問題是，我弟弟已經死了。」

她倏然聲音乾澀低沉地喊叫起來，我不禁一愣。她說得沒錯，我到底在著急什麼呢？

「六點稍過，我就要告辭了……」腕錶的指針剛過五點，「我約好跟田代先生碰面……說不定可以找到什麼線索呢……畢竟，他在公司裡是與您先生最常接觸的人……」

然而，她依然沉默不語。也許她已經意識到了。我在「他」和其弟之間……一個行蹤不明，一個已是死人，至今還在從中挑撥離間，問些居心險惡的問題。這險惡的想法……連我都沒辦法明確表現出來的邪思……想必她已經察覺到了。我自己都不敢否定這個事實，正因為不敢否定，就會覺得被人看穿。這種感覺使我惴惴不安。

我並非沒有既適合這種場合又符合我的身分的話題。例如，今天早上提出的調查報告，並非全無用處，尤其經由那個計程車司機的陳述，提及「他」與「山茶花」咖啡館之間的關係，已呈現出相當暗示性的線索。至少，這比以往的任何線索更單純明確。然而，好像有什麼東西，使我遲疑不決。我感覺到一種不安，似乎一旦說出口來，自己的內心也會變得空虛，完全失去存在的理由。其實，就「山茶花」咖啡館的相關查訪，輕描淡寫兩句也未嘗不可……

「……對啦，關於那家咖啡館，有兩、三點忘記寫進調查報告裡……店對面有一個停車場吧……就是在那裡……我第一次見到令弟，要說偶然吧，也未免太巧合些……這且不管……您知道他是因為什麼事情去那裡嗎？」

「嗯……」

「聽您弟弟說，那裡很可能是您先生買賣中古車的據點……」

「那又怎麼樣呢？」

至此，她總算有了些反應。然而，這反應是出於「他」的線索呢？抑或因為我說出她弟弟的名字？……我們兩人幾乎同時把啤酒端到嘴邊，當然互相都佯裝沒有察覺到這動作。她杯裡的啤酒還剩下一半，我的啤酒只剩一拇指高的程度……

「當然，沒能找到什麼事證，只是令弟昨天早上突然跑到那個地方……我總覺得……他半年前就開始調查，怎麼現在才去……而且他簡直就像埋伏在那裡等著我出現……」她的表情又暗沉下來，我聽著警報器在內心深處鳴叫，心想現在任何煞車都煞不住，只能順勢滑衝到坡底了。「要說偶然相遇，那也實在太巧了。我甚至懷疑您先生和令弟在唱雙簧呢。換句話說，令弟完全知道您先生的行蹤，但是出於某種原因，必須把他隱藏起來，不讓您和大家知道……」

「你說出於什麼原因？」

「我要是知道的話，所有問題早就解決了。不過，我還是必須考慮各種事情的可能性。除了您以外，任何人我都要懷疑。」

「為什麼你不懷疑我呢？」

「因為您是委託人！」

「可是，我弟弟也同意由你調查啊。」

「這並不矛盾。既然花錢委託我，調查便交給我辦理，但是我的動向全又掌握在他手裡，這不是像在貓脖子上繫上一個鈴鐺嗎？」

「為什麼這樣……」

「現在，我們來設想完全相反的情況。假如令弟知道您先生的去向，但他們倆不是共犯關係，他卻在精神或者肉體方面對您先生施予某種威嚇，不准他回家等等……怎麼樣，很有意思吧？只要稍稍換個角度，事情發展就有不同的面向……」

「嗯，有意思……」

「我不是信口胡扯。」我發現對於自己和對於她，已經慢慢失去耐性，一種難以名狀的焦慮……其實再邁出最後一步，我就能說出真話。不過，這一步之隔的裂痕實在太深，「我的行動全在您弟弟的監視之中，這是鐵錚錚的事實……怎麼解釋又是另一回事……當然，也可解釋為他在監視我的調查進度……我完全不生氣……背叛者最怕遭到背叛，這是很自然的心理狀態……然而，這樣的人誰能保證不會在其他地方遭到背叛嗎？這種想法不也是很自然的心理狀態嗎？」

「我丈夫和內弟很合得來。」

「是啊，好到為了一把玩具手槍而面紅耳赤……」

相簿翻到最後一頁……我花了最長時間仔細觀察的，是什麼也沒貼的淡茶色硬紙板……我慢慢闔上相簿，又看見背面的文字——記憶的底蘊……

「我弟弟當然也知道我懷孕了……」

「如果我是刑警，也會對這嬰兒流產的原因產生猜疑的。」

她從杯子裡的泡沫上翻起眼珠。剎時，透明的薄冰在她兩個眼圈中閃爍藍光，眼睛一眨，藍色的薄冰已經融化。我心想，要完全無視這個女人，需要相當的勇氣。也許我對於行蹤不明的「他」能夠理解的也僅止而已吧。總而言之，「他」把勇氣握在自己手中，姑且不問這勇氣是生還是死……她一直盯著我。她背對著已經開始褪色的檸檬色窗簾，在這顏色襯映下，其面頰的溫柔與倔強微妙地交融為一，猶如退潮後濕濡沙粒似的線條……肌膚如渾然天成日久光滑的白木家具，暮色漸濃，她的雀斑也融為皮膚的一部分……她沉默不語……喪服的下襬張開攤在地上。她彷彿成了一株植物……賣豆腐的老闆用手提麥克風挨家挨戶叫賣……

「我第二次見您弟弟……」我不由得壓低聲音，目光跟隨著彷彿什麼錯覺驅使在桌邊爬動的八根手指——另外兩根大拇指看不見。接著，我說：「不是在發生那起事件的現場……稍稍在此之前……同樣在F鎮上，大約離那三公里左右的M液化瓦斯行……就是昨天的調查報告末尾提到的那家商店……那次也是偶然碰面，但巧合得有些奇怪……我到那裡去，是因為您先生失蹤日當天吩咐田代君送文件的地方，就是要送到這M液化瓦斯行……在那裡我又遇上了他……我不得不感到蹊蹺……這情形如同我不是在查訪您先生的行蹤，而是在追索您的弟弟呢，這樣的話事情倒簡單許多。您知道令弟去那裡做什麼嗎？」

「嗯，找M先生的話……」

「咦，您知道啊！」

「我說過好多次。」不知是她壓抑著情感，或者認為這種事本來就不必大驚小怪，她的聲調平淡呆板，「我弟弟為我丈夫的工作幫了很多忙……」

「這麼說，與M液化瓦斯行建立業務關係，也是您弟弟的功勞？」

「聽說是筆很大的生意。」

「是嗎……不過，昨天晚上的事情似乎不是那麼正當呢……不，反正都是一樣……最終是為了你們……也許就是這樣……不管採取什麼手段，您要是不知情，也就無所謂了……」

「怎麼回事？」

「敲詐勒索啦。」

「敲詐勒索？」

她說得很小聲抿著嘴唇，那樣子恰似在吮吸著熟透的水果。在她看來，敲詐勒索也變成水果罐頭般的蜜餞。這麼一想，敲詐這個字眼似乎也令人聯想到一種小小的果實。

「本週之後，您還打算繼續讓我調查下去嗎？」

「嗯，可能的話……」

「那麼費用的事情，您已經跟令弟商量好了嗎？」

「嗯……」她突然像被啤酒噎住般地喘不過氣來。但是，啤酒杯在桌子上泛著最後的淡淡光亮。她是被現實噎住的。儘管她希望自己如胎兒般浮在檸檬汁裡讓啤酒和自言自語陪伴自己，但為自己阻擋著現實入侵的衛兵之死仍然是個殘酷的現實。她宛如池水見底的魚兒，張著腮拚命掙扎，「我還有存款，我丈夫的退休金也沒動……另外，雖然數額不多，還有一份與我弟弟共同持有的壽險……」

「又是這樣。」我不由得提高音量，語氣尖銳地數落道：「我說的就是這個。線索、線索，我都說過幾百次啦……好比這壽險的事，若不是聽您提及，而是我探查出來的話，我都不得不猜疑您先生的失蹤，可能就是您們倆為殺害您弟弟合謀搞出來的謊話。」

暮色愈來愈深，我看不出她表情的變化，只能從固執反抗的沉默中加以推測。一秒、二秒、三秒、四秒……沉默的深度和含意隨著時間的流逝而不斷變化……霍然間，她發出樂觀又驚訝的聲音，輕巧地避開我的攻勢。

「哎呀，天都這麼黑了。」

打開電燈以後，她站在廚房門前的牆邊。書架、檸檬色的窗簾、電話機、一級方程式賽車的透視圖、畢卡索畫作的複製品、音響設備、仿花邊的桌布……她輕輕抬起手肘，掀起布簾鑽進廚房。她抬起臂肘，似乎告訴我只是暫時離開，也似乎只是為了看一眼喪服的袖子。我往杯子裡斟滿啤酒，一口氣喝乾，這才感到沉澱在心底的愧疚非常悠閒適切地輕輕地浮上來。不知不覺間，這已經是第三瓶了……大概我一個人就喝掉了兩瓶……這正是將車子放在這裡的最佳藉口……亦是自己將來折返的好藉口……我神情愉快地微笑……是因為她離座而去的緣故嗎……是因為啤酒的緣故嗎……抑或這是象徵著安全的燈光的緣故呢……不，更似乎是喪服的緣故……薄霧般的屍臭……大概是因為以衣服出租店為據點、在難以計數的死亡之間彷彿穿越的、從而使每一支纖維都浸透著揮發性氣體似的死氣的喪服離我而去的緣故……若果是這樣的話，這種解放感不可能持續很長時間……只要她和死亡一起折返，這房間的空氣又將充滿窒息難耐的液體……

電話鈴響了。這打破了孤島般檸檬色房間的印象，外面的世界打開一個黑洞。我深怕遭到背叛……彷彿黑洞裡有支槍口正瞄準著我，這使我顫抖惶惑、坐立不安……

電話鈴響到第三聲，還不見她出來接電話的動靜，我反射性地隔著布簾朝她喊著：

「我可以接電話嗎？」

始料未及的聲音從預想不到的方向傳出來。

「噢，對不起。」

我以為她在廚房，但其實在隔壁房間。她如此乾脆地讓我接電話，使我分外激動。雖說我懷疑得不深，但心裡難免質疑「他」的失蹤有問題，他們正在偷偷地互通有無等等，現在我終於從這種屈辱性的想像中解脫出來……更就一般而言，她的電話並不避諱我接聽，這可增加我對她的理解……看來她完全認可我這個正式的代理人了。我呼吸急促，肌肉緊繃得很，沒等到第五次鈴響，便朝電話機猛衝而去。

然而，我的期望落空了。想不到我做好萬全的態勢，結果卻完全適得其反，因為這電話是主任打來的。一如往常，他劈頭就囉哩叭嗦地說教。不管任何事情，他都要從頭到尾嘮叨地說個幾次：我說啊，徵信社的調查員就是下水道的清道夫，在臭不可聞的污物裡爬來爬去。正因為這樣，自己才要更注重衛生，謹慎地做好健康管理云云。主任說得沒錯。我原本說好下午去一趟公司，結果沒去也沒打電話告訴他們，主任當然急得如熱鍋上的螞蟻。其實，主任的為人還算不錯，只要不傷及他的職權和利益，不跨越這個底線的話，他對別人的關懷體貼甚至有點過度多餘，但是在這個範疇內，他的要求極為冷峻嚴苛。對於主任這種行事風格，我從來沒有感覺過不快。多半的人把偽善和偽惡當成暫時性的止痛劑來自我寬慰，我倒是對其職業自覺表示佩服。主任說：我要提醒你，委託人的弟弟牽涉到凶殺案件，你要特別小心啊。這件事情非同小可。你別嫌我囉嗦，我再強調一遍，你若事前不跟我商量，自作主張而被捲入這起刑案，從那一刻起，你就不是我們公司的人了。我這種說法，聽來很冷酷無情，但這是公司的基本方針，沒有退讓的空間，硬是把不適任的人留下來，最終總會惹出禍端來的。我並不討厭主任這樣的訓話，甚至還有些好感。然而，今天不知怎麼回事，我完全心不在焉。

我和主任通話的時候，她剛好走出來，而且喪服換成居家服裝。我認為她換衣服的速度很快。看來我可以不必為屍臭噁心了。現在，她身上是件寬鬆而貼身的黑綢連衣裙。她是否還記得我說過「您的確很適合穿黑色」這句話呢？她歪著腦袋。我搖搖頭，用空著的手指指著自己的鼻子。她繞過桌子，坐在我跟前……從我們雙方最接近的部位計算，距離大約十五、六公分……粗細均勻的長髮形成獨特的波浪……手掌輕輕按上去，彷彿隔著衣服就能被緊緊吸住似的渾圓肩膀……我不禁一笑，打斷主任的話：您數落得真好。這陣子，我東奔西跑四處找人，弄得最後別人反而也在找我呢，真有意思……這是真心話。說完，我覺得這些話似乎不是對主任，而是對我妻子說的，心裡未免泛起一些感傷……我找過妻子好多次，也通過電話，但是妻子從來不主動跟我聯絡……說不定我的作法不對……或許正因為我缺乏主動積極的勇氣，我們的關係才變得這樣分崩離析。

主任嘀嘀咕咕說個沒完，我連忙適時掛斷電話，回到座位上。她喝啤酒的樣子、她感傷的微笑，看起來都十分自然。我也很自然地把手指搭在桌角，用彷彿在週日下午舒適地睡過午覺醒來的氣氛，繼續剛才那令人焦灼煩悶的話題。

「不過費用的事，您也不必太擔心。上次支付的還剩下四天，在這期間，我將盡最大的努力。以後的事情，到時再考慮。」

「如果不行，我打算找個工作。如今，經常被我斥罵的胞弟也不在了。我當然明白，社會不是如我弟弟所想的那樣……」

「目前調查情況沒有重大發現，但也不是毫無進展。」

「剛才你說，要懷疑那個流產的嬰兒，是什麼意思？」

她的聲調如同談論天氣般若無其事，但表情卻令人不敢掉以輕心。我已經很厭煩這種緊張的情緒了。

「我說過那樣的話嗎？」

「你懷疑那是我弟弟的孩子吧？」

「您似乎很能滿不在乎地談論極其可怕的事情。我只是說有各種可能……不過，我已經知道令弟的興趣喜好，相簿也看過了。」

「不過，我也有這樣的感覺，我曾經和胞弟談過。他非常不高興……他好像不喜歡女人，也討厭孩子。」

「我拿妳沒辦法！我可沒說得這麼極端，而是非常單純。就是最常見的那種三角關係。也就是說，他為了掩人耳目，就假冒妳弟弟，這總有可能吧？」

「冒牌的弟弟……」

「直白地說，這些條件足夠令人懷疑得了。」

「我真想讓你去問問我胞弟呢。」

「當然，現在我不再懷疑了。」我故意不看她的表情，迅速把相簿翻到她弟弟倚車而立的頁面說道：「您看這張照片……這上面寫著是您拍攝的。您先生鑽在汽車底下，令弟站在旁邊冷淡地看著他。不，他假裝做出這樣子，其實是看著拍攝者……也就是您……送去共犯者才有的淡淡苦笑。您先生當然看不到他的表情。」

「這不是反而讓你更加懷疑嗎？」

「不，因為這是紀錄。這是作為紀錄留下來的。這正是所謂『記憶的底蘊』。換句話說，無論拍攝者或被拍攝者，都會強烈地意識到這點。如果您做了什麼愧疚的事，就會有意迴避這樣的鏡頭。」

「你不愧是私家偵探。」她突然歡聲笑了起來，往我剛才已經喝空的杯子裡倒入啤酒。我也沒有拒絕。瓶底只剩下大約五公分的啤酒。她說：「這樣的話，我就喜歡聽……我還想聽呢……」

「這樣的話，是什麼樣的話？」

「就是聽著聽著，表與裡逐漸顛倒過來的話……這樣的話，我也能說上一個……我弟弟的事……你有沒有興趣聽？」

「我只能再待十五分鐘……」

「有一陣子，我弟弟有過一個情人。當然，是女朋友。他說是在學生運動時認識的。那是冬天，他們的戀情談得火熱，很幸福的樣子。不過，到了夏季的某日，他的女朋友說，你身上有股像貓尿的味道，趕快去開刀吧。」

「是狐臭嗎？」

「我弟弟聽從她的話，開始跑醫院。可是手術剛做一半，他就喊停不做了。於是，他從此更討厭女人了。正因為如此，我對他來說愈來愈重要。我是世界上唯一不是女人的女人。我們是真心相愛的，可是奇怪得很，居然沒有懷上孩子。這時候，我先生出現在我的生活裡，他把我變成女人了。」

「那麼他們還是會爭風吃醋啊。」

「不，情況相反，我弟弟跟我先生竟然意氣相投呢。這總比我跟其他女人相好來得好受些吧。」

「這也是一種占有慾吧。」

「真要這樣說，我弟弟也有個很喜歡的男孩子。」

「噢……」

「我真的非常喜歡這個弟弟……」

「您能把您先生的事情也這樣告訴我嗎？」

「他不是這麼表裡不一的人。」

「可正是他先離家出走的。」

「嗯，所以我才覺得可怕啊。」

她的眼神深處泛著恐懼，如同被覆霜和寒風吹刮得瑟縮發抖的電線般顫慄。

「您感到可怕是因為您先生不在身旁。如果您想像著您先生就在某個地方，也許會覺得痛苦，但不會害怕。」

「還不是一樣……」

「您想像他和別的什麼女人在一起生活嗎？」

「對我來說，我只想知道他為什麼不在我身旁。」

「今天的晚報不知是否會報導令弟的消息。設若您先生看到報導，也許很快就會跟您聯絡。」

「你是說，我弟弟是他出走的動機？」

「您不必太拘泥形式，更不可有先入為主的觀念。這好比我剛才還認為那只火柴盒是對您相當不利的物證，裡面有兩種不同磷頭的火柴棒。從火柴用到一半，把新的火柴補進去來看，這個人必定是很珍惜這盒火柴，卻又很少去那家咖啡館走動。試想，若是經常到那家咖啡館，隨時都能拿到新的火柴。那麼，我們可以假定他是什麼樣的人呢？首先，他很少外出；其次，他對商標上的電話號碼很感興趣；第三，他必須偷偷打電話聯絡。」

「如果只是電話號碼，把它抄在記事本上就行啦。」

「不，一般出事，這本子馬上就被抄走，但極少人會注意到咖啡館的一只火柴盒。不過，我這個疑點也完全被剛才的相簿給推翻了。現在是鬆了口氣，因為我們調查員沒有資格懷疑委託人，所以一拿到棘手的火柴盒，便感到很大的壓力。這就是典型的刻板觀念作祟。我看您也是這樣，對您先生和令弟之間的關係，您應該有自己的看法才好。」

「你對我弟弟也充滿偏見呢。」

「那好吧，關於令弟的事，今天就談到這裡。我得告辭了，搭地下鐵十分鐘可到S車站吧。」

她低下頭，著急地咬了兩下大拇指指甲。

「您看，這是去年的報紙，有這樣的報導。」

田代這個青年透過厚厚的鏡片一看見我，等沒我坐下來，就著急地把一張破舊的剪報遞給我。

「你畫的地圖我看不懂……」

「這篇報導說，失蹤者有八萬多人。真嚇人呢。所以，根室課長失蹤也算不上什麼例外。」

「這個地點是你指定的嗎？」

「嗯，……你看四周的景色很特別吧……只有從那個地方，可以同時看到上下樓梯的人，就像從空中的洞穴裡偷偷觀察世間萬物……我喜歡這個地方，那些行色匆匆的人真有意思，還不知道自己被偷看著……」

「不過，你畫的地圖差距太大，我轉彎拐錯了四次，所以遲了二十分鐘。」

「沒關係，與其說我畫的地圖不夠精確，不如說這地下街本身就不好找。」

「不能說沒關係啊。」我向走過來的白制服侍者點了一杯咖啡，接著說道：「這樣的地圖，我想根室先生很可能也找不到。」

「您太誇大其詞了。我等了他整整一個小時又十分鐘。再怎麼不好找，也不可能無限大。而且他也知道店名……」

「那天早上也這麼擁擠嗎？」

「可不只這樣呢。早上的尖峰時段擁擠得要命，人山人海幾乎看不到地面。」

「現在人潮也相當擁擠啊。」

我一想到她房間的那種寧謐，往往會產生時間倒流三、四個小時似的錯覺。瓷磚地面、貼瓷磚的柱子、連結通道和樓梯的線條在這裡成為平面，也許因為這種使個人都能自由選擇曲線的結構，行走的人們幾乎感覺不出來自何處，要去何方。

「這時候的行人最有意思，他們走路的姿勢、臉上的表情，各式各樣……」

蒸発人間 86.254人

警察庁　全国一斉に公開捜査

各県警に相談所

家出や身元不明の遺体

[illegible]

坑道に主婦ら80人

違法ですわり込み

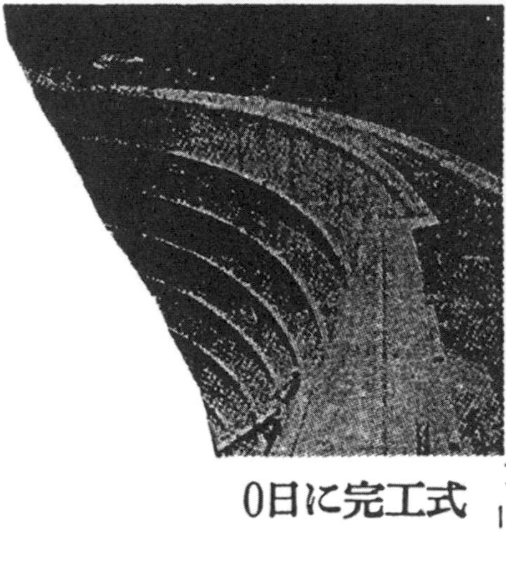

0日に完工式

「你先把那個照片給我看看吧。」

「在這樣的地方方便嗎？……照片很露骨呢。」

「又不是要炫耀。」

「說得倒也是……」

只見他神祕地掏出一個方形信封。打開一看，還有一層用橡皮筋圈住的紙包。紙包裡面是兩張稍大的厚紙夾著六張四吋大的照片。

「全是彩色的。」田代君探出身子，壓低聲音說：「你瞧，姿勢都不一樣……比起雜誌上刊登的專業攝影照片要大膽多啦。模特兒是有點遜色……身材胖了些，兩條腿太細，像什麼昆蟲似的。不過，味道還是拍了出來……屁股那裡，有那麼一點毛……雜誌上的照片絕對禁止露毛……」

「全都是背面照啊。你是不是專挑這樣的來？」

「這可能是課長的偏好吧。不知道為什麼，全是這樣的背面照。」

「好像同一個模特兒。」

「瞧這毛，多猛呀，像馬尾巴哩。」

的確，這些照片缺乏專業攝影那樣間接性的暗示和故事情節，也沒有敏銳地觀察對象的姿態。或許照明設備和技術上也有問題，整個感覺非常死板呆滯，而且模特兒占據畫面的比例沒有變化，總是塞滿整個畫面，完全沒有調動周圍的空間。「他」關心的不是畫面的構圖，而是女人本身，所以不必為這些責怪「他」。然而，這六張照片裡似乎隱藏著「他」的某種目的，反映出「他」追求什麼東西的意志。被拍攝的不是裸體的女人，而是人體模特兒。而且所有照片都是背後照，雖然姿勢不同，但從背脊到腰際、臀部、大腿是「他」特別關注的部位。模特兒的臉部當然沒有照出來。長髮低垂的後腦杓有的一半在畫面之外，有的完全埋在蜷縮俯身的背部前面。田代批評說，模特兒的身材胖了些，兩條腿太細，像什麼昆蟲似的。仔細觀察，其實不是模特兒的問題，似乎是鏡頭故意造成的攝影效果。比如，田代說的馬尾巴那一張，模特兒做出像是被灌腸的姿勢，屁股對著這邊，白淨的腳後跟占據畫面的兩角，如同被大鏡放大似的纖毫畢露，雖然焦點稍微偏差，但連汗腺的位置都清晰可見。另外，放在半邊屁股下的一隻手，像是要抓住自己的臀肉，那粗大的骨頭與身體很不相稱，使人誤以為是別人的——還可能是男人的手。而且從手腕到臂肘突然變得細小，萎縮下去。這好像是廣角鏡頭造成的效果。「他」是技術人員出身，只要目標確定，這些技巧性的處理輕而易舉。問題是，他的目的是什麼。或許我可以假定，這是「他」出於透過對女人局部性的解構，使之不再成為女人的想法。這些照片若是出自她弟弟之手還說得過去，但這是「他」本人拍攝的，我實在無法理解。至少我的委託人不是那種滿身贅肉的、容易引起男人復仇的女人。說起來，她應該屬於含蓄型的女人。換句話說，你要把握她的整體形象，就得吃盡苦頭忍受焦灼的折磨。我不禁納悶，到底是什麼使「他」如此熱中此道呢？

「這個模特兒叫什麼名字？」

「冴子……說是二十一歲，但可能有二十五、六歲了吧。」田代一面推著眼鏡，一面刻薄地說：「噢，服務生過來了。」

我把整疊照片翻過來，抬頭一看，只見一個男人蹲在對面廣場的柱子後面，怔愣地看著四周。他的大衣下襬拖在瓷磚地上，彎折起來。從折彎的形狀判斷，似乎不是便宜的布料。他身旁放著一個提包，顯示出他是個普通的公司職員。服務生把咖啡放在玻璃桌面上，帳單壓在牛奶壺下。那男子像觀看風景似的目光茫然地盯著周圍熙來攘往的人潮，既不是在找特定對象，也不是等著被發現。最適合站在這個位置的莫過於走投無路的流浪漢了。那裡只是行走的空間，只是為了接近目的地逐步通過消失的場所。對一般人而言，除了扒手、刑警和攝影者外，那是一個不存在的虛無世界。那男子的行為令人愈看愈難以理解，顯得分外詭異。然而，過往的行人似乎也不怎麼在意。說不定自始至終都把他當成地面瓷磚花紋般逐漸消失的部分空間。

忽然，我覺得那個男子正瀕臨死亡。浮腫的舌頭堵塞著喉嚨，連求救的聲音都發不出來，只有目光才能勉強流露出臨終的痛苦。然而，他痛楚的哀訴無濟於事。這裡只是行走的空間，任何的呻吟哀訴，都不會有人回頭朝這不存在的東西瞧上一眼。

但就在這時候，中年男子突然若無其事地站起來，又什麼事也沒發生似地消失在人潮中。

「您看，這是最後一張照片……我覺得太過火了……拍攝者也真是的，被拍的人，神經是不是有毛病？」

或許用「太過火了」來形容有失恰當。從「暴露」的程度來看，比這更露骨的照片多得是。這張照片的背景一片黑色，在黑色中間，一個女人張開雙膝做半蹲狀，體重集中在左腳，身子深深地向前彎，頭髮從股間繞上來，在屁股後面束成一團，右手從腰部伸過來抓住頭髮。這種姿勢極其彆扭，不會使人引起任何興趣。從照片上只能感覺到模特兒對於持續性的肉體痛苦顯現出生理抵抗。她呆板白皙的腰部彷彿與扭曲的手腳毫無關聯，像螃蟹殼似的面無表情。在這甲殼底下，她被迫做出幾乎不可能的姿勢。這簡直就是一張莫名其妙的照片，既沒有猥褻的感覺，也沒有嗜虐的刺激，只有扭曲的怪狀，如同切口朝上顛倒過來的插花，令人噁心倒盡胃口。要說它的可取之處，只能說模特兒異乎尋常的合作態度吧。如果把這照片解讀為，這是「他」向模特兒誇示自己的支配權，那還多少能夠理解……

「設若順著這個模特兒查下去，我認為您可以查出什麼點名堂來……」

「其實我並沒有確切的把握，只是覺得有義務必須把課長不為人知的面向告訴您……」

「可是，課長把這樣的照片交由你保管，可見對你非常信任……」

「根室課長這個人很難相處，平時表面上很客氣，其實不太信任別人。」

「看來我最近有必要到你的住處一趟。課長要你保管的其他東西裡，也許能發現你覺得沒什麼，但我認為很重要的線索呢。」

「不，不瞞您說……」田代有些驚慌，瞇起鏡片後方的眼睛，「這些東西……不在我的房間裡。昨天我告訴您的那家出租沖印店裡，有課長專用的置物櫃……」

「既然是置物櫃，就一定上著鎖吧。」

「嗯，置物櫃嘛……」

「你怎麼打開的？」

「這個……有備用鑰匙啊……沖印店的老闆是我的朋友……所以就……」

「那是說你擅自打開囉。」

「這張報紙也是在置物櫃裡發現的。你不覺得很有意思嗎？這大概是七月底或八月初的報紙，課長的失蹤剛好就在這前後。說不定他就是看了這篇報導受到刺激的吧。既然有八萬人行蹤不明，多添一個同伴也不算什麼吧……」

「總而言之，你是擅自打開的。」

「我這是為課長著想啊……例如，屋裡有人要自殺，為了救人破門而入，不算犯法吧？」

「我不是責備你，只是問清事實。」

「為了什麼？」

「就說昨天在F鎮發生的事吧，你為什麼不一開始就告訴我那是一家液化瓦斯行呢？我不許你說不知道！你這個人不坦率，是不是還有什麼重要的事情瞞著我？」

田代原本蒼白的臉色頓時出現大片紫色斑塊，他緊抿著嘴，很不服氣似地喘氣，聳聳肩膀說：「你怎能說出這種話呢，我可是一片好意啊。就說這些照片吧，是我主動告訴你的……可沒拿你半毛錢……如果我不說，誰也不會知道……真是好心沒好報啊！」

「這就怪啦。根室先生不是很信任你嗎？你主動協助我不是理所當然嗎？」

「不能這麼簡單就下結論。」他板起臉孔來，咬著上唇，「你是吃這行飯的，當然這麼說……但只會追蹤出走的人不算什麼本事……也許有時候還必須幫忙藏匿人呢。」

「不過，這未必出於個人意願。說不定他已經被殺害，也可能被監禁在什麼地方……」

「這種話只能騙騙小孩……」

「難不成是你把他藏匿起來的嗎？」

「我有這個本事嗎？以我個人來說，我也希望課長早點回來啊。不過，我覺得沒有資格說這種話。如果我在某個地方看見課長，我會喊住他嗎？……就是想喊，能不能喊得出來……當然，真有這樣的機會，我絕對不會告訴任何人，我想跟他談談……我當然很有意願……也覺得很有作為……可是我無能為力……」

「這有什麼作為？」

「呵，那你辦得到嗎？」

「可惜，我沒當過課長。」

「我可辦不到呢……那個破公司……我一想到自己把寶貴的人生賣給那狗屁倒灶的

公司，就恨不得放火燒了它……但話說回來，到哪裡都差不多……到公司上班，就要想盡辦法當上股長、晉升課長，登上經理的寶座……若是連這點夢想都沒有，人生未免太悲慘了……於是，你得比同事更能幹，對上司拍馬逢迎……那些升官無望的傢伙，就要跟你爾虞我詐，扯你的後腿，搞到彼此都灰頭土臉……」

「說不定這裡還混進了從別的世界逃出的失蹤人口呢。」

對方驚愕地看著我。他沒有把眼鏡推上去，只試著從兩枚鏡片中捕捉我的目光，所以腦袋微微仰起，幾根沒刮乾淨的鬍子如棘刺似地立在喉頭上。

「是啊……」他像是鬆了口氣，又似期待著什麼，壓低聲音說道：「你瞧，那麼多人不停向某個地方走去……各有各的目的，那麼就有不計其數的目的……所以我喜歡坐在這裡眺望外面……若是成天到晚為那些瑣碎的事想不開，很快就會被社會淘汰，所以要不停歇地走動，但是自己若沒有目的地，只看著別人前進，又會是怎樣的情景呢？只要這麼一想，我就會畏縮不前……感到無比的落寞，非常的悲傷……於是，我有個深刻的感想，無論目標多麼微不足道，只要能敦促自己往前走就是幸福……」

我突然沒有緣由地想起，她參加弟弟的葬禮之後為什麼沒去火葬場？儘管後事全由堂口負責安排，但她是弟弟唯一的血親。就算堂口的兄弟沒叫她去，按理說她都得堅持非去不可。難道她要迴避，不敢直視弟弟的遺容嗎？

我並不是不能理解這種心情，但終究有違常情。或許可以這樣說，正因為她表演得自然得體，連我當時都沒能察覺出來。或者說，難道她在弟弟活著的時候就把鍾愛的胞弟當成死人，當成不存在的東西來看待嗎？換句話說，如果這是對死者最深情的追悼，我倒是可以理解。但那時候，就在走路不到十分鐘的高坡下正在出殯，她還那樣興奮地談論弟弟，卻沒掉下一滴眼淚。這其中的原因也不難理解。在充滿幻想和自言自語的客廳裡，多來了一個死人，沒什麼好大驚小怪的。若果如此，那麼她對失蹤的「他」是不是也……

「很久以前，我見過一件令人不忍心又震撼的事情。」田代以每秒三次的速度很規則地看著玻璃窗外和我，用很放鬆的態度說道：「記得那一天，我坐在某個公園的長椅上休息。旁邊的長椅上躺著一個乞丐，但是離我大概只有三公尺，天氣又特別熱，我只好暫時忍著。這時候，我突然覺得周遭哄鬧起來，只見一隊舉著紅旗和黑旗的遊行隊伍走過來。有的人唱歌，有的手拉手做著跑步姿勢，長長的隊伍好像沒有盡頭似的。乞丐突然站起來，看著遊行隊伍。他突然哭了起來，歪著嘴，這樣子抓住破襯衫的胸口，肩膀顫抖，淚水流淌下來……我，第一次看見有人哭得這麼悲傷，以後再也沒見過……當然，他是看到示威遊行隊伍才哭的。在大熱天裡，他渾身塵土污垢，從下巴滴落的淚水，如同抹布擠出來的髒水……他看到來往的行人就如此感傷悲切，看來是對人生絕望了……」

「我們換個地方喝兩杯如何？我請客。」

「這樣好嗎？不好意思……」

「其實，我還想請教你兩、三個問題……」

「啊，你是指敲詐那家零售商的事嗎？」

「去哪裡好呢？不太貴的，又有趣的地方……」

「那麼就去冴子工作的攝影棚旁邊的酒吧。客人通常都在那裡邊喝酒邊等自己點名的模特兒。攝影棚和酒吧是同一個老闆，雖然沒有明文規定，可他對等待點名模特兒的客人都有優惠。您不是說要找個時間跟冴子碰面嗎？」

「你是那裡的常客嗎？」

「怎麼可能……您以為我的薪水很多嗎？」

可能是傍晚雲朵出來的緣故，冷得還不算太厲害。只是，風停歇了，薄霧瀰漫，我像隔著濡濕的玻璃看街景似的，霓紅燈和路燈的光線互相融合，宛如澆了水黏合的廉價糖球。街道兩旁商店正準備打烊，但從十字路口跨進小巷弄，一天中最繁忙熱鬧的時間才剛開始。大大小小的咖啡館、小鋼珠店、酒吧、小吃店……還有中古相機專賣店、舊書店、裁縫材料行，氣氛還算優雅的唱片行……接著是酒吧、咖啡店和一間藥局，再過一條大街，就幾乎緊挨著的酒吧、酒廊和夜總會。霓紅燈的隧道把夜空染得暈紅，高樓大廈的輪廓已經淡然遠去。這附近的天空黑得出奇，成群結隊在街上遊逛的男人身影似乎亦模糊朦朧。前方，還有一小片有著醒目霓虹燈的地方，有好幾家土耳其浴或色情賓館。我在這個地帶前面往左轉，走進破舊的電影院後方靜謐的巷弄。

「說起來，這附近行色匆匆的人群，只是暫時的失蹤者，只不過是一輩子和幾個小時的差別而已……」

「是啊。我剛才在小鋼珠店前面，也有相同的感受。在我看來，失蹤者的確很適合到小鋼珠店打個幾回。不過，店內的音樂聲實在太吵了……那根電線桿前面，從路旁稍微凹進去，有一家門口歪斜的店吧……一個人很難進這裡來的……大概是出於失蹤遊戲這種愧疚感吧……」

我走進帶有門環的貼面門……門扣吱嘎吱嘎地響……陰影濃厚的老式燈具……有高腳凳的吧台和三張桌子，給人十分實用的感覺。但是站在吧台裡的酒保滿臉悻然，就超出了實用範圍。田代說去預約冴子，把我撇在坐得很不舒服的高腳凳上，自己往後門走去。要不是這裡的常客，不可能如此熟門熟路。我點了雙份兌水威士忌，酒保沒有反應，依然不停抖著一側膝蓋，調酒的動作熟練敏捷……靠近門口的桌旁有兩個客人……從他們挨著腦袋交談熱絡的情景看來，其中一人似乎不是來客，可能是店裡的人在談生意……酒保把杯子放在我面前，一扭頭便打開電唱機的開關。節奏激烈的音樂隨即從地面迸出似的，我就這麼被封閉在一公尺見方的空間裡。

「今天運氣不錯，她說立刻就來。我也來杯兌水威士忌。」田代搓著手掌，露齒笑著，一面脫下大衣，一面爬上我旁邊的圓凳。

「她來以前，你先跟我談談那件事……就是敲詐勒索的事……如果想敲詐那樣的瓦斯行，什麼情況才有可能呢……」

「有什麼具體情況嗎？例如說課長有可能牽扯進去……」

「不，我可以發誓，這跟根室先生毫無關係……完全假設性的問題……只是不管什麼樣的世界，都有外人看不見的內幕。就如你剛才進出的那扇後門一樣，不知道這門道，就看不懂真正的內情……我必須多熟悉點情況……敲詐勒索就像陰暗角落裡的蟑螂……他出於什麼動機去敲詐呢？從這個角度去查，事情往往就能得到突破……這是我們慣用的作法。」

「我接到您的電話以後，也考慮過各種情況。不過，要是說可能性的話，也未必是常見的手段……」

「說可能性就夠了。」

「我們這個行業裡，有專門買賣特約經銷商配額權狀的掮客，還有在汽油裡摻劣質油的地下油行。由於油品種類不同，稅率也大有不同，那些傢伙就用摻假的手段賺取差價。所以具備某種規模，地點條件又好的零售商，往往就偷偷地摻假混油，或者虛報煤油和潤滑油的訂貨量，然後把這些虛報的進貨憑據賣給不法業者。大概就是這種手段吧。」

「我再問一個問題，你認識根室太太的弟弟嗎？」

「她弟弟？……課長夫人我倒是見過兩、三次。」

「他的外表有點流氓味，肩膀很寬，個子瘦高，你沒見他找過根室先生嗎？」

「嗯……我沒有印象……」

「昨天晚上他被殺了。」

「被殺死了？」

「而且就在離F鎮液化瓦斯行不過兩、三公里的地方。」

「為什麼那樣的人……每個人都有自己的生存方式……為什麼只有我不知情……」

戴著眼鏡的田代泛起懷疑猜測的目光，眼神漸漸充滿驚異，如同動盪不安的水潭，彷彿再按一下，水潭就會溢流出來。看來他的話足以採信。那傢伙勒索商家可能純粹是為了金錢鋌而走險吧。換句話說，如果這牽涉到大燃貿易公司，這個謹小慎微的多疑辦事員絕對不會透露半點黑市賣買的內幕。

「讓你們久等了。」

突然傳來平淡單調的問候。這小姐身穿紫紅色滾藏青邊長袍，臉色蒼白，下顎突出。除了一頭長髮以外，沒有任何地方能使人聯想到那樣的照片。那個被切割成部分的女人與她本人已經毫無關係了嗎？只有鼻子微微上翹還算端整，倔強的厚唇，兩頰上變色的粉刺疤，彷彿一按就會流汁似的，浮腫的眼袋尤為明顯。如果要將這照片當成商品，這貨色未免太粗糙了。當然，只憑這張面孔，並不能完全說明「他」偏好她的背部的原因。只要把臉部從構圖中排除，還是有其他部位可拍的。既然她配合度如此之高，能擺出那樣的姿勢供人拍照，只要多點自信，加上一些豐富的表情，即使長相不漂亮，也許亦能把她拍成出色的美女呢。

「你們也可以到房間裡。」

「先喝一杯吧，我請客。」我往旁邊挪出一個位置，空出中間的高腳凳說道：「妳要啤酒？還是更烈的？」

「嗯，但是時間照算，怎麼樣？」

「沒問題。」

她嗲聲嗲氣地說著，攀上高腳凳，長袍前襟立刻敞開，一條大腿幾乎完全曝露出來。如果只從臉孔和被鏡頭扭曲的照片看來，實在很難想像她的雙腿這麼漂亮。若不是白皙的皮膚，一定會令人聯想到運動選手發育良好、修長整齊的雙腿。我感到納悶，這麼漂亮的大腿不拍，卻對背部如此迷戀，我只能說「他」對女性的背部有著特殊偏好吧。或許出於她們那行的習慣，冴子裸露著長腿，掛在腳尖上的涼鞋和著音樂節拍踢著吧台的橫板。

「酒保先生，幫我看看時間。喝的呢，給我一杯 gin fizz，不喝酒了。」

「根室這個人特地向我推薦過妳。」

「咦，他是誰啊？」

「妳肯定認識的。妳的照片我每張都仔細看過呢。」

「拍我照片的人，那就是我外拍時候的客人……你也知道，在攝影棚裡不准拍照。」

「那要幹什麼呢？」

「那還用說嗎？就是欣賞我的裸體美姿，當然只能用眼睛……」

「不過，那些照片的姿勢非同小可啊，那麼大膽狂放，我的心臟都快受不了呢。」

「我跟那些剛出道的生手當然不同。不過，最近我不外拍了。因為我快結婚啦，如果再接這種差事，被東問西問很麻煩，對他也不好交待。」

「哎呀，恭喜妳了。但是這樣一來，很多客人可要失望啦。」

酒保面無表情地把gin fizz放在她面前。破裂的泡沫表面猶如白霧瀰漫的深湖。田代的兌水威士忌已經見底，嘴裡含著大冰塊，不知是否在聽我們談話，茫然若失的目光在空中飄移，如同在後追趕，想抓住把他拋在後頭的，冷漠無情的往來人群幻影……我也一口氣喝乾杯裡的酒，向酒保再要兩杯兌水威士忌……田代驚醒似地端坐起來看著我。

「尤其是根室先生，一定大失所望吧……」我拉高嗓門，壓過唱片的聲音。然而，從田代不得要領的反應來看，似乎音樂形成的壁壘比想像中厚得多，他幾乎聽不見我們的談話。

「請他把聲音調低好嗎？」

「不，不用啦。這樣也許說話更方便呢。」

她泛起嘲弄般的微笑，雙手撐著吧台，腰身往後一退，把赤裸的腿擱在另一腳的膝上。兩條擠壓的皮膚亮麗的肉腿就這麼塞在吧檯和高腳凳之間。接著，她把重心移向拿著杯子的腕肘上，上半身朝我傾斜，彼此間的距離幾乎縮短了一半。

「你說的客人就是旁邊那個人嗎？」

「不，不是他。但他未必是頭一次來。妳有印象嗎？」

「我哪記得客人的長相啊。燈光打過來，滿眼都是亮光，客人全成了黑夜裡的烏鴉，哪看得清楚呀。」

「不過，根室先生的照片，可真夠瞧的哩！」我伸手輕輕撫摸她的大腿，看她沒有抗拒的意思，乾脆把整個手掌放在那白淨的皮膚曲面上。田代看到這情狀，眼神連忙移開，抓起剛好送上來的第二杯威士忌，像咬住杯子似地塞到嘴裡。「連那個部位都讓他拍照，正說明他們很有交情吧。」

「他是做什麼生意的？」

「我們公司的課長。」

「是嗎？……普通的薪水階層，恐怕維持不了，我的外拍費用很貴呢。我收的費用很高，可該做的我都做……」她把剛才小口抿著的gin fizz一口氣飲盡，拿著杯子，也不向我打個招呼，擅自向酒保要第二杯說道：「你想想看，我馬上就要結婚。我很想把婚禮辦得風光體面，還要訂做婚紗禮服，我不想穿租來的禮服。我要在最豪華的飯店裡，把朋友統統請來，請個酒保幫忙調酒，讓我們痛快喝個通宵……」

「朋友？都是些模特兒界的朋友嗎？這麼說，你男朋友知道妳幹這行？」

「這關你什麼事！」我的話似乎觸到她的痛處，她氣沖沖地把我的手撥開說道：「我可不是發酒瘋才吃這苦頭的。我也有過夢想，但就是運氣不好。什麼嘛，我可沒就此認輸。你不服氣的話，要比看誰的銀行存款多嗎？我當過泳裝模特兒，漂亮的照片就印在百貨公司的廣告單上。我呢，什麼差事都幹過。你別看那些裝模作樣看似活潑的小姐，其實荷包都是扁的。我們幹這行的，頂多做到二十五、六歲就不錯啦，能夠留下來的只有銀行的存款簿。」

「這麼說，妳在男朋友面前挺自豪的嗎？」

「那當然，他又不吃虧，而且婚禮費用、租屋的押金全都是我出的。我可不要低聲下氣求人家娶我。」

「這樣的話，那些照片現在就更珍貴了。」

「你說話不要拐彎抹角，到底是什麼樣的照片？」

「就是背部和屁股那些，妳還記得吧？專拍背部和屁股……屁股溝上面的笑靨，那張臉真好看呀，擠眉弄眼的……妳瞧，就是這個……」

我從口袋裡掏出事先備妥的那張照片，用手指捏著伸到她的鼻尖前。她旋即板起面孔，聲色俱厲地說：

「你憑什麼說這是我？」

「那當然知道……」我又把手放在她的大腿上，悄悄感受肉體的溫暖，「比如這頭髮……」

「頭髮？」她霍地發出歇斯底里的笑聲，然後同樣神經質似的突然狐疑地皺起眉頭，「告訴你吧，有時候客人會要我們戴假髮。剛才又有客人要求我們戴上又長又黑的假髮呢……」

她猛然回頭看著田代，晃了晃下垂的長髮，然後抓著髮梢，扯了扯給他看。接著，她尖聲叫嚷，但我聽不見她說些什麼。沒等我看清田代的神情，他整張臉就迅速躲到她的腦袋後面。噢，原來是假髮……當然，只憑這點還不能判斷照片上的模特兒未必不是眼前的這個女人……頭髮從股間繞過這種扭曲的姿勢，也不能斷言戴假髮就絕對做不到……例如，她可以把戴在頭上的部分緊咬在嘴裡，照樣可以做出類似的姿勢……

「我把醜話說在前頭。」她審視著自己透著淡藍色靜脈的白皙大腿，和我放在她大腿上如紅蜘蛛般的手指，口氣嚴厲地向正沉浸在肉體接觸舒暖的我說：「不要到我這裡找碴。果真被我料中，什麼我的照片，真聽不懂胡說些什麼。你不要看扁我們。我們可不會蠢到讓客人拿這些照片來威脅自己。我可不是吃素的。你瞧瞧這個就知道了。」

說罷，她倏然雙手按在頭皮上，如剝下熟透的桃皮似地抓起這頂像活著的長假髮，狠狠地摔在我的手腕上，然後把它搭在自己的大腿上，粗野地摳著剪成短髮的發紅髮根。站在流理台內的酒保正低著頭，他稍稍側過臉來，那側面出奇得大，一臉橫肉，由於光線的緣故，鬢角下面有塊彷彿凹陷的陰影，但那也可能是刀傷的疤痕。他那陰沉冷若冰霜的表情，到底只是外表的面貌呢，或者這就是他無可救治的本性？不管如何，看來我沒有必要理會這個無聲的警告，而在此浪費時間。我把手收回來的同時，她彷彿才意識到這是別人之手似的，大顫抖著腿，目光敵視地瞪著我。

「看來妳大概不會邀請我參加你的婚禮了。」

「怎麼樣？要去攝影棚就得快一點，否則沒時間了。」

這時換了音樂，頓時讓我的耳朵出現空白，她撇下的最後話語，如巨大的鳥翼在整個酒吧裡投下陰影。坐在門口旁邊的兩個人，也吃驚地回頭看著這邊。響起的音樂由吉他獨奏起頭，悲愴的旋律使四周的氣氛更蒼白感傷。這次沒有專用音樂的優待了。我把杯子裡僅剩的威士忌喝乾，從高腳凳下來。

「我先告辭了，突然想到還有急事要辦。」我在談定的金額之外另加點小費，將幾枚一百圓硬幣疊在兩張一千圓的鈔票上遞過去，「哎，精采的正要開始呢，實在可惜啊。不過，時間好像還剩一些，就讓給田代君了。你沒事吧？」

田代喝下啤酒以後，豬肝色的面容紅到脖頸，只有鼻子和下巴尖還剩下像被玻璃板夾住似的泛白。然而，田代對我的話不置可否，用這種奇異的方式表示接受。

「你是單身漢吧？」她回頭看著田代，毫不掩飾嘲笑的表情，「襯衫鈕釦的縫線最好用同顏色的，這樣才不會被人瞧不起。」

田代仍是用手指頭揩拭著眼鏡鏡片，默然地呆立著。酒保一聲不吭地把酒水帳單像雪片般飛落在我面前。他先找零，再收錢。當我從仍在專注談論的兩個客人桌旁走過，來到門口時，她悄無聲息地追上來，身上散發廉價化妝品味，令人聯想到孤寂女人的眠床。

「我會特別邀請你參加婚禮。」

她漫不經心地向我耳語，然後迅速對著我掀開長袍前襟。她一絲不掛。肉體雖然豐滿，腰肢卻不夠苗條，給人臃腫的感覺。從下腹部隱約可見的暗影來看，的確與照片上的模特兒不是同一人。

「是特別優待。」她刻意堆起笑容，「我賺錢滿有良心的吧。不過，我不想讓我男友來這地方。家庭穩固還是最重要的。我結婚以前，你再來賞光一次。」

田代如同稱職的替身人偶站在同個地方文風不動。我輕輕握了握她的手指，推門出去。那扇門發出如小鳥驚恐失色的聲音，冷風從領口和袖口灌進來。音樂逐漸遠去，如幻聽般時隱時現，我每走一步，取而代之的是沒有輪廓的灰色城市噪音。我的感覺也在黑暗中融化和擴散。我加快腳步朝霓紅燈閃爍的天空下走去。我努力使自己的步伐盡快與奔向各自目的地的行人相似……

然而我知道，我愈是加快步伐……另一個腳步正極力朝著目的追上來。路上的行人不多，但電影院前大街上的計程車幾乎絡繹不絕……我繼續往前走……一方面也是因為空車很少，我希望後面緊追的腳步盡快追上來。

沒多久，我聽見身旁傳來和著我的腳步的急促喘息聲。我維持同樣步調，也不轉頭回望，像對待自己的影子般不予理睬。那微弱哀求的聲音，如飢餓的豹腳蚊開始在我冰冷的耳際纏繞。

——怎麼啦？您對那女人不感興趣嗎？我覺得她那雙腿好漂亮啊……夏天枕在上面，一定像水枕一樣涼爽舒適……是不合您的品味嗎？怎麼不說話呢？……對了，您一定覺得很意外……這也沒辦法……我不是惡意的……只是想讓您滿意，所以就做得太過火……是我太膽怯了……我討厭自己……我總是這樣，有時會後悔到想自殺……為什麼我生來這樣的性格呢……我實在煩透了……所以我剛才談到的什麼地下油行啦，或者虛報進貨單據的事情，請您忘掉吧……我只是順口說說而已，其實大半零售商做買賣都很規矩，不會幹危險的勾當……就算動了什麼手腳，頂多就是為了逃稅做了兩本帳。好吧，假定他們做了假帳，也不會讓人抓到把柄……坦白說，他們通常成立有名無實的空頭公司，事先設下安全防線，縱使事情敗露，絕對不會影響母公司的業務……所以，您這是白費力氣……您到處調查，到頭來絕對沒有結果……

對此，我沒有答腔。既不附和，也不反駁，繼續走著。我像黑夜裡的飛蟲，往人群開始湧動的人造燈光快步走去。田代閉上嘴，但最終仍忍不住開始喋喋不休。

——有兩點理由……我為什麼不得不這樣撒謊呢……因為我感到害怕……您能理解吧……一想到根室課長無緣無故失蹤，我就覺得自己像被拋棄……不，不可這樣相提並論……這也許是因為偏見，也許出於嫉妒吧……人生最美好的事情都沒我的份，我總是被排除在外……所以我只能給自己勉強找個理由，隨意解釋自我安慰……這樣的心理無可避免吧……還有一點……我實在難以說出口……我從未向別人說過，只能自己苦惱不已……但既然說出來，乾脆就全部招認了……坦白說，那些豔照的種種也是我胡扯的……對不起，我從頭到尾都在說謊，其實，那些照片是我在路上揀的……我覺得很有意思，翻看了好多遍，就漸漸開始胡思亂想……也許這要怪課長的太太……您覺得怎麼樣？……她是裝糊塗吧，或者目中無人，好像很瞧不起別人……尤其對我，也許她只把我看成根室課長的下屬而已……我當然是課長的部下，可她不能因為這樣就態度高傲抹煞別人啊……算了，反正這是別人的家務事，我不必認真跟她計較……但不知什麼原因，我總覺得心裡不舒坦……

我依然默不作聲，因為在他告白時，我若半途插嘴，他可能就會更大膽地編扯其他謊言。我必須擅加利用他墮落的慣性。我繼續走著，街道不知不覺被光的分泌物淹沒，夜裡打進白晝的楔子，其狂亂時刻的節奏賣力地使來往行人為之陶醉。

田代痛苦地喘著氣說，該死！我又露出馬腳了吧？我剛才又說謊了……我總是這樣口是心非，很自然就順口扯出連篇大謊……這是一種病吧？我很可能已經撒謊成性……不瞞您說，那些照片是我拍的……事到如今，我顧不得什麼體面了……讓我拍照的模特兒，也不是剛才那個女人。我為什麼只拍背部呢，因為這樣才能顯示女性的溫柔。但是我發誓，這是我最後的謊言……我這樣表白，也許您不會再相信我……儘管如此，我丟盡顏面也要求您相信我……我有個驚人的祕密，這讓我提心吊膽。為了從這個精神負擔逃出來，我必須無所不用其極地說謊……因為只要有人相信我的謊言，我就覺得謊言可以變成事實……但是，我已經身心俱疲，我想把一切都坦白以告，減輕這樣的精神壓力……所以希望您把那些照片還給我……那些東西跟課長毫無關係，它只會讓我更無地自容……

我依然不回答。在霓虹燈閃爍的夜空下，旋轉著被無形目的驅動的喧鬧吵雜的漩渦。無論我如何調節走路的速度，與陌生人的距離總無法拉開三公尺以上。這儼然是假逃亡者的黑夜節日，每天晚上都在反覆模擬演練。我走到人行道上尋找計程車。田代繞到我面前，黃色唾沫噴濺到我的耳垂上。

——我求求您，再聽我說……我有個驚人的祕密……我看見了……我看見根室課長了……我沒有騙您……為什麼不聽呢……您不是在找根室課長嗎？……您不相信我嗎？不信沒關係，聽聽總可以吧……我看見了……根室課長在路上走著，我親眼看見的……

我不理睬田代，對一輛亮著空車標誌的計程車招了招手。司機一面踩著煞車，一面急打方向盤，計程車像白鐵玩具般發出嘎吱一聲，急停下來，迅即打開車門。我對著想一齊坐上來的田代，既不相邀也沒拒絕。

這個司機的脾氣很暴躁。我告訴他目的地，他既不答腔，連頭也不點，粗暴地推上排檔，破舊引擎就開始咳喘。如果「他」從「山茶花」咖啡館的後門溜出來，逃往另一個世界後，是否也跟這個司機一樣，每天過著極度煩悶的生活呢？……這個社會有什麼東西使「他」無法容忍，不得不永遠逃離而備受那種生活的煎熬嗎？

「我看見了。」

田代神情惶惑地看著我的側臉，他的眼鏡開始模糊，這是車裡暖氣太強的緣故。我的臉頰也從冰冷的僵硬中和緩過來，驀然感覺到醉意。我想可能是沉澱在肚子裡的兩瓶半啤酒受到威士忌的催發，似乎開始湧進血液中。

「那麼我先問你，這麼重要的事，為什麼瞞著不說呢？」

「我不知道自己有沒有這種資格……」

「什麼資格？」

「我在街上看到的課長簡直像另一個人……絲毫沒有遁世者的落魄模樣，我看他的步伐充滿青春活力……」

「你說他的步伐，那他是在走路囉？」

「我那時候驚訝不已，幾乎喘不過氣來……我原本想叫他，一看他的表情，自己就先畏怯了。我不知道自己有沒有資格管這件事……」

「他是走在寬闊的大街上，或是窄巷裡呢？」

「不寬不窄……就跟這附近的人行道差不多……」

「你覺得他是否心事重重，顯得很匆忙焦慮嗎？雖然表面看來精神很好……」

「不會錯的。我豈會看走眼呢。他一副悠閒自在的樣子，好像正在享受散步的樂趣。」

「那他為什麼沒發現你呢？而你卻那麼仔細觀察他的表情，這不是有點怪嗎？」

「那時正值下班時間，人來人往非常擁擠……」

「這麼說，你好像跟蹤他了？」

田代用皺巴巴的手帕擦完眼鏡，兩隻手指用力把眼鏡按向臉上，露出像假牙般的潔白大牙說道：

「哼，我才不會上當呢。如果我跟蹤他了，您就會問我從後面怎麼會知道他的表情。對不起，我只是說出事實罷了。您對事實本身需要這樣吹毛求疵嗎？」

「這就算了。但是你就眼睜睜讓他走了嗎？」

「那又怎樣呢……」

「你還想擺出煞有其事的樣子嗎？」

「是有沒有資格的問題。人們一廂情願規定人都得有居住的地方，對逃離的人就要用鐵鏈拴住他的脖子送回去……但是這個社會常識站得住腳嗎？誰有權利違背本人的意志，干涉別人的住處呢？」

「不過是從原來的居所逃出來，再落到另一個住處而已。算不上什麼本來的意志。而且，更重要的是，逃脫者必須考慮對原先住處的義務和責任……」

「放棄這個義務，或許也包含在這個意志裡……」

「你大概什麼時候看見的，在什麼地方？」

「剛才給您看的剪報指出，每一千人當中就有一人失蹤……包括嬰兒和病人這些不能按照自我意志行動的人，一千人就有一個……我認為這個非常嚴重……設若再把現實生活中想逃還沒逃的人算進去，那麼數目將更加驚人了……比起已經逃離的人，沒有逃出來的才令人匪夷所思……」

「是在夏天嗎？或者天冷以後？」

「在此之前，必須弄清楚資格問題。」

「難道那些被遺棄者的怨恨，就可撇下不管嗎？你還記得根室太太的弟弟被殺的事吧？」

「這跟被遺棄那些人的怨恨有什麼關係？」

「當時他穿什麼顏色的衣服？」

「每次我坐早上的通勤電車總是擠得動彈不得時，我最害怕看到這樣的情景。平常，我只要和幾個、幾十個和幾百個熟人來往，就覺得這世上有立足之地，但是在電車裡，四周全是陌生人，而且人數之多。這算還好，我最害怕電車到終點站的時候……」

「你總可以說他穿什麼顏色的衣服吧？你東拉西扯亂說一通，而且又讓我白跑了這一趟。」

「嗯，對不起……」他突然顯得心虛畏縮，接連吞下幾口唾液說道：「衣服的顏色嘛……嗯……好像是……不對，不是衣服，穿的是雨衣吧……

「那一天……沒下雨……好像要下雨的天氣。課長他一向就很小心……我們都笑他是證照迷，汽車駕照姑且不說，還有通信技士啦、速記啊許多資格證書……」

「這個我知道。」

「我覺得這些全都有關係……有了這些證照，就算置身在茫茫人海中，也不會感到害怕……即使在擠得要命的電車裡，或是迷失在陌生的城市裡……」

「他穿什麼顏色的雨衣？」

「很普通的……該叫赤褐色嗎？還是茶綠色的吧？就是所謂的雨衣色。」

「是新的嗎？或者是舊的？」

「不，不是新的，看起來滿舊的……袖口和領子上還沾有油漬……啊，我想起來了，就是課長平時常穿的那一件……他修車很在行，總把雨衣當工作服，穿著鑽在車底下……」

我霍然叫司機停車。計程車不知不覺間來到路面寬廣，路燈十分稀落的黑暗地方……正在進行夜間下水道工程的標誌，在車燈映照下閃著紅光，幾個戴著螢光安全頭盔的工人困乏似地重複著機械性動作。

「就在這裡下車，我要讓你的腦袋清醒一下。至於什麼原因，不用我說，你也明白吧。」

「我哪知道呢。」田代反抗地蜷縮著身體說道：「我本來就打算全部說出來。」

「那就好好想吧，想到明白為止。下車吧！」

「您會後悔的。」

「我已經聽夠了。遺憾得很，他留下的那件雨衣現在就在我手裡。您還是好好睡一覺，吃幾粒阿司匹靈，編個高竿點的、不會被馬上戳破的謊言再出來吧。」

我用食指和中指往他側腹第五根肋骨稍稍用力一捅，田代叫喊著扭動身子，上半身滾動著倒出車外，急忙用一條腿蹬地，才沒倒在地上。他對著車門聲嘶力竭喊道：

「我跟蹤過他呢！我的確在課長後面跟蹤了！」

車子開到坡頂，我下了車。剛才請田代喝咖啡的錢倒無所謂，臨時決定去女模裸體攝影棚的額外費用，還有因為喝醉酒而坐上計程車慷慨多給的車資……這要如何實報實銷呢……要申請這些費用，當然得寫出合情合理的調查報告……當然，有些事情還是值得寫進調查報告裡的……即便浪費了時間，也有其教誨的作用……比如，為了釐清潛在性疑似失蹤者所布設的以假亂真線索，我花了兩個多小時，終於拼湊出事件的輪廓。

然而，要把這些間接收穫歸納成在我交出以後仍可通用的客觀調查報告，似乎是不可能的。因為我把說謊者坦承的謊言寫下來，這跟白寫沒什麼兩樣。回想起來，今天印象最深刻的只有吧檯下那赤裸裸的美腿……手掌所感受到溫暖綿軟的感覺……如果這個被肢解女人的部分肉體不再擴大，用來完成一幅「拼畫」，那麼其餘的部分，似乎只能在檸檬色窗簾內尋找。我又像被捕蟲燈吸引的飛蛾，沿著社區道路向那扇窗戶走去。我並沒有非去不可的理由，也不在意是否言之成理……

不，我並非完全沒有理由。因為我的車就扔在往前第二根電線桿前面通往她住處的樓梯前。那時我以酒醉為由，把車子停在這裡，但今天比那天醉得還厲害，到這裡來更不成理由。我慢慢走在乾枯草坪內側被踩得破碎的人行道上，縮短與檸檬色窗簾的距離。從第三棟建築物的轉角處起，以平常的步伐走三十二步……抬頭一看，矗立在眼前的是，一長排如同忘記眨眼般永遠也等不到節慶隊伍來臨的水銀燈柱，那些從長方形窗戶透出的光芒似乎對此早已放棄……濕冷的寒風打著我的臉頰，我豎起大衣的衣領停下……站在「他」銷聲匿跡前最後被目擊的地方……

設若現在站在這裡的不是我，而是「他」……是從夜幕中悄悄出現的「他」……抬頭看著自己所拋棄家庭的窗戶，到底會想些什麼呢？我努力想像著「他」的心情，但就是不盡理想。不知什麼緣故，剛才那個計程車司機的身影就這麼大搖大擺地闖進我的腦海。我覺得那個臉色暗黃的小個子司機，呼吸的不是空氣，而是憤憤不平；體內流動的不是血液，而是竄流的詛咒，憎惡使他渾身散發著宛如動物洞穴慣有的臭氣……那樣的人，不可能站在這個地方……我無法從容地把自己的命運和檸檬色窗簾作比較……然而，並非所有計程車司機都是他那個德性。例如，買下「他」的車子的富山，就是個顧家勤奮的人。「他」必須是「他」自己，任何人都無法取代。「他」……對於任何節慶不抱絲毫期待，試圖從生活中的鴿舍逃脫出來的「他」……難道打算向絕對不可能實現的、永恆的慶典節日進發嗎？

某日，在某面牆壁或電線桿上張貼的海報——經過風吹雨淋、顏色消褪，誰也不予關注的公告盛大慶典的招貼——上面沒有填上地點和日期，這樣反而帶來更多想像，讓人更引頸期盼慶典的到來……這跟只能在黑暗和霓虹燈下糊弄化妝的那種每天晚上舉行的模擬表演不同，而是只有死才能結束的永遠的節日……假如慶典的儀式不可缺少黑暗，那就是永無終結的只有黑暗的世界……沒有慶典結束後的疲憊、感傷和隨風飄舞的紙屑，而是旋向無限圓舞的圈子裡……

現在，「他」站在這裡……掂量著失去的東西和尚未到手的東西的分量……怎麼辨呢？……我摸索著尋找「他」……不行……我摸索尋找的這個黑暗最終不過是我自己的內臟而已……映現在我腦海的是我自身的地圖……站在這裡的是我，不是「他」……而且照理說，我站立的不應該是這裡，而必須是看得見「他」妻子房間窗戶的那個工地板牆附近……我卻在尋找除了偶然性以外沒有任何關係的委託人這個別人的窗戶，渾身顫抖地站立著……也許「他」站立的地方亦是「他」自身的地圖上沒有標明的、意想不到的某戶人家窗下……此刻，「他」正在別人找不到的地方睡覺嗎？醒著嗎？笑嗎？哭泣著？歡笑著？生氣嗎？窮極無聊嗎？感到絕望嗎？高興嗎？喝得醉倒嗎？忍著牙痛嗎？恐懼嗎？像燒焦的鐵鍋冒煙嗎？毛孔躁動嗎？茫然若失嗎？迷失方向嗎？繼續墮落下去嗎？專注地打著如意算盤嗎？沉緬於往昔的回憶嗎？安排明日的行程嗎？飽受孤獨折磨嗎？揪著頭髮悔恨交加嗎？還是苟延殘喘、大量失血性命垂危……

然而，現在站在這裡的是我。毫無疑義的是我本人。我原本想沿著「他」的地圖，卻順著自己的地圖；本來想追尋「他」的蹤跡，卻追尋著自己的蹤跡，突然佇立在這裡，全身凍僵……不，這不僅僅是天氣寒冷的緣故……也不僅僅是酒醉的緣故……也不僅僅是愧疚的緣故……困惑變成不安、不安變成恐懼……我的視線沿著第三棟建築物的轉角上下掃視，回首從頭開始數著樓層……再數一遍……再兩次、三次……同一棟樓房，從上到下、從下到上，猶如陷入瘋狂地來回掃視……沒有！……檸檬色的窗戶不見了！原本是檸檬色窗戶的地方，現在卻掛著似是而非的白色和深褐色條紋窗簾！……到底發生了什麼事？……其實，想要知道原因，我只要往前走三十二步，上樓按一下二樓左邊的門鈴，立刻就能知道……但我現在不能那樣做……既然窗簾改成那樣的顏色，出來接待我的也就有檸檬和斑馬間的差別了……說不定，不，那條紋窗簾一定是表示「他」回來的暗號……也許「他」不耐煩地看到晚報上有關她弟弟的報導後回到家裡，我終於不由自主說出這萬分之一的可能。這是多麼枯燥無味的結局……太簡單無趣了……準確簡明的地圖……與自言自語難以區別的兩人對聊……哎，算了吧，事情有個結局，大家都滿意的話，從此也不必煩惱，我談不上立下功勞，亦沒有過錯遺憾，這樣總算可以從這個案子裡自在地擺脫出來了……

說話回來，我並沒有任何不愉快的事。如果暗地裡希望這案子永遠拖下去，事情又另當別論，然而因為她弟弟的死，她的資金來源已經斷絕，儘管說尚有存款，但不可能要我繼續展開這幾乎沒有結果的調查，距離合約期限還有三天半，我再怎麼奔走調查，成果也非常有限……我並沒有不滿……我從車內拿出手提箱，我正是因為這個手提箱才繞到這裡來，我還是順著原路回去吧。黑漆漆的道路……我又回頭望向那塊不相稱的難看條紋窗簾。這時候，一對神情忐忑不安、凍得瑟縮的中年夫婦站在路邊，中間站著一個穿制服的中學生怒氣沖沖地大叫著，我從他們身旁走過，朝地鐵車站奔去。幾張紙片爭先恐後被強光映照的地鐵站入口吸入。晚餐就在車站前面的食堂簡單吃了一盤雞蛋咖哩飯。在這樣的隆冬季節，竟然還有一隻綠頭蒼蠅在電燈燈罩上爬行，爬上去又滑下來，沉悶地嗡嗡飛動盤旋。然而，用不著替它擔心，蒼蠅對季節變化一定比我們了解得更清楚。

調查報告

二月十四日上午六點半——根據我打聽到的線索，「山茶花」咖啡館於早上六點半至七時左右，從事地下仲介臨時計程車司機的差事，對此，我祕密展開調查。如果地下仲介屬實，失蹤者遺留下的「山茶花」咖啡館火柴盒及其破損情況、不同顏色的磷頭等物品就極其耐人尋味。而且，對於那份體育報上招募司機的廣告，有必要探討一番。由此推論，「山茶花」咖啡館的店主代理招募私人司機的作法，應該是掩人耳目的託詞，極有可能是臨時計程車司機之間使用的特殊暗號（試舉一、二例，以供參考，例如根據字體大小與順序被警方取締後再重新開張，或者暗示聯絡地點的變更，絕不可能超出字面以外的含意）。儘管如此，並非因此就能立即發現失蹤者的行蹤。現在，東京地區就有八萬名計程車司機，其中大約兩成，即一萬五千名是流動人口，由此可見，同類型的地下仲介車行數量應該更多。從某個意義上來說，「山茶花」咖啡館這條線索值得追查下去。因此，基於上述理由，有必要對「山茶花」咖啡館深入調查。所幸受訪的富山司機，為人心地善良，又曾為「山茶花」咖啡館的會員，有此前述經歷，我沒有正式的介紹函，他又知無不言，對這次訪查貢獻最大。

然而，這份調查報告還沒有成真。因為還要等上十二分鐘，才到二月十四日，離天亮還有四分之一的時間。看來我準備得很周到，不過我倒沒有像小學生遠足那樣興奮快活，亦不會像田代那樣出於惡意胡說八道。因為再等上六小時，或者十小時，調查報告的內容都不會發生變化。況且，不必擔心我在這六小時內暴斃身亡。我心想，明天到「山茶花」咖啡館查訪以後，立刻奔去她的家裡，再也沒有比這張贖罪狀更好用的了。不論那塊令人討厭的豎條紋窗簾有何含意，我都可以大搖大擺地通過關卡。於此，我心想，就算在現場有新的收穫，把它添寫進調查報告裡，充其量數行而已，我根本不必為此慚愧內疚。一切就跟日與夜的交替一樣，不言自明的道理……

而且，我這公寓的套房只用來睡覺，又不習慣過光棍的生活，這房間總是夜深得晚，自然天亮得也遲。我扭緊發條，把鬧鐘時間調到五點前幾分鐘，放到伸手搆不著的窗台上，聽著二樓傳來邊播放收音機邊打麻將的吵雜聲，鑽進比我身上的酒臭味還難聞的冰冷被窩裡。我在枕邊擺著兩張照片：一張是「他」的照片，一張是田代給我的裸體照片；這挑選出來的照片沒什麼特色，卻最能夠展現女性的生理表情。我抿著威士忌，專注地思考這兩張照片的關係。

「他」的臉型稍長，左右略失平衡，一看就覺得屬於熱中某物的性格。「他」的臉部比較粗糙，可能並非真有凹凸，而是照片顏色斑駁的緣故。「他」似乎是過敏性體質。右眼炯然有神，顯示出強烈意志，左眼卻眼角下吊，眼皮明顯下垂，讓人聯想到如哀憐的狗的表情。「他」的鼻子細長，稍稍往左彎曲，闔攏的嘴唇恰似用量尺劃出那樣平整。上唇單薄，顯得有些神經質；下唇厚實，看似穩重。嘴唇左邊略有刮過鬍子的痕跡。我先前的印象中，一直以為「他」是個務實的人，但今晚也許心理作用使然，我覺得「他」似乎有點喜愛天馬行空。我對「他」沒有絲毫的敵意和反感，但絕對不敢相信這個男人會活生生地站在自己面前與我說話。這張臉彷彿生來就是照相底片上的影像，最適合目前的狀況。背景有淡淡的斜光，看似薄日映照下的某部分建築物，又像高架收費道路。

另一張照片的背景和地板都是黑色，中間是個巨大的肉色水果般的女人腰身。我說它巨大，是指腰身占據整個畫面，其實真正的腰身倒很苗條。這形狀讓人產生聯想。對啦，它像枇杷……形狀扭曲的枇杷……枇杷和洋梨的雜交品種……由於鋪地的毛墊不是純黑色，下半部是略呈淡綠的透明半球形……深深的股溝從下面往上延伸，一直來到腰椎微微隆起的前端。股溝中間清晰地呈現深褐色素，帶著黏膜般的潮濕。上半部分是不透明的白裡透紅……大概是胎毛造成的不透明，也可能還是胎毛的折射才出現白色。由於她整個身體用力前俯，從某個角度看去，如同掩埋在沙裡的眾多古墓那樣並列的脊椎骨斜面，呈現焦麵粉色。這顏色卻讓我莫名地無法釋懷。

她的汗毛有如最高級的天鵝絨，纖細柔軟幾乎無法覺察……皮膚像略帶茶色的少年般細膩白嫩……毋庸置疑，即使採用最先進的技術，目前的彩色照片也無法讓這種自然色調完全再現。然而，現在我不打算審度田代的自白……我再怎麼質疑這些連篇謊言，先前的謊言也不可能成為真實……而且，她本人也承認，「他」的確很沉迷於彩照的拍攝……因此，現在還不能完全排除其實這些裸體照就是「他」的作品的可能。田代之所以三番兩次推翻前言，往壞處推想，可能是因他透過不正當途徑取得照片。如此一想，我不知道能否這樣分類，「他」的臉上似乎烙著獨特印記：我是個「觀看別人、偷窺別人」的男人。在我獨自把這個對象完全吸收進內心以前，我還不能確信「他」是不是那個相反世界的居民……所以，對此我始終無法釋懷。首先，田代這個人是否懂得運用廣角鏡頭技巧？其次，在那本稱為「記憶的底蘊」的相簿裡，有一張顯示出她很自然地意識到被別人拍攝，卻能擺弄姿勢的照片。那是一張側面照，她穿著襯裙的身體曲線幾乎透明可見……（她完全不在乎我的凝視，是因為漠不關心？還是茫然若失？抑或佯裝不知呢？或者那是天生的媚態？）……對，這很有可能……因為這些照片的模特兒，其實是「他」的妻子，我的委託人……

我覺得渾身僵硬。我把「他」的照片翻過來，只留女人的照片。其實，明天還要早起，不知不覺間，一小瓶威士忌卻被我喝光了。樓上的收音機仍不停播放著美國的民謠。我好不容易捂暖被窩，眼睛卻離不開那個枇杷。她在我的想像中成了一個少女。枇杷的裂縫鮮豔光潤，如同青蛙腳掌間的薄膜。看來她很適合穿下襬極短的鮮紅連衣裙。這讓我把她和在我妻子店裡幫忙的那個作風大膽的女孩，與她房間裡的畢卡索複製品印象莫名地疊合起來。我彷彿在下方有安全網的高空不厭其煩地反覆做著即將落地的危險雜技動作。說不定我可以帶她去妻子的店裡訂作衣服。對啦，她說過想找份差事。如果讓我妻子雇用她呢……青蛙的腳膜愈發鮮豔，恰似紫色橡膠……什麼東西毀壞了？什麼東西又能保留下來？……杉樹木紋圖案的膠合天花板上又出現那張臉孔……笑盈盈的月亮……我每年總會有兩、三次夢見被微笑的月亮追趕，我為什麼那麼害怕這個夢境呢？直到現在仍想不透啊……

清晨四點五十六分……鬧鐘鈴聲有如薄砂紙摩擦神經似地刺激著我的感官……喉嚨乾渴、濃痰堵塞，菸也沒法抽……與其說宿醉未消，不如說昨夜的惡醉未醒，用冷水洗了好幾次臉，仍覺得兩眼灼熱，清鼻涕滴流不停。

然而，今天的行程已經寫在調查報告裡，我只能當作事情已經辦完，採取行動。可能是寒冷的緣故，這間沒有任何家具的三坪大房間，我覺得寬敞得有些廣漠。我兩手抱著瓦斯爐上的水壺取暖，沖了一杯濃烈的咖啡，準備立刻出門。清晨五點半出門，六點十分以前就能到達高坡上的社區。等我取回車子，在「山茶花」咖啡館前來回走了兩、三次探看情況，然後開走，這樣時間應該剛好是調查報告上的六點半。

我刮完鬍子，換上衣服，一面喝著咖啡，一面瀏覽昨天的晚報。這時候，鈴聲又響了……這次當然不是鬧鐘……而是電話鈴聲……這是我房間裡唯一值錢的東西……我原本以為這對工作有幫助才勉強安裝的，但我幾乎不在家，偶爾睡過頭時就用電話向公司聯絡，在我的記憶中，至少有半個月以上，從來沒有人打過電話給我……我甚至想乾脆賣掉它算了……斷斷續續響了第三次……我猜不出來……可能是打錯電話吧……不，是她打來的嗎？莫非又發生什麼必須把窗簾顏色換成檸檬色的突發事件嗎？……或者是我的妻子……如果是她打來的話，清晨五點半，很可能是患了盲腸炎，或者急性肺炎……沒等第四聲鈴響完，我抓起話筒。

「……你是哪位呀？」

——您正在睡覺嗎……話筒那端傳來虛弱沮喪的聲音，居然是田代打來的。

「是你啊？這個時間，」我的聲調不由得粗暴起來，「你以為現在幾點啦？」

——嗯，如果再響一次，您沒接電話，我就打算掛掉。不過，我有話想和您說……

「外面還一團黑呢，你這時候打電話未免太瞎了吧。」

——不，天色已經漸漸發亮，看得令人很是淒涼。送牛奶的都來過了，現在，我還能聽見送報生的腳步聲，還有狗叫聲。第一班電車早就開走了……

「你不要太過分，我掛電話了。」

——不行！你這樣對待我訣別的遺言，以後會終生後悔。是的，我正要自殺呢。我沒有闔眼，整整想了一晚上，已經厭煩透頂了。你聽，送報生正在奔跑！報紙……今天的晚報必定會刊登我自殺身亡的報導……至於自殺原因……原因……大概會寫成起因於神經衰弱吧……

「你的戲碼我已經領教夠了。但是，很對不起，我還有急事呢。明天你再繼續表演吧。」

——你竟然不相信。你太遲鈍了。你根本沒辦法分辨我說的是真話或假話。任何的謊言只要說出口，自有它的意義。不過，這次我要讓你相信，而且要讓你後悔一輩子。等著瞧吧，我要你受夠這種懊悔的折磨。

「你從哪兒打電話來的？」

——在哪兒都沒關係。你總算有點為我擔心啦。

「我才不替你擔心哩。」

——是嗎？

「我要掛電話了。」

——等等！我不占用你很多時間，我馬上就死。我只要讓你聽聽我臨死前發出什麼樣的聲音。你根本把我當成臭蟲看待，對於我的死活當然不在乎。反正你以為我又在裝死弄活，那好吧，請你邊喝茶邊聽吧。

「我喝的是咖啡。」

——那就更妙啦。非常合適。您聽見了嗎？我正站在墊腳的地方……一只旅行用的皮箱上……然後用繩索繞在脖子上……不對，是把脖子放進繩套裡……

「你寫遺書了嗎？」

——沒有。我想了又想，真要認真寫起遺書，就會寫個沒完……寫得簡短些，就只有一句話，那就是「永別了」。

——你太冷漠了，簡直不是人，是豬啊！對一個即將死去的人，居然說出這種無情的話來。那個傢伙，差勁得要命……什麼失蹤嘛，我瞧不起他……分明是個膽小鬼……大家為了他被搞得雞飛狗跳……我不會幹出這種事……好了，現在我把繩索繞在脖子上了。絞繩的位置很適中。這樣勒進脖子裡，鼻血立刻就流出來。因為我要去的地方比任何失蹤的人更加遙遠……

「自殺和失蹤有什麼差別嗎？而且自殺的屍體骯髒發臭，失蹤者則比空氣還透明，比玻璃還要乾淨……」

——糟糕，有人來了。那麼，我現在就死。我把墊腳的東西踢開。我立即就踢開。請你告訴課長太太，為了行蹤不明的人，雇請偵探調查，太過分啦……

「為了誰……什麼太過分？」

然而，對方沒有回答。我只聽見像是踩著裝水橡膠袋的聲音，但立刻被某種東西激烈敲打話筒的雜音所淹沒，接著就什麼聲音都沒有了。彷彿有小狗在箱子裡撓爬般的低聲響動……是我的幻聽嗎……他不可能真的尋短吧……但萬一真的自殺的話，我作為他臨死前的證人，必定會被警方找去偵訊個沒完。我應該如何說明呢？這太荒唐了。我可以辯白說，因為我像豬一樣感覺遲鈍，這樣說得通嗎？對於警方來說，他們不但不接受這種說法，而是更希望我說出是我不斷恐嚇那個可憐男子，才導致其自殺身亡。他們認為這是構成因果關係的唯一邏輯，我又有什麼辦法呢。那傢伙的確狠狠捅了我一刀，可他為什麼要這樣報復我，我實在一頭霧水……當然，他不可能自殺……這是一種精神錯亂……故意做出驚世駭俗的傻事引起別人的關注……這和胸前掛滿勳章的癖好沒兩樣……他很快又會抓緊話筒，嘻嘻地笑起來，要不就是開始抽泣……噢，什麼聲音……是門板間的門扣發出的嘎吱聲……但是，我聽到的是男人粗魯的叫嚷聲……倉皇失措的聲嘶力竭吼叫聲……

莫非是真的！我放下話筒，傾聽周遭的聲響。

我又走在陰暗的道路上……又黑又暗的道路上……上街買菜準備做晚飯的婦女自不必說，包括紅色嬰兒車、騎自行車的少年，全被隱沒在暗黑之中，那些下了班直奔家裡的公司職員，早已在各自的鴿舍裡安歇下來；但對於還流連於酒店餐館的人來說，現在還嫌太早，恰巧是不上不下的時間……我佇立在……「他」突然消失的地方。

抬頭望去，她的窗戶仍和昨晚一樣，掛著深褐色和白色的條紋窗簾……我必須向她報告田代自殺等許多新的情況，但不知什麼緣故卻猶豫不決。如果我提交「山茶花」咖啡館的相關調查報告，至少可以清楚呈現「他」的行蹤，哪怕與事實有所出入，只要我堅稱調查確有很大進展，即可說是問心無愧了。然而，田代這樣胡搞，完全打亂了我的安排。最後，我只好明天早上再去「山茶花」咖啡館查訪。

寒風從建築物之間吹過來。尖銳的冷風撞在建築物的房角上，發出耳朵聽不見的低音嗚吼。我全身的毛孔不由得僵凍，僵凍似的血液流到心臟，快要變成紅色的心型冰囊。那條柏油路已被踩得破破爛爛。扔在草坪上的那只白色破皮球還在。在水銀燈光的照映下，我滿是灰塵的皮鞋彷如被鍍上一層金光，路面嚴重碎裂。枯草下的地下道孔蓋和我一樣，沒有人在意它的存在。

今天我提了辭呈。萬一田代留下他自殺前與我通過電話的什麼證據，我就無法免除警方的偵訊，而且我明知他要尋短，卻沒有馬上報案，這使我的處境更加不利。這是主任最厭煩不想處理的局面。主任並沒有勸我辭職，但也沒有拒絕我的辭呈。他面無表情，只是眼神比平時更和藹可親地說：「你可以獨立去幹一番事業，但像我這種惹人討厭的角色，若不抓緊盯牢的話，部屬往往會衝過頭，從有過的前例來看，結果幾乎都很麻煩……你還算很懂自制的人，可最後還是出現這種紕漏。幹我們這行，走到哪兒都是陷阱。我勸你乾脆改行吧……世界如此之大，總有各式各樣的生存方式。下次再來的時候，但願你成為拿出大把鈔票，委託我們調查的大主顧。看在過去的情分上，我會派個能幹的調查員，好好地服侍你……」

我整整半天窩在房間裡等著。不管結果好壞，若被警方認為我嚇得可能四處躲藏，情況就更不妙了。最後，警察還是沒有露面。看來最糟的事態並沒有找上我。雖說危險還沒完全解除，但知道我和田代有過往來的只有她，以及主任和田代本人。

等待是痛苦的……設若事先知道結果的工作，還能自主性地全力以赴，但是空自等待，只說明自己無能為力。而且我宿醉未消，連吐了三次，胃部絞痛得厲害。然而，這時她可能也正在那扇窗後等待。看來那塊條紋圖案窗簾似乎並非「他」回來的信號。如果「他」真的回到家裡，她會打電話到我們公司，主任也會告訴我的。那塊窗簾應該是其他的什麼標誌吧。她大概也在等待。不過，我沒有勇氣去按門鈴。正如窗簾被更換那樣，即使「他」沒有回來，那房子裡也必定會發生什麼變化。而且我自己也發生了很大變化。我已經辭掉徵信社的工作，所以現在我不再是調查員，她亦不再是我的委託人。至於往後由其他調查員接手，或者是否繼續調查下去，主任吩咐我詢問她本人的意見。這是我最後一趟任務，然而，我還是想明天早上先去觀察「山茶花」咖啡館的情況後再辦這件事。我對這工作似乎仍割捨不下，因為我已經無事可做，無處可去了。

「他」行蹤不明、委託人的弟弟被殺、「他」的部下田代自殺，我妻子又不來個電話，在我前面，只剩下尚在等待的她了。與此案件相關的人逐一銷聲匿跡。在我辦公室的同事看來，或許也已把我列入消失者的名單。不，不只是我，以自言自語為伴，以啤酒幫助清醒的她，恐怕只有區公所的稅務員才能真正證明她的存活了。這是多麼荒唐可笑的捉迷藏，不存在的人互相尋找對方。

儘管水銀燈亮晃晃的，可是除了黑暗以外，什麼也看不見。偶爾有公共汽車到站，傳來稀稀落落的腳步聲，卻沒看到人影……只有等待得疲累萬分的黑漠茫然的景象……然而，我堅持等下去……慢慢往前走，停下來，轉身返回，再繼續往前走……我一直等待著……只要她等下去，我就陪她等下去……遠處傳來粗暴地關閉鐵門的聲音，彷彿在縱橫交錯的管道間迴響不已。它如大地的嘆息般傳進耳中。微弱的狗吠聲在空中盤旋遠去。我不禁要問，為什麼每個人都要這樣消失而去呢……

我總覺得被什麼人監視著。外面還沒有明亮到能分辨景物的色彩，但各種物體的輪廓已約略可見，行駛的汽車已熄滅車燈。透過「山茶花」咖啡館黑色的網紋窗簾，可以清楚看見店內的情形。平時這家店的顧客不多，到了這時刻卻生意興旺，幾乎擁擠得無立足之地。看來我只要在調查報告的日期上，把原先的十四日改成十五日，其他的原封不動就行了……從店內還不能看清楚外面的情形，而且他們正專注地面向櫃台，沒有人注意外面，或者投來警惕的目光。從這點來看，很可能是停車場管理員透過什麼方法偷偷與他們通風報信……

說來我完全沒有防備之心。我只是想見到哪張老面孔，打聽「他」的情況，如果對方堅不吐實，我也不打算硬逼，雖然我正在失業，但我還不致於以揭露非法經營的內幕向他們要脅勒索。因此，我終於無法抗拒那張內容與上次相仿的「誠徵女服務生」的重貼廣告的誘惑，推開那扇熟悉的門扉。我神情輕鬆地斜著肩膀滑進熱氣騰騰的喧鬧嘈雜之中——

我沒來得及看清楚店內的情形，站在正面的兩、三個人，回頭惡狠狠地盯著我，就在這同時，從門旁伸出一隻手，一把抓住我的衣領拉過去，我不禁踉蹌了一下，接著我的後腦杓挨了一記重拳。不，那不是拳頭，可能是棍棒之類的，那種有彈性的橡膠棍。我如倒置的圓錐般感到極度暈眩，並聞到滴落胃液的味道。我被狠狠地拳打腳踢，但並未感到疼痛。我被扛出店外，扔在我車子旁的地上，脖頸和腰椎被狠狠踢上幾腳時才感到疼痛。這劇痛如槍彈爆炸，火光四射，直刺我的心臟。正是這劇痛使我清醒過來。一個人拉開車門，另一個人抱著我的兩腋塞進車裡，把伸在外面的雙腳硬是折在儀表板下，然後粗暴地甩上車門。這是相當老練的職業打手的作法。可惜我終究沒能看清楚對方的面目。

疼痛使我恢復了力氣。我動了動肩膀，看來沒什麼大礙。只是我雙手鮮血淋漓，我往後視鏡一照，滿臉像塗滿血紅色的顏料。我的鼻子堵塞，呼吸不暢。我從座位下取出擦玻璃的舊毛巾擦血，但血塊黏在臉上擦不掉。而且鼻血似乎還沒止住。我捏著鼻子，仰起腦袋等著。然而我沒法耽擱太久。現在外面幾乎沒有人影，「山茶花」咖啡館的窗戶也已經變成黑色的鏡面，景物開始呈現各自的色彩，早晨的時光過得特別快。靜悄悄的街上，很快就會湧出大批人潮。我這副慘狀怎好拋頭露面。我團起面紙塞進鼻孔，在那幫人從「山茶花」咖啡館內的監視目光下，緩緩離去。停車場管理員的崗亭還是一片漆黑，看不清老頭子的身影。

又是白色的天空……與這天空筆直相連的白色道路……水銀燈已閉上眼睛，道路變得寬闊，目測約有十公尺左右……只是各建築物張著大嘴似的樓梯口還徘徊著黑夜的殘影，一個已經送完牛奶的配送員，自行車上載著裝空瓶的袋盒發出噹噹響聲與我擦身而過，下坡而去了。

幸好沒遇見別人，我一步兩階地跑上樓梯，暗綠色邊框白鐵門上的白色門鈴……僅隔一天，我卻像出海航行一個月才登上陸地的船員……而且不管換上的那塊條紋圖案窗簾代表什麼含意，以我這副血跡斑斑的模樣，理所當然可以通行無阻。

我按了第二次門鈴，窺孔後的布簾好不容易才掀開。在這個時間，不能立即出來開門也在所難免。急忙打開門鎖的聲音。門把扭轉，房門大開，正如我料想的，她驚愕地說：

「你怎麼啦？這麼大清早就……」

「那個『山茶花』咖啡館。讓我洗洗臉。」

門口似乎沒有男人的鞋子。她頭上戴著髮網，穿著怪異的棉質睡衣，看來更像個少女，無法與我連續兩天仔細端詳的那張彩色照片的印象連結起來。

「『山茶花』……就是那個咖啡館嗎？」

我脫下大衣和上衣，因為連襯衫袖口和領子都沾著血跡。我把脫脂棉浸在她端來的熱水裡，一面小心翼翼擦拭血跡，一面向她簡單說明事情經過。我故作呼吸困難的樣子說，從停車場管理員那裡打聽到的奇怪傳聞……富山司機也證實了這項消息，那裡在從事違法的計程車司機仲介……

「最好別碰到傷口。要不要換盆熱水？」

「好像只是流鼻血……傷勢不算嚴重……火辣辣的，也就是擦傷吧。」

「為什麼要把你打成這樣子呢？」

「妳瞧瞧我被拳打腳踢，應該就知道吧。」

「那幫出走的人怕被你認出來，才這樣死命毆打你的吧。」

「您知道田代自殺的事嗎？」

「自殺了？」

「每個人好像都想逃脫出走呢。」

「為什麼？有什麼動機和原因嗎？」

「動機嘛……以後有機會再慢慢談吧……總之，就是迷失方向……自己在什麼地方……自己是否真如自己所想像的那樣存在呢……只有別人才能認定，問題是，沒有人願意認定他的存在……」

「這麼說，我就得先去尋死囉。」她氣沖沖說著，但旋即恢復平靜的語調，「這是我丈夫的襯衫，你看合不合身……穿穿看吧。」

「不過，因為處理這個案子，我已經失業了。我們主任非常害怕跟警察打交道，他一知道調查員可能稍有涉入糾紛，就會當場解雇。怎麼樣？還有兩天時間，您願意讓我這個沒有歸屬的人繼續工作下去嗎？」

「我讓你丟了工作嗎……」

「您換了窗簾吧？」

「因為不小心潑上咖啡了……大概是前天吧？嗯，是我弟弟出殯那天……對啊，就是你從這裡回去以後……咖啡漬洗不乾淨……所以送到洗衣店去了……我跟那個人說話，他吵著非喝咖啡不可……沖咖啡的時候很順手，等我把咖啡端出來，他突然從後面搔我的胳肢窩……」

我突然感到噁心想吐。劇烈疼痛從眼底放射性地擴展開來，直刺頭蓋骨內，然後聚集在脖頸，一直絞到喉嚨深處。

「那個人……您又夢見您先生了嗎？」

「嗯，從他搔我的胳肢窩來看，應該是吧。」

「我喜歡原來那個檸檬色窗簾。」

「過兩、三天就送回來。」

「還有五十八個小時，離委託調查合約的期限……整整兩天零十個小時……雖說是一個星期，但扣掉星期日，其實只有六天。」

「我要出去工作。這些事無所謂……」

我的嘔吐感愈發厲害，胃裡像被塞進冰冷垃圾塵土似的沉甸不堪。

「聽說光是在東京，就有八萬多名計程車司機，四百多家車行，如果加上獨立出去的營業所，至少超過一千家。要是每天跑車行調查，一天跑五家的話……」

「你是不是不舒服？」

「嗯，有點……」

「那你還是休息一下吧……」

頭痛和噁心使我的視野變小，全部意識都集中在她的小手上，她不顧羞赧緊抓著我的手腕，宛如她正握住宇宙的中心。我俯身拚命忍住劇烈的嘔吐感，第一次越過那道門扉……白色的床鋪還很凌亂……床單上殘留著她躺臥的凹痕……照理說，我的鼻子被鼻血堵住，聞不出什麼味道來，但我很清楚地聞到床鋪的味道……她躺臥的凹痕就在床鋪中間稍微靠牆的位置……這是為我準備的睡眠容器……如同青蛙張開腳趾間的紫膜……

「對不起，我畫的地圖比實際的街道簡略多了。」

「身體不舒服的時候，最好別說話……還有三十四個小時呢……」

她坐在床腳下，從我看不見的地方凝視著我。她真的在看著我嗎？還是把我當成請來喝咖啡的客人那樣，只不過扮演她自言自語時所幻想出的對象罷了……

我的脈動為誰而跳呢？連我自己都沒有意識到，這個巨大的心臟——都市的脈搏一直跳動著……我改變姿勢去尋找她……但她的身影無處可尋……那麼不存在的她所看見的我又在何方呢？

「現在幾點？」

「過五分……」

床邊的檯燈突然亮了。她站在我眼前。棉質睡袍換成黃色和服，頭上的髮網也不見了，長長的頭髮斜垂在肩上。

「過五分，幾點了？」

「剛好在五分鐘前，合約到期了。」

「什麼？」事情太過突然，我在床上撐起身子，「妳說的是什麼意思？」

「請不必擔心。」她轉過身去，走了兩、三步，站在房間的中央，「我決定明天起出去工作……」

就在她轉身的同時，臉上雀斑的淡影灑落，在我的嘴唇留下些許氣味。我所不知的回想，壓抑在胸間。不知道為何，她在開燈前做了些什麼，我都很清楚。現在，她正看向沿著枕邊牆壁擺放的梳妝台旁與腰齊高的窗戶……單純染白晶體圖案的栗色窗簾……

「妳在看什麼？」

「窗戶……」

「不是，我問妳從窗戶看到什麼？」

「所以是窗戶嘛……好多好多的窗戶……燈光逐個熄滅……只有在那瞬間才能知道那裡有人……」

「這麼說，已經晚上了？」

「過五分鐘了……」

「我睡了那麼久嗎？」

「還沒有……現在才要睡呢……」

她後頸仰起，搖了搖頭，長髮緩緩左右擺動。透過衣服可以清楚看見她腰椎周圍的肉塊，以及兩個圓柱體交叉扭曲，再舒緩地回去。我悄悄地滑下床，左腳先著地，把整個體重放在腳心上，離開床鋪，往前走一步，伸出雙手，插進她的腋下，猛然用力地搔癢。她發出短促的尖叫，試圖從我手中逃開。然而，她不是朝著窗戶，也不是向大門方向逃去，而是直向我這邊逃過來。結果，我們撞在一起，倒在床上。在我眼裡，她淡褐色的雀斑微笑著，張開的手指間有鮮亮豔麗的紫膜。白色床鋪中間那個凹痕……她為我準備的睡眠容器……

床鋪對面是衣櫃。金屬把手已經有些褪色，那茶褐色的仿柚木花紋面板塗得油光錚亮，幾乎在兩公尺內都可當鏡子用。我聽見她低聲哼著歌——大概在廚房——聲音聽不清楚，不知她哼的是什麼歌。我穿上衣服，舉步走去……她也在走……她走過檸檬色窗簾前面，就在這時，她的臉色變黑、頭髮變白、嘴唇煞白、眼珠變白、眼白變黑，雀斑變成白色斑點，如同黏在石像臉頰上的塵土……我走過去……躡手躡腳地向房門走去。

我慢慢停在那裡。眼下，我如同被空氣的彈簧彈回來似的佇立不動。由於這條坡道相當陡，我從左腳尖移到右腳後跟的身體重心又倒回來了。不消說，我對這條路非常熟悉，若非有意識地注意周遭景物，幾乎都要忘卻這些風景的存在……我不下百次走過這條路，對它再熟悉不過……現在，我如平時那樣沿著這條路回家去。

不過，我出乎意外地停下來。如同空氣的彈簧彈回來似地佇立不動。平時我對這印象鮮明的坡道光景沒怎麼留意，這時使我有些躊躇不前。我當然知道為什麼會停步，但這理由簡直令人難以置信。我面前這個拐彎——與現在所看到坡道上的景色幾乎同樣熟悉——但不知為何，我就是想不起來。

當然。這還不足以使我感到不安。仔細想來，之前我也曾有過幾次輕度的記憶中斷經驗。我再等等看吧。我曾經凝視貼著正方形小塊瓷磚的牆壁，結果焦點紊亂而失去距離感。不過，對於熟人的名字，我多半都能立即想起。我把左腳後腳跟踩著地面，穩定身體重心，等待大概不用多久時間的焦點聚合。因為拐彎的前面確實有座城鎮，在那座城鎮裡的確有我的家。只是我想不起來而已，但它們的存在都是鐵錚錚的事實。

天空飄著這季節特有的青灰色勻稱淡雲，我的手錶顯示四點二十八分，已是暮色低垂的時刻。雖然還能看清楚間隔十公分的砌縫，但已看不見落在路面上的影子。左邊的護牆可能由於材質緣故，原來就長著濕漉漉的斑駁苔蘚，而且容易吸收黑暗，早就浸染成一堵暗影濃重的牆壁。順著牆壁抬頭看去，風化模糊不清的線條從我的視野中斜切過去，只有那塊天空分外明亮。我當然無法透過牆壁看到彼方，但那坡道中間附近的確有三間木造小屋和樹叢圍繞的宿舍，以及旅館的建築物。因為我不常去，所以記不大清楚。毋寧說，或許我正希望保持這種模糊朦朧的記憶。眼前所見的景物若不是打開通往過去的路口，便不會勾起這樣的記憶。如果我只是將完全陌生的場所當作熟悉的地方，那麼視野以外的所有世界豈不是應該消失得無影無蹤嗎？然而，從我眼前消失的，只是彎道前方山丘上的城鎮。

北邊的……雖然我無法判斷太陽的位置，卻能準確說出方位！……那裡應該就是山下的窪地。來到這樣的高處，房屋都在腳下，在一片瓦頂之間，只能看見迷宮遊戲似的菜園、貪婪吸收電波的林梢，以及幾乎與正面的石牆併肩而立的公共澡堂煙囪……然而，我很有把握依然清楚記得通過迷宮到達公共澡堂的路徑。這是那些為了率先趕在澡堂開店前就坐在門口吸菸的老人常走的路；這是下午三點過後女人拿著洗漱用具半跑似地趕去的路；同時也是載運瓦斯鋼瓶的小貨車來往山崖上的彎路。不知什麼時候開始，那邊的路旁已堆滿破爛的廣告牌和其他廢物垃圾。

我把重心換到另一隻腳上，屏息俯瞰著。我憋住氣時，心頭莫名地開始不安。莫非是因為不安的情緒襲來，我才覺得憋不過氣嗎？不僅我的焦點沒能對準，拐彎處前方山坡上的城鎮，如同被高級橡皮擦抹去似的，愈來愈顯得白茫。彷彿顏色消失、輪廓消失、形狀消失，最後存在本身也將消失殆盡。從坡道下面傳來腳步聲，愈來愈近。一個左腋夾著公事包，右手拿著陽傘的職員模樣男子，正疾步趕上來。他俯著身子，踮著腳尖，每走一步就甩動一下傘柄。可能傘骨已經壞掉，褶布像會呼吸似地開開合合。我沒有勇氣與他搭話，但旋即又想跟在他後面。也許我最好應該毫不遲疑地緊緊跟上，反正再走五、六步，就能俯瞰彎道前方的風景。我只要親眼看見那邊的景致，就會像喝水沖掉卡在喉嚨的藥丸那樣，一切就得以輕鬆解決了。現在，那男子正在拐彎。他的身影已經消失，卻沒聽見他的哀叫。看來正如他所確信的，山坡上的城鎮依然存在。既然他做得到，我應該也能勝任。不管怎樣，就差五、六步而已，從時間上來說，這不到十秒鐘的損失，根本不值得計較吧。

然而，真是不值得計較嗎？不等記憶恢復過來，就這樣迫不及待地搶先而行，萬一看到的風景果然是陌生的地方，那將如何收拾呢？因為就算我對這坡道上的景物再熟悉不過，也未必不會立刻被帶往陌生的世界。這種可能是存在的。因為座落在山丘中間附近的房屋，也許是出於我想像的拼貼，甚至對於山崖下迷宮般的記憶，只是讓我很自然地聯想起公共澡堂的煙囪而已。所以我指出這裡就是山丘北邊的斜坡，正如我從斑駁的苔蘚就可簡單推斷出，那堵護牆是侵蝕似地向混凝土路面擴張而去。

結果，這熟悉的感覺其實並非真實的記憶，不過是十分巧妙偽裝的已知感……連我此刻正在回家路上這個判斷，也只是為了把已知感合理化的藉口而已……果真這樣的話，我也要懷疑起自己是否真實存在了。

我實在忍受不住，把憋著的一口氣吐出來。一個穿綠色長毛衣的少女手中握住叮噹響的零錢包，踩著輕快的步伐，與剛才趕過我那個持陽傘的男子擦身而過跑下來。如同變魔術似的，總是不斷有人消失在空無的城鎮，也總是不斷有人出現在消失的城鎮。我為佇立不動找個理由，掏出香菸，含在嘴裡，故意劃不著火柴，盡量拖延時間。我心想，這時若有熟人經過這裡該有多好。不過，正如山坡上的城鎮，原來熟悉的臉孔也都變成了陌生人……

一股嘔吐感直湧上來。這可能是因為我拚命要找出看不見的東西，過度用眼而引起的。我不僅噁心，還覺得頭暈。不管怎樣，我似乎太猶豫不決了。換句話說，如果我沒有走過轉角的勇氣，就必須果決地改變方向。當我要改變方向時，背後響起滑稽的喇叭聲。一輛戴著蔬菜、破爛不堪的三輪摩托車吐著白煙艱苦地爬上坡來。然而，這是我的幻覺嗎？就在我向護牆閃避的同時，那輛三輪摩托車已經消失不見了。不，不只三輪摩托車消失，路上也沒有半個人影。這一帶變得極度荒蕪。一種無盡的孤寂感撲襲而來，我不由自主感到惶惑，拚命順原路往下跑。然而，這坡道很陡，下坡比上坡更費力。平滑的混凝土路面不好落腳，防滑的砌縫對步行者毫無用處，我只能靠伸曲膝蓋保持身體平衡。我靠向右側護牆，坡道慢慢升高，當我跑到坡下時，路燈剛好亮起。路燈的電線桿上釘著藍底白字的街名路牌。這街名果然如我所預期，但我已經失去先前那份自信了。

道路突然變得寬敞。我來到兩旁有人行道的馬路上。坡下的路燈已經亮起，但這條不到十公尺長的街道還很明亮。只是依然沒有人影，一種難以名狀的恐怖襲上心頭。我宛如被嵌入畫上人物的風景畫裡。沒有人跡，自然就看不到車輛。儘管如此，我周遭似乎有人的痕跡。例如，人行道旁還有冒著青煙的菸蒂，從菸蒂的長度來看，應該是幾秒鐘前剛剛扔下的。

我往右邊跑去。我看見地鐵站的入口，覺得那裡是城鎮的門面。的確，有交通號誌燈的十字路口附近似乎是這裡的中心，有保險公司的辦公大樓和書店，以及小型商場等，而且各家商店都敞開大門，各種商品齊全，等待顧客光臨。只是，別說顧客沒有上門，也沒看到店員的身影。只有紅綠燈由綠變黃，再由紅變綠，街上既沒有行駛的車輛，也沒有停駐的車輛。然而，隨風飄來汽車排放的廢氣味道，幾乎跟平時沒有兩樣。看來人和車輛剛剛消失而去。

我探視著地鐵站的入口。那裡靜悄悄的，連在長長隧道裡的回風也聽不到。旁邊有家小吃店，我從半開的門往裡一看，沒有半個人影，桌上吃剩的咖哩飯還冒著熱氣。我朝上坡道路跑去，跑到一半停下來，抬頭看著坡道上面，我發現自己還沒有恢復轉角處那邊的記憶，便低聲叫起來，逐漸加大聲音呼喊著。我的聲音融化進這白色無人的風景裡，被全部吸收，連回聲的屍骸都沒有返回。

我經過上坡路口，往對面街道跑去，然後穿過高架橋下，跑過菸鋪、水電工程行和洗衣店，從前面的角落左轉，在加油站前的第四個轉角，看到收費停車場時，我覺得終於來到似曾相識的地方。也許這裡不是目的地，但我好像曾經從這裡出發過。我站在停車場入口一看，只見道路對面斜前方高聳的公共澡堂煙囪，前面是家咖啡館。那裡如風景明信片般留在我的記憶。我帶著滿心期待，穿過道路，推開咖啡館的門。我終於能夠和活生生的人碰面了。一個女孩模樣的細頸女人翹著二郎腿坐在正面的高腳凳上。與此同時，店內像是剛打開收音機開關，突然喧囂四起。我回頭一看，透過黑色網紋窗簾，道路上人來人往，車流絡繹不絕。在這瞬間，這份安適使我得以忘記消失的山坡上的城鎮。當然，這感覺迅速消失了。不知不覺間外面已暮色低垂，雖然天空比建築物的輪廓更明亮，但車燈已經打開。我實在不明白時間是怎樣變化的。我剛才那麼拚命地跑來，竟然沒有氣喘如牛，想來也真不可思議。

現在，我坐在咖啡館臨窗最裡面的座位，一面用右手的兩隻手指挾著上衣左邊內袋裡的錢包，一面窺視高腳凳上的女人。由於高腳凳靠近門口，女人在那裡翹著二郎腿。

說到我臨窗而坐，其實桌子只有一排，我坐在最裡面，但離門只隔著五張四人座位的桌子。店員也就是坐在高腳凳上那個女服務生兼會計的女人。櫃台後面有個鴿舍般的送餐口，顧客點的餐飲從裡面送出來。送餐口周邊貼著大張的色紙，與牆壁顏色不同。我看見送餐者的手，卻看不見對方的面孔。那隻手白白胖胖，看不出年齡性別。如果是男人的話，可能是很女性化的男人；若是女人的話，大概是男性化的女人。在我的想像中，那隻手八成是男人的手，而且是這女人的丈夫或者形同丈夫的人。或許他是出於嫉妒才把自己關在牆壁後面的吧。他在牆壁後面想像著顧客打量妻子的身材，想必很不是滋味。但也說不定，牆壁後就有個小小窺孔，他正偷偷注視著顧客的動靜呢。若非如此，那個女人沒必要翹著二郎腿像鳥似地坐在櫃台前那只特別的高腳凳上。女人懶洋洋地聽完顧客的吩咐，又立刻回到凳子上，甩了甩垂到肩上的長髮。前頭的一綹髮絲瀟灑地從額上披散下來，與她眼睛下面的雀斑很搭。然後，她像做襪子廣告似地兩腿交叉，以一種奇特的不穩定姿勢把動作靜止下來。於是，這少女般的曼妙身材頓時變得風情萬種，而且給人毫不設防的感覺。這個姿態很有意思，連我這個與她毫不相關的人都不禁嫉妒起來。

當然，只要把牆壁拆除，一切問題都能立刻解決。我聽說咖啡館若把所有製餐和沖咖啡的過程全部展示在顧客面前，反而更受大家歡迎。果真這樣的話，那女人的演技稍嫌矯揉造作，她的男人的反應也未免顯得滑稽可笑。當然，也不能小看這個代價。至少她的價值已經減半了。如果把值得嫉妒亦視為一種價值，這肯定是慘重的損失。無論誰是這高腳凳後面的導演，作為男人絕不會放棄自己的立場。換句話說，縱使他把所有的痛苦和嫉妒全封閉在牆後，他亦可得到相應的補償。正因如此，我成了這家店的常客。不消說，這是出於堅信自己身為常客的這個觀點上……

那兩個坐在門邊附近不斷比劃手勢交談的男子站了起來。女人見狀，也隨即放開交叉的雙腿，按著裙子，從高腳凳上下來。在淡淡的燈光映照下，她的脛骨輪廓隱約可見，而且汗毛輕泛微光，該不會是沒穿襪子吧。她的髮型和那種短裙實在很不相襯。趁著店內只剩下我這個顧客，我果決地掏出內袋裡的錢包，這是以牛的內層皮做的方形錢包，四個邊角已經起毛，已經用了很長一段時間。我原本想把錢包裡的東西全掏出來擺在桌子上，但明亮的粉紅色桌面顯得分外醒目。我決定依序逐一回想，首先從錢包裡的東西開始。搭釦已經鬆弛，幾乎不會發出聲音。上層蓋子裡有鑰匙環，掛著一大一小兩支鑰匙。一支是圓筒形鎖的鑰匙，另一支是形狀普通的鑰匙。這兩支鑰匙都打上號碼，此外沒有任何標示。很遺憾的，我竟然記不得它們的用途。

錢包中間一層是雙面透明裝月票的塑膠內夾。我打開上層時，就知道中層是空的，因為通常都是把月票和錢包分開使用。不管這些，繼續看下去吧。我拉開拉鍊，清點裡面的東西：三張嶄新的一萬圓鈔票和兩張一千圓鈔票，還有零錢六百四十圓，一共三萬兩千六百四十元……。有這些錢，就算我無法立刻找到自己的家，應該也可以度過當前的困境。而且這些錢似乎還有其他緣故可尋。在我看來，一個受薪階層的職員，身上每天帶這樣的零用錢未免太多，否則一定是有其他特定用途。如果用現金三萬圓購物，數量相當可觀。其實，我的情況已經超出用「想不起來」辯解卸責的範圍了。當然，這用途絕不僅於購物，也可能是由公司匯整，用來給已故同事家屬的奠儀。不過，拿「想不起來」當理由，其實並不高明。我不該如此為難自己。從這個角度來看，我原本就不應當把自己設定為受薪階層，這不過是自以為是的自畫像而已；不僅欺騙自己，甚至可能欺騙事實本身。……現在，你不是連自己的姓名都還沒找到端倪嗎！

突然，一陣痲痺的疼痛，從脖子直貫額頭。我好不容易忘卻的噁心感，又從側腹翻湧上來。看來我連自己的姓名都忘了，只剩下自己的自我感覺。

就在此時，桌上的杯盤猛然跳起。幸好，杯子是空的，也沒有摔碎。然而，我只能認為是自己的膝蓋蹦跳起來。若果如此，亦即是我自己的整個身體蹦跳起來。我把手肘支在桌上，桌子格格作響，我慌忙地站起身子。我用雙手翻遍所有口袋。只要找到月票，我就總算能挽回面子。雖說先弄清楚自己的姓名和住址似乎是出於無奈，但事到如今也僅能這樣做。我把口袋裡的東西隨手抓出攤在桌上。

……手帕……火柴……香菸……掉落的上衣袖釦……墨鏡……三角形徽章……還有畫著某種圖案、從筆記本撕下的紙張……

此時，窗玻璃噴出火焰。原來是公共汽車的車燈掠過玻璃。在車燈映照下，稀落的行道樹樹枝有如一張破網。我立即全神貫注在公共汽車上。我踩在磨損的踏板上、不鏽鋼扶手的位置和握在上面的感覺、車內的全景、尋找空位時緊張的眼神、吊掛在駕駛座後面的廣告、人的氣味和汽油味混雜的特殊味道，依不同年代的機器發出的震動，這一切彷彿都是自己身體的延長似的，開始讓我感受到活生生的感覺。我猶如坐上想像中的公共汽車，在街道上行駛著。幾個主要的招呼站、有特徵的景物，以及著名建築物緊密組成一個物體浮現在我眼前。難道我非要懷疑自己和公共汽車之間的密切關係嗎？若是月票的事，我可以解釋得很好。例如，可能弄丟了，也可能被扒手偷走……不，毋寧說剛好到期，現在正申請更換……是啊，也可以認為這三萬圓中有部分金額是準備用來購買月票的……

算了，如此胡亂臆測毫無用處。而且，我的公共汽車已跑遍所有招呼站，但就是沒能抵達目的地。

真正的公共汽車加速急駛而去。窗玻璃又變成黑暗的鏡子。剛才車燈照在上面，映出女人的身影。鏡中女人的臉龐，與從行道樹斜漏下來的部分路燈燈光疊合，使我看得不甚清楚，但似乎在觀察我。仔細想來，這不足為怪。對方理所當然很想觀察我的動靜。我好像遺落了什麼東西，便趕緊把口袋裡的所有東西統統掏在桌上，如同一個笨拙的冒失鬼。當然，自己是否意識到這種事情的嚴重性又另當別論。我必定是遺失了什麼東西，但我始料未及的是竟然把自己給弄丟了。不對，或許不是我把自己弄丟了，而是我被自己丟棄了。這麼說來，剛才公共汽車駛過的時候，我頓時像從車上被甩落一般疼痛。那麼坐在這裡的我，並非掉落的我，而是被丟棄的我。換句話說，與其說彎道處前方山坡上的城鎮從我面前消失，不如說另一個世界把我遺留在轉角處與這家咖啡館之間後，同樣也消失得無影無蹤了。現在回想起來，與其說我在那個坡道上喪失記憶，不如說在那裡開始恢復記憶的印象更加強烈。或許消失的城鎮倒無關緊要，沒有消失和殘留下來的那部分才是問題。對我而言，這家咖啡館是否具備出乎意料的什麼巨大意義嗎？那個女人把消失的居民和行人喚回到這城鎮上……

我也不甘示弱地回看女人。窗玻璃這面鏡子實在太暗，而且流閃而過的車燈很刺眼，於是我直接看著她的眼睛。不用說，她必然也意識到我的目光。但她依然只從玻璃鏡面中觀察，沒有任何動作，顯示出她全看在眼裡。這女人很可能是關鍵人物。也許她握著比我從口袋裡掏出攤在桌上的所有東西更重要的線索。

又有新的客人進來，一對年輕男女，男的似乎是附近一家商店的店員。女的可能是他女友，或者是他妹妹，要不就從鄉下來的表妹。他們與我隔著一張桌子坐下來，男的豎起兩隻手指，高聲喊著要兩杯咖啡，然後立刻用如喪考妣的戲劇性表情開始低聲交談。看到女人從高腳凳上下來，我也順便要了杯咖啡。我不認為這是很好的藉口，但在這裡還沒待上四、五十分鐘，我便開始記掛著牆後那個男人。當然，那個隱身牆後的男人只是我的想像而已。但我不禁又想，其實，這個我想像中的男人和我現在的處境似乎有共同之處。儘管這只是想像，但亦不能低估。如果喪失記憶也有規律和法則，那麼這個想像中的人物很自然就是主要的關係人之一，這樣豈不是應該給予女人同等的地位嗎？

我凝視著女人，不斷地凝視。我從掉落她臉上的頭髮縫隙間強行偷取她的目光。我的呼吸悄悄與隨著兩腳在超短裙下的動作而伸縮自如的豔亮膝蓋相互配合，同時又豎起耳朵傾聽牆後的動靜。其實，我心情激動地盼望著，牆後的男人會因妒火中燒而失手把煮沸的水壺掉到地上。然而，我等了好一陣子，不僅沒聽到瓷器破碎的聲音，而且也沒有啞聲抱怨。那隻白淨的胖手一如往常從小窗口伸出來。擺在盤上的杯子也沒有顫動，反而是我在顫抖。我為了使自己鎮靜下來，放在桌邊的大拇指有如要留住哀愁的餘韻而用力抑制聲響的鼓手手臂般不停戰抖。但我能相信它嗎？爆發力與壓縮力是成正比的。好吧，我乾脆真的去勾引她吧。走出門外，我的世界也就到那個轉角為止。目前，能夠使我平靜的地方只有這裡。我連喝了幾杯咖啡後，便比這咖啡館的常客更受關注了。接下來，落在我身上的考驗所隱含的意義，就是由我去勾引這個女人吧。我把窗玻璃當成鏡子，把翹在耳邊的髮絲撫平，抬起下巴伸直脖頸，整了整領帶結。我這領帶不是高級貨，但也算是新近流行的款式。當然我並未因此而自我陶醉，自以為有能耐勾引女人。然而，我的處境絕對有利。因為從只知道嫉妒的男人手裡，把只想被愛的女人搶過來，就如同簡單的化學方程式。我只要做個勾引者就已足夠，女人就會順其自然做出反應。到時候我再視情況給那女人些錢，請她提早打烊，同意我在這裡過夜。依照規律，反應會加快速度，最後圓滿達成。若果如此，那男人可能會氣急敗壞到破牆而出吧。當然，那時我也就從工作中解放出來……我多少有些留戀不捨……但我還是收回轉角處前方的世界……

不久，白淨的手又從送餐口伸出，這次好像是我點的咖啡。女人一手拿著托盤，一面整理著擋在桌子與牆壁間的狹窄通道上的椅子，一面走過來。我也急忙收拾桌上的東西，將那些顯然無用的東西放回口袋。

手帕（上面沒繡姓名首字母）……火柴（這家咖啡館的東西）……香菸（還剩四支）……上衣袖釦……墨鏡……

墨鏡？是我眼睛不好嗎？從映在玻璃上的形象看來，我這個受薪階層的自畫像還不致於反差太大。我穿著成套西裝，質料中等、款式樸素，絕不是戴著墨鏡大搖大擺的人。但話說回來，像跑業務的售貨員或是外勤人員，除了接待客人以外，平時戴著墨鏡也沒什麼怪異之處。此外，若我把自己設定為以住家為辦事處，必須到外地銷售的契約工，身上不攜帶月票自然也解釋得通。然而，果真這樣的話，我所帶的東西又簡單了些。因為我連一張名片也沒有，未免太不合常理，要不就是我習慣把公事包寄存在某個車站吧。

當那女人走到我的桌旁，桌面上只剩下從筆記本撕下的紙張和徽章兩樣東西。女人覺得我有點蹊蹺，但這不妨礙她放下咖啡。我也想看看她的反應，因為從她身上，或許還有什麼線索可尋，使我能夠解開記憶的頭緒。她把咖啡放在桌上，然後擺上牛奶壺和砂糖罐，為我的玻璃杯加滿水，在這時候，她至少兩次瞥視那兩樣東西，但沒什麼反應。我心想，即使我在桌上擺上香菸、火柴和鈕釦等等，她也同樣無動於衷嗎？我有些失望，直盯著她那眼角雀斑漸濃的不可思議表情，終於不敢把備妥的三個問題——很平常的問題——提出來。例如，我會問今天星期幾呢，這問題本身沒什麼特別含義，但她的回答能幫助我更了解她，並為我更深入的提問提供更好的參考。無論如何，目前她是我唯一的熟人，如果她能助我一臂之力，自是最為理想。可以的話，希望她把我的身家經歷全盤說出。正因為這樣，我就必須更謹慎處理，以免招來誤會……

那女人又回到高腳凳上，翹起雙腿；她搭在上面那條腿的鞋後跟半脫落了，足踝的凹窩更顯挑逗。我低下視線，準備對這兩個線索做最後的挑戰。這個徽章的中間部分微微鼓起，屬於圓角正三角形，有景泰藍的鑲邊，正中間用銀絲浮雕著一個直線組成的變形S，猶如一道閃電，或者本來就不是閃電。假如本來設計的就是閃電，可能與電氣有關，但現在沒有這方面的線索。儘管如此，我不可能從電話簿裡以S開頭的公司查起，這讓我不知所措。不過，從徽章的設計製作來看，絕不像是小孩的玩具，一定有某種含意。我專注地觀察，總覺得這似乎是一枚祕密組織的標誌。然而，我並沒有特別指向什麼，只是深感無可奈何罷了。

我原以為這張紙片深藏玄機，結果卻沒有新的發現。上面畫的圖形有如地圖，又似瓦斯管道和水管的配管設計圖，也像是幫浦的斷面圖，從不同的角度看，形狀都不同。紙片角落上寫著七位數的數字，它可能是電話號碼。我當然記不得這是我畫的圖形，也記不得是誰交給我的。眼下，我如同被強迫面對無法解答的問題，只能懊惱不已又進退維谷。然而，或許我可照這號碼打個電話試試……說不定還能連結我的過去，幫我重新喚醒消逝的記憶……

電話機就在收銀機旁，那女人坐著的高腳凳後面。我從她前面走過時，她幾乎沒有任何反應，她突出的膝蓋快要碰著我的手肘時也依然如故。她縮起嘴唇，然後突然放開，發出如輕吻似的聲音，好像在對我打招呼。若果真是如此，這個招呼相當危險，但若不是如此，我又不解其意。

我拿起話筒，心裡掠過一絲不安，如同在執行拆解不明炸彈的任務。說不定這是個預先安排的陷阱，正等待我自投羅網。我慢慢而準確地撥著電話號碼。我心想，對方接聽以後，我該如何開口呢？我當然會依不同情況隨機應變，但絕不能讓對方起疑。因此，我必須想辦法拖延通話時間，藉此探知對方的性格和地址。不行。電話占線。我又撥打一次，結果還是占線。約莫過了一支菸的時間，我連打了七次，將近二十分鐘之久，每次都是刺耳的斷續聲。

我倏然投去一瞥，發現她正咬著大拇指指甲，而且神情專注。她塗上紅色指甲油的指甲看起來有如梅乾的內核。她的嘴唇不停動彈，指甲伸進嘴唇之間，用上下牙齒咬著它。她陶醉在啃指甲的情境中，既然如此忘我，她必定也把我拋諸腦後了。我突然感到不安。如果她把一切全都忘了，那麼城鎮豈不又要變得無盡蒼涼嗎？我認為必須盡快制止她。為了把茫然恍神的她拉回現實中，我連忙把帳單放在櫃台上。這時，她吃驚地把手指從嘴裡拿出來，將指甲油剝落、斑痕纍纍的手指握住隱藏起來。

我默然地將千元鈔遞給她，她也一聲不吭地找零給我。雖然她沒說話，但又像剛才那樣發出三次接吻般的聲音。這動作像是有意，又似無意，我還是不明白。我希望她說些話，稍等了一下。但她沒有開口，卻投來彷彿帶著歉意的微笑，讓我不知所措。她臉頰上的雀斑陰影和微笑十分相稱。然而，她持續微笑，我也不知如何是好。我認為她在微笑之前，應該要說些話才對。但現在我才驚覺到自己把順序弄反了。而且我已經拿到零錢，就沒有理由在這裡待下去了。

我揚手招了輛計程車。深藍色車身，只有車頂塗成黃色。自動門發出嘎吱聲響，然後關上。菸灰缸口敞開，上個乘客留下的香菸還在冒煙。我一直說不出要去什麼地方，脾氣暴躁的年輕司機氣沖沖摘下制服帽往副駕駛座上狠狠一丟。我遞給他五百圓，告訴他就在附近，按我說的方向開。我認為他的心情很快就會好轉，但最後他還是沒把帽子戴上。

「山坡上那條街叫什麼呀？」

「不是台町嗎？」

「嗯，大概是在台地上，所以叫台町吧。」

縱使街上沒有行人車輛，全由成群結隊、昂首闊步的南方鶴鴕和食蟻獸取代，或許我也能把它當成事實看待，並且努力理解。

車子很快來到坡道中間……問題是，計程車既不可能折返也不停下……引擎聲突然出現變化，我暗自吃驚，原來只是換了一下排檔，車子往前猛衝，一鼓作氣順著彎道往上駛。我兩腳用力踩住，整個身子壓著椅背。與此同時，又凝神屏息等待目送那逃離而去城鎮的真實面貌……

我並不是被拋棄在真空中。不但不是真空，而是占地寬廣的巨大社區。四層樓的住宅雖然建在高坡上，卻像沉入黑暗的山谷，每家住戶的窗口都映現出規格整齊的燈光方格。我沒想到眼前會出現這樣的風景。然而，「沒想到」本身就是問題所在。城鎮在空間上確實存在，但在時間上與真空沒有兩樣。明明存在，卻又不存在，這是多麼可怕啊！計程車的四個車輪確實在地面上轉動，我的身體的確感受到車輛的震動，但我的城鎮最終還是消失了。也許我真不該過那個彎道，因為這樣，我恐怕再也無法抵達彎道的對面了。白色水銀燈錯落有致地矗立著，行狀匆匆的回家人群的步伐逐漸淡出褪去……

我看見司機開始放慢速度，不由自主地用命令式的口吻：立刻回去！趕快離開這個社區！至少也得逃到能確保自由的地方去。因為在這待下去，不僅時間，連空間都可能失去，最後如同那個伸出白淨胖手的男人那樣，被封閉在現實的牆壁裡。

所幸，外面的世界平安無事。看來我搭乘計程車這種非為特定多數乘客而準備的交通工具無疑是明智的決定。車子來到大馬路上，我在第一個公共電話亭前面下了車。事到如今，只剩那張地圖下面的電話號碼是我僅存的線索。當然，我若盡信於此，很可能也會如剛才在彎道處招來同樣的失敗。我拿起話筒，投進一枚十圓硬幣，撥號、沒有占線，屬於正常的鈴聲。我開始慌張，心想這次又是占線，沒有做好說話的準備。乾脆把話筒掛回去。因為即使對方出來，我這樣的心理狀態，也沒自信能應對得宜。我開始數電話亭的玻璃窗面有多少條裂痕，如果是偶數，就等對方出來；若是奇數，就掛斷電話。然而，沒等數完，硬幣掉落，對方接電話了。

話筒那端傳來女人的聲音。聲音非常清晰，如同在同一個受信區域內。我立刻編個謊話說道：

「對不起，我揀到一個錢包，裡面有張紙條，上面寫著這個電話號碼，於是就打電話問問……」

對方的反應更出乎我意外。女人驀然笑起來。她說話的聲音很低，好像從喉嚨底發出來似的，但腔調天真率直。

「哎呀，是你啊。到底怎麼啦？」

「妳知道我嗎……是誰……」

「別這樣惡作劇啦……」

「快來救救我！」我充滿激動地哀求，「我現在就在台町坡道下的公共電話亭。求求妳，妳能來接我嗎？」

「這個時候，不方便呢……你喝醉了吧？」

「求求妳！我很不舒服，快來幫我解危吧……」

「真拿你沒辦法……那就在原地等著，可別走開，我立刻就去接你……」

我放下話筒，就蹲在電話亭裡。角落裡有團報紙，下面露出一小節黑色的乾糞便。大便頂端稍呈尖狀，像是用繩子綑過一樣，又好像是什麼蔬菜的纖維，或什麼畫筆的粗筆尖豎立在那。其實它沒有臭味，但我不由自主地站起來。因為那乾糞尖端上如破蛋殼似的裂縫使我備感威脅，這坨大便肯定憋了很長時間。這男子憋到忍無可忍後終於拉在電話亭裡……拉大便的可能是男性吧……當然，也可能是女性，但還是男性最有可能……在都市這個無限的迷宮裡，存在不計其數的便器，而這個孤獨的男子卻找不到便器可用……我一想像這孤獨的男子蹲在電話亭的身影，便渾身感到恐懼。

當然，那男子未必如我一般是無家可歸的人。他也可能是連「歸處」的感覺都沒有的徹頭徹尾的流浪漢。不過，我們的處境相差無幾。在醫生看來，也許我失去的不是彎道前面的東西，而是記憶。但是誰能相信這說法呢？任何健康的人，只知道自己熟悉的範圍，不可能預知陌生的地方。任何人都會跟我一樣，把自己封閉在已知的狹隘世界裡。看起來，彎道前的地段、地鐵車站和咖啡館，這三角地帶都很狹小。太狹小了。然而，若將這三角地帶擴大十倍，將是什麼樣的情況呢？如果三角變成十角形，又會發生怎樣的變化呢？

假設自我感覺到十角形絕非通往開放的無限的地圖……如果接到我的求救電話跑來的救世主是讓我意識到自己的地圖竟然是十分簡略的草圖，而他不過是地圖之外的使者……那麼他又看過既存在又不存在的那彎道前面的風景，到時候電話線也可能變成上吊的繩子。

電話亭的門關得很緊，但在關緊以前，充分吸引彈簧的力量，留下大約三公分的縫隙。行人絡繹不絕，卻沒有人問候我。前來搭救我的人還沒出現。我只看到獨自笑著匆匆趕路的人；一手提著注意菜籃裡的冷凍魚是否解凍滴水，一面扭著身子在人群中疾步而行的年輕孕婦。只有一個十七、八歲的臉色蒼白年輕人向我瞥了一眼。他探出半個身子從電話亭的門擠進來，動作熟練地丟進什麼東西，很快消失在嘈雜的人群中。我猜想，他扔進來的可能是應召女郎的小廣告吧。

車流出現短暫的空隙。我疾步跑向對面的人行道。與公用電話亭相對的位置，剛好有棵洋梧桐樹。從它粗糙的樹皮看來，已有相當的樹齡。不過，那樹圍還沒大到可藏住成年人的身體。往前約莫五、六步，靠近地鐵站的地方，有個如蛀牙痕跡般的黯淡空隙。那裡是香菸攤兼酒鋪和小小鞋店之間的巷弄。我若無其事地走過去，然後若無其事地藏進那縫隙裡。我從川流不息的來往車流中專注地盯著電話亭。沒多久，一個女人出現了。由於旁邊沒有別人，應該就是她。她向電話亭裡探看，又四處張望。就是那個女人。那個長髮披肩，坐在高腳凳上翹著二郎腿的咖啡館女郎……我有點驚訝，卻又覺得在意料之中。她往後幾步走到消防栓處，又回到電話亭往內探看。她顯得侷促不安，站在消防栓旁，環顧四周動靜。有一次，她的目光從我身上掃過，但似乎看不清黑暗的巷弄。我依然躲藏著繼續觀察那女人。她忐忑不安地望著天空，還在繼續找尋。我緊咬著牙根抑制吶喊，堅忍地等待著。現在，我需要的是自己選擇的世界，而且必須依自己的意志選擇自己的世界。她還在尋找。而我還在閃身躲藏。沒多久，她似乎死了心，慢慢走開，很快便消失在滾滾車流之中。我也從黑暗的巷弄中出來，朝與她相反的方向走去。我心想，也許依這無法理解的地圖走去，說不定可以到達她所在的地方……我朝著與她相反的方向走去。

我不再尋找通往過去的道路，也不想再打電話給紙條上的對方。我發現車流出現異常的停滯，原來馬路當中有具幾乎被車輛輾壓得如紙片的貓屍，連大卡車都盡量繞行避開。我突然想為這隻死貓取個名字。幾番尋思，我的臉頰終於綻露出難得的微笑。

小說精選

燃盡的地圖

2016年5月初版　　定價：新臺幣360元

著者	安部公房
譯者	邱振瑞
總編輯	胡金倫
總經理	羅國俊
發行人	林載爵

出版者	聯經出版事業股份有限公司
地址	台北市基隆路一段180號4樓
編輯部地址	台北市基隆路一段180號4樓
叢書主編電話	(02)87876242轉227
台北聯經書房	台北市新生南路三段94號
電話	(02)23620308
台中分公司	台中市北區崇德路一段198號
暨門市電話	(04)22312023
台中電子信箱	e-mail：linking2@ms42.hinet.net
郵政劃撥	帳戶第0100559-3號
郵撥電話	(02)23620308
印刷者	世和印製企業有限公司
總經銷	聯合發行股份有限公司
發行所	新北市新店區寶橋路235巷6弄6號2樓
電話	(02)29178022

叢書編輯	程道民
封面設計	朱疋

行政院新聞局出版事業登記證局版臺業字第0130號

本書如有缺頁，破損，倒裝請寄回台北聯經書房更換。　ISBN 978-957-08-4730-7 (平裝)
聯經網址：www.linkingbooks.com.tw
電子信箱：linking@udngroup.com

國家圖書館出版品預行編目資料

燃盡的地圖/安部公房著．邱振瑞譯．
初版．臺北市．聯經．2016年5月（民104年）．
320面．14.8×21公分（小說精選）

ISBN　978-957-08-4730-7（平裝）

861.57　105006870